남가일몽 南柯一夢

남가일몽 3
원도연 新무협 판타지 소설

초판 1쇄 찍은 날 § 2002년 10월 7일
초판 1쇄 펴낸 날 § 2002년 10월 20일

지은이 § 원도연
펴낸이 § 서경석

편집장 § 문혜영
편집책임 § 박영주
편집 § 장상수 · 김희정 · 권민정 · 이종민
마케팅 § 정필 · 강양원 · 김규진 · 안진원

펴낸곳 § 도서출판 청어람
등록번호 § 제1081-1-89호
등록일자 § 1999. 5. 31
어람번호 § 제2-0136호

주소 § 경기도 부천시 원미구 심곡1동 350-1 남성B/D 3F (우) 420-011
전화 § 032-656-4452 팩스 § 032-656-4453
http://www.chungeoram.com
E-mail § eoram99@chollian.net

값 7,500원

ISBN 89-5505-453-X (SET)
ISBN 89-5505-456-4 04810

원도연 新무협 판타지 소설

남가일몽

南柯一夢

3
애증지사(愛憎之事)

도서출판
청어람

목

차

❸ 애증지사(愛憎之事)

제18장

해야 할 것과 할 수 있는 것

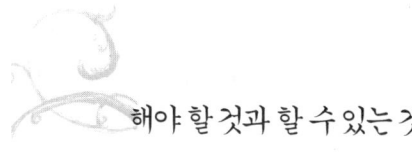

해야 할 것과 할 수 있는 것

천하제일가.

이 다섯 글자로 이루어진 단어가 나타내는 의미는 그냥 무심히 지나치기엔 실로 엄청난 의미를 지니고 있다.

백오십 년 전 검황이 생존할 당시만 하더라도 정(正)과 사(邪), 그 누구도 천하제일가에 감히 도전할 역량을 가지지 못했다. 가히 일가(一家)의 독주 체재이다 보니 검황과 그 다음 천하제일가의 가주가 지배하는 동안은 무림의 평화가 지속되었다라고 할 정도로 분란이 없었다.

하지만 그것도 오십 년 전까지의 말이었다. 차츰 곳곳에서 크고 작은 분쟁이 터지고 정과 사의 격돌이 있음으로 해서 호천사정맹과 천마사천회가 탄생하자 상황은 그 전대의 사람들이 전혀 예상하지 못했던 방향으로 흘러갔다.

결정적으로 20년 전 반정지란이 터지고 난 후 무림에서 천하제일가의 입장이란 차츰 저물어가는 해와 같았다.

그렇지만 저물어가더라도 태양은 태양인 법.

저물어간다고 해서 반딧불이 될 수 없는 노릇이었다. 그동안의 세월이 만들어낸 저력만으로도 당금 무림의 커다란 두 세력조차 경시하지 못하게 만들었으니 말이다.

그렇기 때문에 천마사천회는 어쩔 수 없이 적대의 입장에 서야 하더라도 정(正)의 맹주라고 일컬어지는 호천사정맹의 입장은 아주 곤란한 것이었다.

아무리 같은 길을 간다 하더라도 하나의 산에 주인이 두 명 있을 수 없듯이 서로의 눈치를 보기에 바빠 이러지도 저러지도 못하는 상황에 처했던 것이다.

서로의 입장에서 보면 마치 자신이 하자니 싫고, 그렇다고 남 주자니 그것도 아닌 애매모호한 관계가 되었다고 하는 것이 올바른 표현일지도 몰랐다. 그리고 서서히 커져만 가는 호천사정맹의 힘은 명분만 천하제일가에 있다 뿐이지 실제적인 힘은 호천사정맹에 있게 만들어 버렸다.

여기까지가 세인들이 알고 있는 대략적인 강호의 시세였다.

하지만 여기에서 세인들이 한 가지 간과하고 넘어간 것이 있으니, 바로 천하제일가가 왜 천하제일가라고 불리느냐는 것이었다.

물론 검황 시절 관(官)과 황실(皇室)의 영향 때문이기도 하지만 단일 세력으로는 최강의 집단이라는 것이 그렇게 불려지게끔 만들고 있었다.

마치 잘 단련된 검을 연상시키는 듯한 천하제일가의 무사들, 그리고 누가 뭐라고 해도 칠대무서 중 한자리를 차지하고 있는 신검(神劍)은 타인으로 하여금 감히 넘볼 수 없게 만들기에 충분하고도 남음이 있었다.

검황 이후 신검의 계승자가 나오진 않았지만 말이다.

"너, 아니?"

"뭘?"

"요즘 공자님께서 저렇게 무언가에 홀려 있는 것처럼 보이는 이유를 말이야."

"그걸 내가 어떻게 아니? 그리고 우리 같은 아랫것들이 신경 쓸 일이 아니지 않니."

"하지만……."

소소(小昭)와 앵앵(鶯鶯)은 자신들의 눈앞에 보이는 상황에 호기심을 감추지 못하고 훔쳐보고 있었다.

하지만 거리가 멀어서일까? 소소와 앵앵이 다투며 발생한 작은 소란에도 당사자는 아무것도 모른다는 듯이 뭔가에 홀린 것처럼 먼 산을 보며 앉아 있었다.

그 후로도 소소와 앵앵은 뭐가 그리도 궁금한지 계속해서 자신의 생각을 피력하기에 바빴다.

뒤에서 누가 오는지도 모를 정도로.

"뭣들 하고 있는 것이냐!"

소소와 앵앵의 뒤에서 갑자기 나직한 호통 소리가 들려왔다.

"아! 아, 아… 무것도 아닙니… 다……."

"요, 용… 서해 주십시오."

소소와 앵앵은 황 노공(黃老公)의 눈빛을 감히 쳐다보지 못하겠다는 듯 고개를 숙이고 서 있었다.

그런 그녀들을 보며 황 노공은 내심 고소를 금치 못했다. 자신의 눈에도 그렇게 보이는 것을…….

"그래, 알았다. 하지만 이번 한 번은 그냥 넘어간다만 다음번에도 이런 일이 있다면 징계가 갈 것이니 명심하고 있거라."

황 노공의 말 한마디에 두 하녀는 연신 고개를 숙이며 감사의 말을 하고는 황급히 자리를 떠나갔다.

하지만 황 노공의 마음속에는 감히 상전을 가지고 입방아를 찧은 두 하녀의 잘못에 징계보다는 용서를 해주었다는 점에 더욱 입 안에 쓴맛을 느끼고 있었다.

황 노공은 어느새 저물어가는 해를 보며 며칠 전 있었던 일을 떠올렸다.

"정(正)과 사(邪)의 차이라······."

황 노공은 자신의 앞에서 아주 처량한 얼굴로 묻고 있는 한 소년, 이제는 남자로 거듭나려 하는 진현을 보며 작은 목소리로 중얼거렸다.

"황 총관님, 정과 사의 차이가 무엇인지요? 그것이 도대체 무엇이기에 서로가 반목하며 서로를 죽이지 못해 안달인 겁니까?"

"음······."

황 노공은 진현의 거듭된 질문에 아무런 말도 할 수가 없었다. 진현의 질문 속에 담긴 뜻을 그도 잘 알기 때문이었다.

진현은 해답이 아니라 사마화련에 대한 세가의 태도를 확인하고자 하는 것이다.

진현은 며칠을 두고 단후명에게 자신의 생각을 말했다. 하지만 결과는 단후명의 생각이 옳다는 것이었고 그것이 이해가 가지 않았다.

련 누이와 사마세가가 반정지란과 관계가 있다면 우리 세가가 먼저 나서서 막을 수 있지 않은가?

아직 이렇다 할 조짐이 보이지 않은 이때 사마세가의 혐의가 풀린다면 그보다 좋을 것이 어디 있겠는가?

한때 실수가 있다고 하더라도 그 실수를 만회할 수 있다면 되지 않는가?

정이 무엇이고 사가 무엇인가?

왜 그토록 서로가 죽이려 하는 것이며 한 치의 허용도 없는 것인가?

여러 가지 생각들이 꼬리에 꼬리를 물어 진현의 머리 속을 헤집었다.

황 노공은 이대로 입을 다물고 있을 수만은 없기에 운을 떼며 말을 이어 나갔다.

"소주(小主), 제가 한번 물어보지요. 소주께서 생각하신 정이란 무엇입니까?"

"……."

진현은 일순간 대답을 할 수가 없었다.

그 자신도 정에 대하여 구체적으로 정의를 내린 적은 없었기 때문이다.

하지만 그 역시 비록 전생의 일이긴 하나 자신만의 가치관을 가지고 살아온 남자였다. 더구나 민족 간의 대립이 생생히 느껴지는 한반도에서 군복무를 하였다. 무엇이 옳고 무엇이 그른지 그만의 잣대가 있었다.

그렇기에 그에겐 비록 정의가 내려져 있지는 않지만 몸으로 느낀 정이 있었다.

"제가 알고 있는 정이란 상대적인 것입니다. 어느 쪽이 과연 옳은지는 임하는 사람에 따라 다를 것이라 생각이 됩니다."

진현의 생각이다.

이제껏 무림이라는 한 세계에서 그가 제일 적응하기 힘든 것이 바로 정과 사라는 선을 그어놓고 서로가 죽일 놈이라 여기는 것이다.

하나의 진리에 모두를 끌고 가 그 진리를 실천하라 하였다. 그렇지 않으면 바로 반대의 편에 세우는 것이다.

소천성탑의 일도 그랬다. 자세한 속사정을 알아보기보다는 그들이 원하는 답을 이미 가지고 있었다.

그리고 화산오수와의 일도 그리했다. 마치 선을 그어놓고 이쪽으로 넘어오면 죽는다라고 말하고 있었다.

그것은 진현이 살았던 현대 사회에서도 마찬가지였다. 하지만 융통성이라는 것이 있었고, 다양한 가치관이 있어 서로의 생각이 인정되었고 존중되었다.

그런 시대를 살아온 진현이기에 이해가 가지 않는 것이다. 그것이 사마화련의 문제와 겹치자 더욱 못 견디게 된 것이다.

"하하하!"

황 노공은 그럴 줄 알았다는 듯 진현의 대답이 끝나기가 무섭게 웃음을 터뜨렸다.

"아니… 제 말이 틀렸습니까?"

"아, 죄송합니다. 감히 소주의 말에 불경스럽게도 웃음을 보였군요. 죄를 물어주십시오."

황 노공은 일순간의 감정으로 웃음을 날렸으나 바로 그 상대가 자신의 상전임을 알고는 바로 무릎을 꿇어 죄를 물었다. 하지만 진현은 자신의 말에 왜 황 노공이 웃었는지가 더 궁금했다.

"황 노공, 일어나세요. 그것보다 제 말이 틀린 것입니까?"

"아닙니다. 틀린 말은 아니지요."

아니라고 말하는 황 노공의 말은 오히려 맞다라고 말하는 것 같았다. 그것은 진현 역시 마찬가지였다. 그렇기에 진현의 속은 더욱 답답해져 갔다.

자신의 생각이 이 세계에 살고 있는 사람과도 통할 수 있다는 기대를 만들어주었기 때문이었다.

"그러지 마시고 속 시원히 말씀해 주세요."

"소주, 건방지지만 감히 한말씀 올리겠습니다. 제가 이런저런 일을 겪으며 오십이라는 세월을 살다 보니 한 가지 느낀 것이 있습니다. 바로 진리라는 것은 이렇게 저렇게 변하더라도 결국은 자신 본연의 모습으로 돌아온다는 것을 말입니다. 정 또한 마찬가지입니다. 아무리 상대적이라 하더라도 결국은 정은 정입니다."

"……."

진현은 황 노공의 말을 들으며 아무 말도 할 수 없었다.

황 노공은 진현의 말을 이해하지 못하고 있었다. 결국 자신의 아버지와 같은 말을 하고 있는 것이다. 이렇다 저렇다 하더라도 그들이 말하는 정의가 옳다는 것이다.

그런 진현의 표정을 보았기 때문일까. 황 노공은 자신이 말한 의견에 덧붙이려 하였다. 하지만 먼저 시작된 진현의 말에 묻히고 말았다.

"황 노공, 예전 지금의 명(明)이 있기 전에 송(宋)이 있었고 그전에 당(唐)이 있었으며, 또 그전에는 수(隨隋)가 있었으며 한(漢)이, 또 그전에 진(秦), 그리고 춘추전국시대(春秋戰國時代)가 있었습니다. 물론 그 사이에도 신(新)이라든지 진(晉), 위(魏), 주(周) 등이 있었지요. 그럼 또다시 한 가지 묻겠습니다. 이렇게 왕조가 바뀌어가면서 말씀하신 대로 올바른 것, 바른 것이 그대로 유지되었을까요?"

진현은 자신의 생각에 합리화를 주기 위해서 여러 예를 들어 설명하였다.

"아닙니다, 당연히 그럴 수가 없겠지요. 세상의 이치를 보면 절대적인 것이 있고 상대적인 것이 있습니다. 그중 우리가 말하고 있고 행하고 있는 정의는 상대적이라 할 수 있습니다. 초(楚)와 한(漢)을 보면 잘 알 수 있습니다. 각각 항우와 유방이 이끌어 나간 나라였습니다. 그런데 그 두 나라 간의 정의가 일치했을까요? 결론부터 말하자면 당연히 아닙니다. 그러니 두 나라 사이에 전쟁이 일어났고 광활한 중원을 지배하기 위해 다툰 것이겠지요. 그 두 나라에서 내세우는 정의라는 것을 보면 유방이 이끌어 나가는 한나라에서는 자신들이 말하는 것을 정의라 믿을 것이고 자연적으로 상대국인 초나라가 말하는 정의는 사라 여길 것입니다. 어찌 보면 당연한 말일지도 모르지요. 그리고 이것은 한뿐 아니라 초나라의 사정도 마찬가지였을 겁니다. 자신들이 모시고 있는 항우의 말을 믿으며 따라가는 초나라의 백성들은 한나라야말로 정의를 실현함에 있어서 다시없을 사악한 무리로 보였을 것이지요. 바로 이런 겁니다. 자신이 내세우는 가치관만이 정이며 올바른 것이라 생각하고 그것에 반하는 것은 사라고 여기는 것. 인간이 가진 속성 중에 가장 비논리적이면서도 인정할 수밖에 없는 것이지요."

"음……."

황 노공은 진현의 말을 들으며 그가 말하고자 하는 바를 서서히 이해해 갔다. 하지만 진현의 말이 진리라고 생각하진 않았다. 다만 그의 입장으로 볼 때 저렇게라도 말하고 싶을 것이다라고 생각하며 진현의 의도를 곡해하는 것이다.

진현의 말을 곡해한 황 노공은 진현의 마음을 위로하기 위하여 그의 의견에 손을 들어주려 하였다.

"소주께서 처음 물으신 것에 대해 말씀을 드리지요. 정과 사의 차이. 과연 정과 사의 차이는 무엇일까요? 소주의 말씀대로 답은 없습니다. 소주께서 말씀하신 것처럼 둘 다 상대적인 것이니 말입니다. 하지만 이것 하나는 확연히 말할 수 있습니다. 아무리 세상 사람들이 옳다고 말하는 것에도 사가 있는 것이며 아무리 나쁜 것이라 하더라도 그 속에는 정이 숨겨져 있습니다. 즉, 절대선(絶代善)과 절대악(絶代惡)이 없는 것처럼 말이죠. 소주께서 왜 저에게 이런 질문을 하셨는지 알고 있습니다. 혼란스러워하지 마십시오. 이런 말이 있습니다. 세월, 아니, 시간이 해결해 준다라는 말 말입니다. 모든 것은 시간이 말해 줍니다. 그저 있는 그대로를 받아들이고 소주께서 생각하시는 그대로를 행하십시오. 남들에게 나쁜 것처럼 보이는 소주의 행하심이 결국 정의가 될 수도 있는 것이고 남들이 옳다고 여긴 것이 결국 잘못될 수도 있다라는 것을 생각하십시오. 제 말이 무슨 뜻인 줄 아시리라 믿습니다."

"……."

진현은 황 노공이 이렇게 말할지는 생각지 못했기에 한동안 말을 하지 못했다.

황 노공의 말이 무엇인가.

바로 진현의 의견에 대한 동의였다.

"그럼 저는 이만 물러가겠습니다."

황 노공이 진현에게 예를 올리고 물러간 뒤로도 한참을 진현은 그 자리에 서 있었다.

"아무리 세상 사람들이 옳다고 말하는 것에도 사가 있는 것이며 아무리 나쁜 것이라 하더라도 그 속에는 정이 숨겨져 있습니다. 즉, 절대선과 절대악이 없는 것처럼 말이죠."

　진현은 자꾸만 떠오르는 황 노공의 말들이 머리 속에서 맴돌았다.

　"그래, 황 총관이 말한 대로 정이라 일컬어지는 곳에도 사가 숨겨져
있을 것이고 사라고 불리는 곳에도 한줄기의 정이 있을 것이야. 하지
만 어째서 련 누이의 가문이 그렇게 되어야 했단 말인가……."

　사실 진현은 황 노공과의 대화가 있은 지 며칠이 지나도록 계속해서
이 문제에 대해 고민을 하였다.

　황 노공이 자신의 말을 곡해하여 아쉬운 마음에 동의했다라는 것을
모르는 진현은 황 노공의 말에서 엄청난 용기를 얻었다.

　그 용기를 가지고 이제 실천할 계획을 세우려 했다.

　물론 이 과정에서 타인들에게 뭐에 홀린 것처럼 보인 것은 진현으로
서도 어찌할 수 없는 것이었다. 진현은 그렇게 마음을 잡았다.

　"과연 사마세가 역시 제이의 반정지란(反正之亂)과 연관이 있는 것
일까? 아니야, 아닐 거야. 아버님의 말씀으론 사마세가 역시 지난 20년
전의 반정지란으로 인해 수많은 세가의 인물들을 희생하여야만 했다고
했어. 그런 사마세가가 어떻게 적이었던 그들의 손을 들어줄 수가 있
단 말인가. 아니야……."

　진현은 고개를 저으며 두 눈 가득 고뇌를 담고 있었다.

　일찍이 진현이 귀가하고 난 뒤 단후명이 진현에게 사마화련과의 파
혼을 통보할 때 한 이야기가 있었다.

　바로 사마세가의 처신에 대한 의구심이었는데, 자신의 가문을 지금의
상태로 몰락하게 만든 반정지란의 주역들에게 힘을 실어준 이유를 알
수 없다는 것이었다. 지난날 반정지란을 진압하기 위하여 사파(四派)와

호천사정맹의 네 가문과 그를 제외한 속가(俗家)의 가문 중 각 성(省)에 서는 둘째가라면 서러울 당문(唐門)과 사마세가, 그리고 상관세가(上官世家) 등 여러 문파의 힘이 모두 모아져야만 했었다.

그리고 수많은 피를 흘려야만 했었다. 하지만 그때 입은 손실 중 가장 큰 것이라면 검성을 비롯한 수많은 고수들이 한줄기 바람처럼 사라져야만 했다는 것이었다.

그만큼 반정지란은 여러모로 엄청난 위력을 가지고 있었다.

"그때의 기억이 아직도 생생하게 떠오르는구나. 호천사정맹의 천지각과 일월각을 필두로 하여 서문세가(西門世家)와 중심으로 그 당시 개방과 함께 이름을 드높이던 와선방(臥仙幇), 서장 황교(黃敎)의 후신인 포달랍궁(布達拉宮)… 그 밖에도 참으로 많았지. 정말 어떻게 그리 많은 사람들이 거사를 꾸미는데도 그것을 몰랐나 할 정도로 말이야."

단후명은 그때의 정황을 이렇게 말했다.

"반정지란은 그 당시 무림을 이끌어 나가던 중추세력에게는 안일한 자만에 대한 경고였지. 무림의 두 기둥 중 하나인 호천사정맹의 중심인 일월각과 천지각이 동참했다는 것은 윗선에서부터 썩어가고 있다는 것을 반증하고 있는 것이야. 그리고 금성(禁城)의 중추인 서문세가는 반정지란이 일어나기 전까지는 다시없을 정도의 명문세가였다. 중요한 사실은 그들의 뜻에 동참한 방파의 수였다. 많은 세력이 난을 일으킬 때까지 기미를 알아채지 못했다는 사실이 그 당시의 자만을 입증하는 것이지. 그로 인해 호천사정맹은 자신들만의 힘으로는 감당하지 못하고 우리 세가와 천마사천회의 힘을 빌려야만 했지."

　단후명의 말대로 날이 갈수록 손길을 뻗어가는 금성의 무리들은 그
야말로 파죽지세로 강호를 유린하였고 한때는 호천사정맹의 본거지라
고 할 수 있는 하남(河南), 안휘(安徽), 호북(湖北), 산서(山西) 등을 장악
하여 무림을 장악하는 듯 보였다.
　하지만 이상하게도 그들의 출발에서 볼 수 있었던 치밀함과 강력한
힘은 천하제일가와 천마사천회의 등장과 함께 모래성같이 무너졌다.
호천사정맹, 천하제일가, 천마사천회라면 곧 강호 전체를 의미하는 것
이기도 했지만 금성의 처음을 생각하면 허무한 결말이었다.
　그래서일까?
　강호의 생각있는 명사(名士)들은 언제나 금성의 재발을 우려했다.
스스로의 눈과 귀를 열어 언제나 경계했으며 반정지란 당시 일월각과
천지각이 동참한 것을 인지하여 항상 자신의 문파를 단속하며 내부의
결속을 다졌다.
　그러나 몇몇의 문파는 그 손실을 이기지 못하고 파멸해야만 했고 봉
문(封門)을 외친 문파도 부지기수였다. 사마세가 역시 마찬가지였다.
타 세가나 타 문파에 비해 비교적, 아니, 최고의 성세를 누렸음에도 불
구하고 반정지란은 너무나 큰 타격을 주었던 것이었다.
　그랬었기에 사마화련 역시 진현의 치료(?)를 돕기 위하여 천하제일
가로 가기로 결심할 때 천하제일가를 이용하여 자신의 가문을 일으키
기로 다짐하였던 것이었다. 그런 사정을 어느 정도는 알고 있었던 단
후명이었기에 더욱 사마세가의 연루에 대하여 이해가 가지 않았던 것
이고, 그것을 전해 들은 진현 역시 이해가 가지 않았다.

"그래, 방법은 그것뿐이야!"

진현은 무엇을 결심하였는지 두 눈에 힘을 주며 앞을 주시하였다. 그리고 어느새 해가 지고 어두운 밤이 찾아온 문무정(文武亭)을 빠져나와 자신의 거처인 천심소축(天心小築)을 향해 나아갔다.

"너무 보기 안쓰러워요. 이러다 혹시 저번처럼 병이라도 나면 어떻게 해요?"

단목빙은 어느 한곳을 응시하며 안절부절못했다. 그녀는 자신의 옆에서 자신을 감싸주는 단후명을 보며 애절한 목소리로 말했다. 하지만 들려오는 것은 탄식뿐 그녀가 바라던 대답은 없었다.

"……."

"명랑(明郞), 뭐라고 말 좀 해요. 당신은 우리 운(雲)이가 걱정되지도 않나요? 이대로 지켜보고만 계실 거예요?"

단목빙은 계속해서 모든 것이 단후명의 잘못이라는 듯 따지고만 들었다. 하지만 단후명 역시 속이 답답한 것은 매한가지였다. 어떻게 자신의 자식이 몸을 혹사시키는데 보고만 있을쏜가. 그러나 방법이 없다는 것을 잘 알고 있는 그였다.

"빙매(氷妹), 당신도 잘 알지 않소. 남녀 간의 애정사라는 것이 얼마나 힘든 것이고, 또 그것만큼 복잡 미묘한 것이 없다는 것을. 만약 운이가 저렇게 해서라도 잊을 수 있다면 그리 해야지. 모든 것은 시간이 말해 줄 것이오. 그러니 우리는 지켜보도록 합시다."

"그래도……."

단목빙 역시 단후명의 심정과 매한가지였다.

그녀 또한 단후명이 말하는 바를 모르는 건 아니었다. 하지만 그렇다고 두 손 놓고 있을 수는 없기에 투정을 부린 것이다.

부모의 심정이란 것이 다 그런 것 아니겠는가. 특히 아이를 가진 어머니의 심정이 그 누구보다 위대하고 강인하다라는 것은 익히 잘 알려진 사실이다.

"빙매, 지금 누구보다 힘든 사람은 바로 운아일 것이오. 여기서 우리가 끼어들어 운아의 상태를 악화시킨다면 자칫 어긋난 길로 갈지도 모르는 일이오. 그러니 저 녀석이 하자는 대로 놔두고 이제 더 이상 그 문제로 말하지 말도록 합시다."

"명랑!"

"빙매! 그만 합시다. 그건 그렇고 왕부(王府)의 일이나 어떻게 해야 할지 생각해 봅시다."

획—

진현이 뻗어가는 권로(拳路)는 무허 상인(無虛上人)의 가르침을 받을 때와는 또 다른 차원이었다.

예전 그의 권에는 힘과 무리(武理)만이 있었을 뿐인데 이제는 진정한 무혼(武魂)이 담겨져 있는 것 같았다.

아마도 진현의 신경에 변화가 있었나 보다.

"아직 멀었어. 이대로는 또다시 반복될 뿐이야."

진현은 이렇게 중얼거리며 다시 권로를 휘둘렀다.

지금 그의 자세는 염화탁엽세(拈花托葉勢)였다. 꽃을 쳐서 낙엽을 쓸어 모으는 진현의 몸은 마치 진실로 그것을 행하듯 생동감있었다. 하지만 진현은 뭐가 마음에 들지 않는지 계속해서 같은 자세를 반복하고 있었다.

"아냐! 그들은 나보다 더 많은 땀을 흘렸을 것이고 더 많은 피를 흘

렸을 것이야. 이것으론 부족해! 배는 노력해야 겨우 그들을 따라잡을 수 있을 거야!'

진현은 말을 하면서도 주먹을 지르는 것을 멈추지 않았다. 오히려 더 힘을 내며 눈에 빛을 발하는 것이 눈에 보일 정도였다.

"소주, 너무 서두지 마십시오. 모든 것은 급하면 체하는 법이랍니다."

황 노공은 언제나 그랬던 것처럼 진현의 옆에서 조언해 주기에 여념이 없었다.

황 노공.

또는 황 총관으로 잘 알려진 인물이었다.

십오 년 전 단후명에 의해 천하제일가에 들어온 그는 몇 년이 지나지 않아 다방면에 걸친 실력을 드러냄으로써 이제는 천하제일가에 있어 없어서는 안 될 존재가 되어버렸다.

가(家)의 운영 면에 있어서는 실질적 안주인의 역할을 톡톡히 해내고 있었고 세가 내의 무사들에 있어서는 아주 엄격한 무교두(武敎頭) 구실을 했다. 비록 단씨의 가전 무공이자 천하제일가로 만들어준 지공(指功)을 모르다 뿐이지 일신(一身)의 무학은 그를 총관의 자리에 오를 수 있게 만들어주고도 남음이었다.

그뿐이랴. 무(武)에만 치우치지 않고 문(文)과 지략에도 밝아 운남(雲南) 내의 크고 작은 문제를 해결함으로써 지금까지의 천하제일가 명성을 계속해서 이어준 인물이었다.

그렇다고 세가 내의 가주인 단후명이라든지 단씨 일족의 능력이 모자라다라는 것은 아니다. 다만 황 노공의 실력이 다방면에서 출중하다는 것을 증명하고 있는 것뿐이다.

현재 천하제일가에서 단후명보다 높은 연배의 사람은 없었다. 있다면 보천각(保天閣)의 원로들만이 있을 뿐이다. 진현에게는 숙부이며 단후명에게는 동생이 되는 단정명(段正鳴)과 단순명(段純鳴), 이렇게 단씨 삼 형제가 세가를 이끌어갈 뿐 이렇다 할 단씨 일족이 없었다.

손이 귀한 탓도 있었지만 검황 이전에 일어났던 세가의 혈겁으로 인해 많은 단씨 사람들이 죽었고 검황 자신 또한 불혹의 나이를 넘어 세가를 떠났기 때문이다.

황 노공은 며칠 전부터 진현이 연무장에 나와 무공을 수련하는 것을 보고 진현의 내심을 짐작하고는 그 후로 진현의 수련을 돌보아주었다.

물론 이것을 단후명과 단목빙 역시 알고 있었지만 부모와 부모가 아닌 제삼자의 입장은 자식을 대하기에 있어 객관적이 될 수도 있고, 진현의 경우 이번 사마화련과의 일이 겹치다 보니 자신들이 나서기에 문제가 있었던 것이다.

그리고 황 노공의 실력을 누구보다 잘 알고 있었던 그들이기에 믿고 맡기기로 한 것이다.

하지만 그런 황 노공 또한 모르고 있던 것이 있었으니, 바로 진현에 대한 자신의 평가였다. 어렸을 때부터 돌보아오던 그는 진현, 아니, 단지운(段志雲)이 주화입마(走火入魔)에 빠졌던 사실은 잘 알고 있었다.

그러나 아직 진현이 주화입마를 벗어나 명인들의 가르침까지 받았다는 것을 모르고 있었다.

그래서 진현의 무공 수련이라고 해야 어느 단계가 지나고 나면 한계가 올 것이라 생각했다. 그렇게 생각하고 있었던 황 노공에게는 진현의 지금 행동들이 마치 무모한 도전으로 보일지도 몰랐다.

하지만 진현에게 실망을 안겨주기보다는 자신감을 심어주어야 한다고 생각한 그는 진현에게 도움을 주고자 노력했다.

지금 현재 진현 몸 안의 선천진기(先天眞氣)는 날이 갈수록 순수해지고 영민하여 진현의 능력 또한 높아지고 있는 터였다. 그리고 무허 상인과의 인연으로 우연히 알게 된 선천진기의 내공화, 즉 금단태극선공이 이제는 아주 능숙하여 양적인 면으로나 질적인 면에서 모두 골고루 발달하고 있었다.

현재 진현의 수준이라 함은 예전 명진(明眞)과 함께 흑건대주(黑巾隊主) 냉혈참혼(冷血斬魂) 오산평(吳山評)과 흑건대(黑巾隊)와 싸울 때와는 한 단계 상승되어진 수준이다. 그 상승되어진 수준이라 함은 일반적으로 말해 특별한 초식을 익혔다든지 내공이 월등히 높아진 것이 아니라 사물을 보는 시야가 넓어진 것을 말하는 것이다.

원래 전생에서부터 온갖 일들을 겪어 또래의 인물들과 생각하는 차이가 남달랐지만 이번 황 노공과의 대화에서 얻은 자신감을 키울 수 있었던 것이 그 주원인이다.

그뿐 아니라 그의 주절기인 금강문의 절학 역시 그 화후가 높아지고 있었다. 화산오수와의 대결에서 그 중요성을 깨달은 바 있는 진현은 세심한 부분까지 수련에 수련을 하고 있었다.

"소주, 묘목이 거목으로 변하기 위해서는 수많은 세월을 필요로 합니다."

"하지만 빨리 강해지고 싶은걸요."

진현의 심정이다.

강해지고 싶은 것. 천하제일이 아니더라도 자신의 소중한 것만은 지킬 수 있는 강함. 진현은 그것을 원했다.

"소주, 왜 마공이라는 것이 나타난 줄 아십니까?"

"그거야 속성으로 높은 경지를 이루려 한 목적으로……."

진현은 왜 황 노공이 마공에 대하여 말을 꺼냈는지 알았다.

정도의 이름 높은 신공과 달리 마도나 사도의 무공들은 속성의 성향으로 단 시일 만에 많은 이득을 볼 수 있는 것들이다.

뛰어난 심법이 아니더라도 매개체나 사공이학을 통해 주화입마라는 부작용을 무릅쓰고 그들은 도박을 걸고 있었다. 잘되면 단숨에 고수의 반열에 오를 수 있지만 대부분의 마도인들이 부작용으로 인해 몸을 망치는 경우가 허다했다.

황 노공은 그것을 원하지 않으면 천천히 순서에 맞게 마음을 편히 가지라는 것이다.

"소주, 제가 보기에 소주의 무공은 몸은 따라가려 하지만 머리는 이해하지 못하는 괴이한 상황입니다."

"음……."

"그 상황이 반대인 것보다는 더 빠른 시일에 한계를 넘을 수 있지만 그 단계를 오래 둔다면 좋지 않은 습관이 몸에 배일 것입니다."

황 노공의 지적이 옳았다.

진현의 상황은 원주인인 단지운의 수련으로 인해 몸의 활용성은 높았지만 아직 진현 스스로가 이해를 못하는 부분이 많았다.

서로 간의 기억이 합쳐졌다 하나 그것은 단지 합쳐진 것일 뿐 진현의 것이 되지는 못했다. 그것은 안다라는 것과 이해한다라는 것의 차이와 같은 이치였다.

"지금 이 팔의 움직임을 잘 보십시오. 소주께서 하신 동작과 어떤 다른 점이 있는지를 보셔야 합니다. 그 차이점을 안다면 얼마 가지 않아 소주 역시 하시게 될 것입니다."

어느새 황 노공은 시범을 보이며 말을 이어가고 있었다.

말을 마친 황 노공은 부드럽게 두 팔을 앞으로 쭉 뻗었다. 그리고 두 팔은 서로 다른 방향으로 원을 그리며 돌아갔다. 그렇게 서로 다른 방향으로 흐르던 두 팔은 어느새 앞을 보면서 합쳐졌다. 하지만 역방향 상태는 그대로였다.

황 노공은 자신의 몸을 정확히 반으로 갈랐을 때 밑부분 왼쪽에서부터 시작하여 큰 원을 그리며 오다 정확히 원의 정점에서 바로 밑으로 내려오며 두 번의 작은 물결을 그렸다. 그리고 다시 맨 하단으로 내려온 수장(手掌)은 오른쪽을 시작하여 또다시 큰 원을 이어갔다. 그리고 왼쪽 하단 부분에 올 무렵 손목이 꺾이며 작은 원을 그리고는 맨 하단에 멈추었다.

바로 태극(太極)을 그린 것이다.

하지만 그것이 끝이 아니다. 두 손은 번갈아 원을 그리며 태극을 만들어갔고 어느새 두 팔이 떨어지며 각기 작은 태극을 그려갔다. 그러던 두 팔이 이제는 몸을 축으로 하여 팔방(八方)을 원으로 삼으며 태극을 만들어갔다. 마치 손의 흐느낌이 춤사위처럼 보일 지경이었다.

진현은 처음 황 노공의 동작을 보며 뭘 하는 건가 하는 생각이 들었지만 어느새 그 두 눈엔 황 노공의 두 수장만이 보일 뿐이다.

그러면서 두 수장의 움직임을 따라 두 눈 역시 쫓아갔다. 그리고 황 노공이 동작을 멈추고 자세를 바로 했을 때도 진현의 두 눈엔 움직이는 있는 손바닥이 보였다. 그 환상은 일각이 지나서야 겨우 멈출 수 있었다.

"소주."

황 노공은 천천히, 그리고 나직이 진현을 불렀다. 하지만 그것이 진현에게는 천둥벼락처럼 들렸는지 황급히 고개를 돌리면서 황 노공을 찾았다.

"황… 황… 총… 지금 하신… 것이……."

"면장(綿掌)입니다."

"면장?"

"예, 태극면장(太極綿掌)이라고도 합니다."

면장, 혹은 태극면장이라고도 하는 이 수공(手功)은 사파(四派) 중 하나이면서 전설적인 도가(道家)의 대표적인 문파인 무당파(武當派)의 비전절학(秘傳絶學)이다.

유능제강(柔能制剛)이라 하여 부드러움의 극(極)을 보여주는 이 공부는 말 그대로 부드러움으로 강함을 제압하는 것이다. 유유히 흐르는 수(手)의 물결 속에는 상상도 하지 못할 힘이 숨겨져 있어 강맹(強猛)으로 따지더라도 전혀 뒤지지 않는 것이기도 했다.

"면장이라면 혹시……?"

"예, 무당파의 무공입니다."

"그런데 어떻게… 혹시 황 총관께서 무당의……."

"아닙니다. 그저 인연이 있어 조금 배운 것이지요."

말을 마치고는 살며시 미소 짓는 황 노공의 얼굴을 보며 진현은 더 말하려 했던 입을 다물고 있는 수밖에 없었다. 하지만 무당의 비전절학인 면장을 단순한 인연이 있다고 해서 배울 수 있는 것인지 그것이 의문이었다.

"음……."

진현은 그것을 알기에 황 노공에게 뭔가 말하지 못할 사연이 있다 생각하고 더 이상 그쪽으로 생각하지 않았다.

그런 진현의 마음을 아는 것일까.

황 노공은 화제를 바꾸며, 아니, 본래의 화제로 돌아가기 위해 말을 했다.

"소주, 방금 전 제가 했던 동작을 잘 보셨습니까?"

"예……."

진현은 잘 본 정도가 아니라 뇌리를 마비시킬 정도의 빠짐을 느꼈다라고 할 수 있었다.

"그럼 무엇을 보셨습니까?"

황 노공의 물음에 일순간 진현은 아무 말을 하지 못했다. 진현은 무엇을 본 것이 아니라 무엇을 느낀 것이기 때문이다.

본다와 느낀다의 차이.

비슷한 것 같으면서도 사실 그 안에는 매우 큰 차이가 숨겨져 있었다.

그것은 알고 있는 것과 알고 있는 것을 행하는 것과의 차이와 비슷하다 할 수 있다. 만약 진현이 황 노공의 동작을 그저 본 수준에 그쳤다면 그것은 그것으로 끝이 난 것이다. 마치 그림을 보고 난 후 누구에게 설명할 때 이 부분에는 무엇이 있었고 저 부분에는 무엇이 있었다라고 설명하는 것이기 때문이다.

하지만 그것에 대한 자신만의 감상을 느끼려면 알든 모르든 먼저 그것을 생각해야 하고 느껴야 했다.

그리고 거기서 그것에 대한 자신만의 생각이라든지 감정이 나오는 것이다.

한참을 생각하고 있던 진현은 조금씩 열리는 입을 통해 자신만의 느낌을 표출하기 시작했다.

"황 총관."

"예, 말씀하십시오."

"사실 저는 황 총관께서 말씀하신 대로 아직 그것을 알고 이해할 단계가 아닌 것 같습니다. 하지만 한 가지 느낀 것이 있다면 너무나도 자연스러웠다는 겁니다."

한참을 생각한 것치곤 너무도 짧고 명료한 말인 것 같이 말하면서도 진현은 내심 황 총관의 눈치를 보아야만 했다.

하지만 진현의 두 눈에 담긴 황 총관의 눈은 전혀 흔들림이 없었고 그 속에는 진정이 흐르고 있었다.

"맞습니다."

황 노공 역시 짧고 명료한 대답이었다. 하지만 그 뒤로 황 노공의 말은 계속 이어져 갔다.

"소주의 답변이 맞습니다. 자연스러움. 자연스럽다. 그것이야말로 제가 소주께 지금의 동작들을 보여 드린 이유입니다. 사실 그 동작들 속에는 그보다 더 많은 무리(武理)가 숨겨져 있고 오묘한 세계가 담겨 있습니다. 하나 지금 제가 원하던 대답은 바로 그것입니다. 자연스러움. 실상 손발을 다투고 창칼을 날리는 작게는 싸움터, 혹은 대련, 크게는 전쟁터에서 그 자연스러움을 찾아보기는 어렵습니다. 정말로 천부적인 소질을 가지고 있지 않다면 어딘지 모르게 그 부자연스러움이란 나오게 마련입니다. 저 역시 마찬가지입니다. 천부적인 소질을 타고나지 못한 까닭으로 수많은 수련을 통해 없애 나간다고 했지만 아직도 어딘지 모르게 나타나고 있습니다."

"설마 황 총관님께서……."

"아닙니다, 정말 그렇습니다. 만약 그 허점을 모두 없앤 사람이 있다면 그는 진정한 천하제일인이 될 것입니다. 허허허! 죄송합니다. 말을 해놓고 보니 정말로 우습습니다. 허점이 없으면 누구도 해칠 수 없을 것이고 그러면 당연히 천하제일일 것인데……."

"정말 그러네요. 하하하! 그런데 그런 사람이 있을까요?"

진현은 황 노공의 말에 같이 박장대소(拍掌大笑)하다 문득 정말로 그런 사람이 존재할까라는 궁금증이 들었다.

"그거야 모르지요. 있을 수도 있을 것이고, 아니면 영원히 없을 수도 있을 것이고. 하지만 왠지 나타날 것 같은 기분이 드는군요."

"그건 왜 그렇습니까?"

"글쎄 말입니다. 그냥 느낌이 그렇습니다."

말을 마친 황 노공은 저 멀리 중원이 있는 방향을 쳐다보았다.

진현은 의자에 앉아 조금씩 손을 움직이고 있었다.

그러나 진현의 의식은 인지를 하지 못하고 있었다. 진현의 미간에는 어느새 가느다란 주름이 잡혀 있었다. 그리고 무언가 마음에 들지 않는지 고개 젓기를 반복했다.

'아니야, 이것이 아니야. 동작에 무거움이 실려야 하는 것은 당연한 이치일진대 왜 자꾸 가볍다는 생각이 드는 것일까? 정말 모르겠구나.'

진현은 화두를 푸는 고승(高僧)처럼 계속해서 혼자 중얼거리며 생각에 생각을 거듭했다.

'가볍다… 가볍다……. 문제는 이 가볍다는 것에 있는데…….'

황 노공이 보여주었던 면장에서 진현이 느낀 것은 무척이나 자연스럽게 모든 동작이 이어진다는 점이었다.

그리고 그것은 진현 역시 생각하고 있었던 점이기도 했다. 하지만 문제는 실천에 있다는 것이었다. 안다고 하는 것과 행한다는 것이 얼마나 힘든 것인지 설명해 주는 보기 좋은 예였다.

그리고 이것이야말로 황 노공이 진현에게 준 화두였다.

'몸이 움직이기 위해선 아무리 작은 양일지라도 힘이 들어가는 것이 당연해. 그렇기에 아무리 자연스럽다 할지라도 그 속에는 부자연스러운 것이 숨어 있는 것이고. 지금 내가 보고 있는 손 동작도 시간에 제한을 두어 본다면 아주 미세하지만 끊어져 나가는 것일 거야. 그런 것이 눈을 통해 내가 지각할 때에는 연결되어 이어진 동작으로 보이는 것이고.'

진현은 손을 앞으로 내밀어보며 생각을 하였다.

비록 진현은 눈을 통해 자연스럽게 뻗어가는 팔을 보았다 하더라도 그 속에는 잠깐 동안의 멈춤이 숨어 있어 뻗어감을 연결시킨다고 생각하였다.

하지만 진현이 생각지 못한 것이 있었다. 지금 진현이 생각하고 있는 방식은 지극히 현대적인 사고방식이라는 것이다.

시간 속에 차이를 두어 동작의 움직임을 정지 화면을 보듯이 생각하는 것은 그가 현대 사회에서 그런 류의 화면을 보지 못했으면 생각지 못할 것이었다.

과연 이런 방식의 생각이 그의 수련에 도움이 될지는 미지수였다.

'아! 그런데 어째서 황 노공의 시범에서는 그런 것을 못 느꼈을까? 분명 그전에도 이것에 대해 생각을 하고 있었거늘. 어떻게 하면 그리 될 수 있는 것일까?

진현은 어느새 자신의 우둔함을 자책하고 있는 자신을 발견하곤 다시 본래의 화두로 돌아갔다.

'처음부터 생각해 보자. 몸을 움직이기 위해서는 아무리 작은 양이라 할지라도 힘이 들어간다. 그래서 그 속에는 무거움이 들어가는 것이고, 그 무거움으로 인해 동작의 연결에 부자연이 숨겨져 있는 것이다. 하지만 동작을 부드럽게 하기 위해서는 그 속에 무거움보다는 가벼움이, 굳음보다는 유연함이, 강함보다는 부드러움이 있어야 한다. 하지만 그렇게 해서 과연 적의 공격을 받을 수 있을까?

진현은 이미 이것에 대해 공부를 배운 적이 있다라고 할 수 있었다.

삼보장(三寶莊)의 살아 있는 전설인 사군(四君) 중의 한 명 곤군(棍君) 진천곤(震天棍) 조진환(趙鎭環)과의 인연에서 유능제강(柔能制剛)과 사량발천근(四兩發千斤)을 공부함으로써 내용의 진의를 거의 파악하고 있는 진현이었다.

하지만 아무리 사량의 힘으로 천 근을 제압한다고 하지만 그 안에는 사량이라는 힘이 숨어 있다. 바로 그것이 진현으로 하여금 고민하게 만들고 있는 것이다.

'왜 황 노공의 동작에 힘이 들어가 있다라는 것을 망각하고 있었을까? 무언가 있어. 분명히 무언가가 그 속에 숨어 있는 것이야.'

진현은 황 노공이 펼친 면장의 구결을 어렴풋이 짐작하고 있는 것이었다. 하지만 일천한 그의 실력으로는 감히 그 내용을 짐작조차 하지 못했다. 그저 그런 것이 있을 것이다 하고 생각할 뿐이었다.

하지만 진현은 철저히 오해를 하고 있는 것이 있었다. 바로 면장의 실용적인 면과 그것을 이루는 요체들이다. 진현은 계속해서 자연스러움, 유능제강이라는 화두에만 몰두해 있기 때문에 황 노공이 보여준 면장에 있어서 그것의 요체를 깨닫지 못하고 있었다.

하지만 진현이 지금 고민하고 있는 대로 그 생각들이 진현의 수준을 한 단계 발전시킨다는 것에는 변함이 없는 것이긴 하였다.

사실 면장의 요지는 일반 초식처럼 외부적인 힘을 필요로 하는 것이 아니라 그 속에 자신의 내력을 실어 상대방에게 보낸다는 것이 정확한 것이다. 외부에서 보기에는 아무런 힘도 없을 것 같은 부드러운 동작

속에 무한한 힘이 숨어 있는 것이 바로 그 이유였다. 또한 그것은 무당파가 내세우는 무리이기도 한 것이었다.

진현은 계속되는 고민과 실험 속에서 자신이 이제껏 배워왔던 무리와 무공을 다시 한 번 확인할 수 있었다. 비록 지금의 화두에 연관이 있는 것은 아니었지만 해답을 찾아가는 과정에서 혹시나 하는 마음에 더듬다 보니 거기까지 발을 넓히게 된 것이었다.

"그래, 지금껏 기본에 충실하지 못한 점이 많았어. 모든 것은 기본에서부터 시작인데……."

진현은 혼잣말을 중얼거리며 지난날 무허 상인이 했던 말을 떠올렸다.

"그래서 고급 과정으로 들어가기 전에 기본기를 확실히 닦아놓는 것이란다. 기본기가 확실하다면 그보다 어려운 과정을 익힐 때보다 확실하게 익힐 수 있는 장점도 있지만 아까 말한 허점을 없앨 수 있는 가능성이 많아지는 것이다."

그리고 또 다른 그의 말도 떠올렸다.

"옛날 고대에 말이다, 사냥과 생존을 지키기 위해 몸을 수련할 때도 어느 정도의 기술을 가지고 있었단다. 단지 그때는 미비한 정도였을 뿐이었지만. 하지만 무술이 무학이 되고 다시 무예가 되며 이제는 무도로 된 당금에는 모든 방면에서 수위를 이루어야 한다는 것은 아니지만 어느 정도의 수준은 되어야 다음 단계로의 벽을 뚫을 수 있다고 할 수 있다. 그래, 지금은 이해가 되지 않겠지. 하지만 네가 지금부터 아주 열심히 무도를 정진하면 아마 다음의 벽이 너의 앞에 보일 것이다. 아니, 찾아올 것이다. 그때면 알겠지, 네가 어느 부분에서 모자라 이런 벽이 왔는지. 그게 바로 네 무공의 허점이야. 그 허점을 찾아야만 너의 다음 단계로 걸어갈 수 있는 것이다. 하지만 쉽게 그 허점을 찾을 수는 없을 것이다. 책에서 나오는 잘못된 글자를 찾는 것처럼 쉽게 찾게 된다면 그것은 너의 허점이 아니라 너의 실수겠지."

"그래! 이제부터라도 기본기를 충실히 하도록 하자."
진현은 주먹을 불끈 쥐며 굳게 다짐을 하였다.

아직 여명이 밝기 전, 연무장에는 진현은 자신이 소중한 땀을 소비해 가며 몸을 움직이고 있었다.
"합!"
사람은 몸에 힘을 키우기 위해 여러 방법을 쓰지만 그중 무림인의 경우 대부분 수련이라는 과정을 통해 그 목적을 이루고자 하였다.
수련이란 학문이나 기술 등, 특히 무림인이라면 무예를 갈고닦아 단련하는 것을 의미한다. 여기서 단련이라 함은 몸과 마음을 닦아 기르는 것을 말하는 것이며 배운 것을 익숙하게 익힌다는 것은 연마를 한다는 것이다.
그래서 흔히들 무예를 익힌다는 말과 정진한다는 것을 일컬어 연마한다고 하는 것이기도 하였다.
여기서 제일 중요한 것은 배운 것을 익숙하게 익힌다는 말이다.
그리고 이 중에서도 가장 핵심은 익숙하게란 말이다. 익숙하다. 흔히 자주 보거나 느끼거나 알거나 행하여 그 행함에 있어서 능수능란할 때 익숙하다라는 말은 쓴다. 마치 숨 쉬는 것처럼 의식하지 않아도 그 행동이 자연스러운, 그래서 더욱 무서운 익숙함이다.

그 익숙함이야말로 어떤 비기를 익힌 것보다 더 무서운 것이라 할 수 있다. 의식하지 않아도 자연스레 펼쳐지는 그 익숙함은 수없이 반복되는 숙달에 있다. 그것이다. 현재 진현이 행하고 있는 일련의 동작들은 바로 익숙함을 위한 것이다.

지난밤 진현은 황 노공과의 대화에서 느꼈던 고민들을 생각하면 할수록 미궁 속으로 빠져드는 것을 느꼈다. 마치 동굴 속에 들어갈수록 그 어두움에 빠져들어 헤어 나올 수 없는 것처럼 진현 역시 생각이 거듭될수록 의문에 의문이 꼬리를 무는 것 같아 답이 나올 수 없는 지경이 되어버렸다.

하지만 의문이 거듭될수록 그 노력이 헛되지 않아 진현만의 맥은 잡혀지고 있었다.

바로 그것이다.

사실 황 노공이 원하고자 했던 답안을 진현이 제출하기엔 진현의 실력이 부족했었고, 또한 그 순서가 틀렸기 때문에 진현이 이해하기 힘든 것이 사실이다. 지금 진현은 남이 가지지 못한 보검을 가지고 있어 남들이 쉽게 넘보지 못하게 되었지만 정작 그것을 쓰는 방법을 몰라 헤매고 있는 것이다.

그것을 황 노공은 알고 있었던 것이다.

비록 진현이 아직까지 주화입마로 인해 내가(內家)의 길로 들어서지 못한다라고 생각했지만 진현이 가지고 있는 힘과 기술을 그의 경험과 연륜을 바탕으로 가늠하여 어느 정도 눈치 챘기 때문에 지금 진현이 당면하고 있는 문제점을 파악하기엔 아무런 문제점이 없는 것이고, 또한 더 나아가 그에 맞게 조언까지 해줄 수 있었던 것이다.

진현은 자신이 가지고 있는 문제점이 황 노공이 지적하고 있는 그대로의 문제점과 뭔가 맞지 않다라는 것을 잘 알고 있었고 그렇기에 황노공이 내준 문제를 풀지 못한다라고 생각했다. 그래서 결국 생각해 낸 것이 앞에서 말한 익숙함이었다.

힘의 자연스러움.

조화를 이루는 듯하면서도 어딘가 부조화를 이루는 이 두 단어는 익숙함이라는 진현만의 해답을 통해 진현에게 다가왔다.

진현은 지난밤 동작이 자연스럽기 위해서는 그 동작 속에 힘이 덜해질수록 그 자연스러움이 더해진다라고 생각했다. 힘이 들어갈수록 동작은 경직되어지고 곡선이 아닌 직선이 되기 쉽다고 생각했다. 하지만 힘이 들어가지 않은 동작과 초식으로는 상대를 제압하기 힘들다는 것 또한 잘 알고 있는 터였다. 이 물고 물리는 두 관계를 해결하지 못한 진현은 우선 상대를 제압하기 위해서라도 동작에 힘을 쏟기로 했다. 그렇게 익숙하게 몸에 배다 보면 그 속에서 자연적으로 해답을 찾을 수 있다고 생각했고 또한 그 속에서 부드러움이라는 유(柔)를 첨가할 수 있다고 생각했다.

비록 진현만의 생각이 옳다라고 말할 수는 없었지만 진현에게는 그것이 최선의 선택이었고 방법이었다.

후에 그것이 '유능제강'을 이루는 첩경 아닌 첩경이라는 것을 깨닫게 되겠지만 그것은 정말로 후의 이야기일 것이다.

제19장

뜻하지 않은 소식

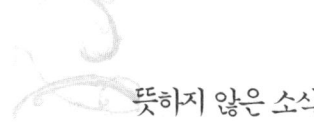

뜻하지 않은 소식

진현은 어느새 태양이 머리 위에 가까이 있는 것을 느끼며 동작을 멈추고는 온몸에 흐르다시피 하는 땀들을 닦기 시작했다.

자신의 성과를 느끼기에는 며칠이라는 짧은 시간 동안밖에 수련하지 못하였기에 자신이 행하고 있는 방법이 맞는지 틀린지 알 수 없었다.

하지만 그것이 비록 틀린 방법이었으며 헛된 땀을 흘리게 하는 수련일지라도 진현에게는 신념이 있었다. 그리고 이 땀들이 자신의 값진 영양분을 힘이라는 통로를 통해 빠져나가는 산물이라 할지라도 그에겐 후회가 없었다.

다른 무엇보다도 진현은 지금의 삶이 그에게 언제나 소중해야만 하는 삶이라는 것을 잘 알고 있기 때문이다.

그런 모습을 멀리서 지켜보는 이가 있었으니 바로 천하제일가의 총관인 황 노공이었다. 그의 두 눈에는 이채가 가득 실려 있었으며 누군가를 향해 말하는 듯이 무언가를 혼잣말로 중얼거리고 있었다.

"단 공자, 해답이란 없는 것입니다. 해답은 바로 자신이지요. 그래요, 그것만으로 된 것입니다."

행여나 다른 사람이 들었다면 무슨 소리를 하고 있는 것인지 전혀 모를 말들을 하고 있는 그였지만 한 가지 특이한 점이 있었으니 바로 진현에 대한 그의 호칭이었다.

천하제일가라는 단씨세가에 몸담고 있는 그가 진현에게 칭해야 할 호칭은 작은 주인[小主]이라는 명백한 단어가 있음에도 불구하고 그는 단 공자라는 타인에 대하여 부르는 호칭을 입에 담고 있었다.

그 말을 끝으로 황 노공은 몸을 돌려 어느새 인자한 그의 본연의 모습으로 돌아와 오늘 그가 해야 할 일을 하기 위해 발을 옮겼다.

그렇게 하루를 보내는 일상이 진현에게 찾아온 지 두 달이라는 시간이 지났을 무렵 그는 어느새 익숙해지는 자신의 두 손과 두 발을 느끼기 시작했다.

힘의 조절과 속도까지 모든 면들이 차츰 진현의 의지 속에 가두어지려 하고 있었다.

하지만 이것은 진현이 의식할 때의 이야기였고 무의식의 세계에서까지는 아니다. 그도 그럴 것이 무의식에서까지 의지 속에서 몸이 따라간다라는 것은 곧 신화경(神化境)에 도달했다라는 말과 동일한 것이기 때문이다.

"음……."

진현은 여느 때와 같이 수련을 반복하다 무슨 생각이 들었는지 그 자리에 털썩 앉아 한 손으로 턱을 괴며 신음을 흘렸다. 날씨가 제법 선선함에도 불구하고 진현은 계속해서 땀을 흘리고 있었으나 그것 역시 의식하지 못한 채 자신만의 세계에 빠져들기 시작했다.

'이제는 서서히 내 몸이 내 몸 같은데…….'

흥미로운 말이었다. 자신의 몸이 자신의 몸 같다니. 그것은 곧 진현이 자신의 몸을 의식했다라는 말이다. 쉽게 말하자면 자신의 몸을 제어할 수 있는 경지에 왔다는 말이기도 했다. 두 달이라는 짧다면 짧고 길다면 긴 기간 동안 진현의 피땀 흘린 노력이 헛되지 않았기에 이런 성과를 이룰 수 있었던 것이다.

'하지만 말이야, 내 몸을 내 마음대로 할 수 있다면 황 노공의 면장을 흉내 정도는 내야 하는데…….'

진현은 그렇게 생각하며 아직까지도 자신의 머리 속에 선명하게 떠오르는 황 노공의 면장을 그려갔다. 둥글게 돌아 태극을 이루며 뻗어가는 두 손의 흐느낌 속에 담겨 있는 그 무한한 힘을 진현 역시 어느 정도 알 수는 있었지만 막상 그것을 시행하려고 하면 처음 그대로였다.

마치 어느 한 문제를 본 아이가 그것이 궁금하여 열심히 공부한 후에 풀어보려고 하였으나 그것을 풀지 못하는 것과 같았다.

여기서 진현은 한 가지 간과한 것이 있었다.

바로 그 문제의 수준 정도였다.

만약 어느 한 부분에서 발췌한 문제라면 그 부분만 공부한다면 충분히 풀 수 있을지도 모른다. 하지만 그 문제가 종합적인 것을 요구한다면 그 상황은 달라지는 것이 당연지사였다. 그것은 곧 그 문제를 이해하기 위해서 모든 것에 다 통달해야 하는 것과 같은 이치였기 때문이다.

진현은 익숙함이라는 문제를 풀기 위한 한 방편은 알 수 있었지만 그것을 제외한 나머지는 모르고 있었던 것이다.

만약 이것을 모두 다 통달할 수준이 되어 진현이 그 문제를 풀 수 있다면 그것이야말로 만류귀종(萬流歸宗)이 아니고 무엇이겠는가.

흔히들 만류귀종을 모든 것이 하나로 귀일(歸一)한다라고 할 때 쓰곤 한다.

하지만 반대로 그 속에는 그 하나로 귀일하기 위하여 모든 것을 알고 있어야 하는 법이었다.

물론 한 특정 분야에 한 문파를 창건할 정도가 된다면, 즉 대종사(大宗師)가 된다면 다른 분야에서도 그가 다루기 쉬울지 모르는 일이다. 하지만 그것 역시 그 속에 모든 기본기가 포함되고 있어야 한다는 전제 조건 속에서 이루어지는 것이다. 처음부터 한 가지에만 파고든다고 해서 결국에는 다른 것도 할 수 있다는 것은 어불성설(語不成說)임에 틀림없는 소리였다.

그것을 모르는 진현은 작은 목표일지는 몰라도 황 노공이 보여주었던 면장의 재현이라는 목표를 가지고 달려왔기에 실망감이 드는 것은 어쩔 수 없는 일이다.

하지만 곧 그것을 자신의 몸을 감싸는 바람 속으로 털어버리고 뻗어가는 자신의 팔에 정신을 집중하였다. 아직 그에게는 포기란 단어가 낯설기 때문이었다.

그때였다, 아직까지는 따스하게 비추는 햇살을 가리는 그림자를 만들며 진현의 곁으로 다가오는 중년의 남자가 진현의 눈에 보인 것은.

"숙부님, 어쩐 일이십니까?"

멋들어진 턱수염을 단정하게 기른 그는 진현의 두 숙부 중 단정명이었다.

"오늘도 열심이구나. 그래, 성과는 있느냐?"

"……."

"하하하."

자신의 물음에 아무 말을 못하는 진현을 보며 단정명은 대소를 터뜨리곤 진현의 어깨를 두드렸다.

지난 몇 년간 세외를 둘러보고 온 단순명과는 달리 단정명은 진현이 주화입마에 빠져 고생할 때부터 진현을 봐준 사인지라 진현의 고민을 들어주는 몇 안 되는 든든한 힘이었다.

게다가 요즘 들어 진현의 심정을 헤아리는 듯 자주 찾아와 말벗이 돼주곤 했다.

"이 녀석, 왜 말이 없느냐? 뭐가 잘 안 되느냐?"

단정명의 따스한 말에는 진현을 아끼는 마음이 들어 있었다.

"아닙니다. 그저 말할 수준이 아니라서요."

"하하하, 이 녀석."

단정명은 특유의 호탕한 웃음을 지으며 진현의 어깨를 두드려 주었다.

단정명은 진현이 아무런 성과 없이 헛되게 노력하지 않았다라는 것을 알고 있었다.

다만 진현의 성격이 확실한 성과가 없는 과정에서 떠들기 싫어한다는 것을 알기에 그저 웃음으로 무마하며 진현의 등을 두드려 준 것이었다.

솔직히 단정명에겐 비전(秘傳)의 절학을 익히며 건방 떠는 아들보다는 이렇게 노력하고 겸손할 줄 알며 말을 아낄 줄 아는 진현이 더 대견하게 보였던 터이다.

하지만 내심 어서 빨리 진현이 가문의 절학을 익혔으면 하는 욕심이 생기는 그였다.

"삼양천잠공은 진전이 있느냐?"

단씨 비전으로 내려오는 삼양천잠공(三陽踐潛功)은 단씨 가문으로서는 우선적으로 익혀야 할 것이다. 단지운 역시 그것을 익히다 무리수를 두는 바람에 주화입마를 당했을 정도로 특별히 노력을 기해야 하는 내공심법이었다.

"아직 적양(赤陽)의 단계에 있습니다."

"그래그래, 저번처럼 무리하지 말고 천천히 하도록 해라. 지금 진도를 보아 몇 달 안으로 청양(靑陽)의 단계에 이르겠구나. 너도 알겠지만 세가의 절학을 익히려면 청양의 단계에 올라야 한다. 그러니 무리하지는 않더라도 소홀하지는 말거라."

"예, 알겠습니다."

진현은 고개를 숙이며 대답했다.

그의 심정으로는 단정명의 말이 아니더라도 누구보다 수련에 박차를 가하고 싶은 것이다.

"이거 오랜만에 운아와 대련을 해볼까?"

장난스러운 말투를 던지며 단정명은 소매를 걷어붙였다.

진현 역시 이런 일이 몇 번 있었던 듯 아무렇지 않게 자세를 잡아갔다.

"내가 먼저 가마."

누구나 알고 있는 육합권의 삼환투월(三環套月)이라는 초식이었다.

진현 역시 자신에게 날아오는 단정명의 권을 보며 팔을 내밀어 응수를 하였다.

"어이쿠! 이것은 선인지로(仙人指路)를 손으로 펼친 것이로구나."

단정명은 호들갑스럽게 말하며 당황하는 듯했으나 이미 발을 뻗어 진현의 옆구리를 노리고 있었다.

그러나 그것 역시 여의치 않았다. 이미 단정명의 여러 수까지 훤히 알고 있는 진현이기에 추미각(追尾脚)이라는 초식으로 역공격을 하였다.

"숙부님, 조심하십시오. 아마 땅을 구르는 당나귀가 될 겁니다."

진현 역시 장난스러운 경고성 말을 하며 한 번 잡은 승기를 빌미로 단정명을 몰아쳤다.

이곳에 온 뒤로 수없이 수련하였던 많은 무공들이 진현의 손에서 펼쳐지고 있었다. 게다가 단정명의 날카로운 기습조차 진현의 몸에서 자연스럽게 흐르고 있는 금왕기에 의해 무용지물이 되고 말았다.

진현의 원앙각이 단정명의 견정혈(肩井穴)을 찰 때였다.

"이런, 조카가 숙부를 치네."

말이 끝나기 무섭게 단정명의 두 손이 진현의 다리에 있는 위중혈(委中穴)와 발의 공손혈(公孫穴)을 잡아갔다. 두 곳 모두 마혈(痲穴)이라 제압되는 순간 진현의 패배가 되는 것이었다.

하지만 진현 역시 녹록치 않았다.

진현의 다리가 기이하게 구부러지며 단정명의 거골혈(巨骨穴)을 노렸다. 이곳 역시 마혈이라 단정명의 역습이 성공한다 하더라도 그 역시 정상이지는 않을 것이다.

"헛!"

단정명은 헛바람을 삼키며 물러섰다.

'이 녀석이 언제 이토록 무예가 높아졌지?

며칠 전과는 또 다른 차원의 진현에게 저절로 감탄이 나오는 단정명이었다.

특별한 신공절학을 익힌 것은 아니지만 무공의 활용성이 높다라는 것은 그만큼 그 무공에 대해 이해와 수련이 뛰어났다는 것을 의미하는 것이다. 그러기에 단정명은 감탄하지 않을 수 없었다.

차라리 진현이 일양지를 익혀 그 수법으로 자신을 쓰러뜨렸다면 그것은 별것이 아닐 수 있다. 당연한 것이기 때문이다. 하지만 그 방법이 아니라 같은 무공으로 자신을 이토록 물러서게 만든다는 것은 정말 갈채를 칠 만한 일이라는 것을 알고 있었다.

"언제 운아가 이렇게 무공이 세졌지? 이거 몇 년 후면 숙부를 잡아 패겠구나. 하하하."

"아닙니다. 제가 어떻게 숙부의 몸에 손을 쓸 수 있겠습니까? 하지만 손이 안 되면 몽둥이로……."

"아이구, 이 녀석 보게."

"하하하."

"하하하."

숙부와 조카 사이로 인연이 닿은 두 사람은 박장대소하며 정을 더욱 높여갔다.

사실 지난날 진현이 귀가하고 난 후 얼마간은 사마화련과의 문제로 인해 단목빙뿐 아니라 단후명과 진현의 사이가 그리 밝진 않았다.

그것이 단후명과 단목빙의 잘못이 아닌 것을 진현이 뻔히 잘 알고 있음에도 불구하고 말이었다.

하지만 언제부터인가, 아마도 황 노공과의 대화가 있었던 무렵부터 진현의 심중에 변화가 온 것이다.

사마화련의 일은 까맣게 잊어버리고 무공에 열중하는 것이었다. 그와 동시에 단후명과 단목빙과의 관계 역시 예전의 관계로 돌아간 터였다.

단후명과 단목빙으로서는 이런 진현의 모습에 안정을 했으며 보기 안쓰러운 마음도 이제 어느 정도 가신 터였다.

"어서 빨리 가학(家學)을 익혀야지."

"예……."

단후명은 예전처럼 진현을 향해 단정명과 같은 말을 하였고 진현 역시 나지막한 말로 대답했다. 하지만 그 대답은 비록 나직했지만 숨길 수 없는 결심이 드러나 있었다.

그것을 느낀 단후명은 내심 흐뭇한 미소를 짓고 있었다. 그리고 더 이상 참을 수 없는지 대소를 터뜨렸다. 그 웃음에는 마치 우리 아들이 언제 이렇게 컸나 대견스러워하는 그의 마음이 고스란히 담겨져 있었다.

"운아……."

"예."

어느새 진중해진 단후명의 말에 심상치 않음을 느꼈는지 진현 역시 진중하게 대답을 하였다.

"내가 너를 부른 것은 다름이 아니라 왕부(王府)와의 일 때문이다."

"왕부의 일이라니요?"

진현은 마치 처음 듣는다는 듯 단후명에게 되물었다.

"허어, 이 녀석아. 모른 척하는 것이냐? 아님 잊고자 하는 것이냐?

이제는 화련이와의 일은 잊어버려라. 언제까지 화련이와의 일에 매여 있을 것이냐?"

진현은 단후명의 말에서 단서조차 찾을 수 없었다.

그리고 사마화련과의 일이라니. 때 아닌 그녀의 이름이 나와서인지 안색만 굳어가는 진현이었다. 그것을 더욱 오해한 단후명은 좀 더 진현이 알 수 있도록, 아니, 기억해 낼 수 있도록 설명해 주었다.

"정녕 모른단 말이냐? 너는 현 황실인 명(明)의 주인이신 영락제(永樂帝)의 둘째 동생이신 친왕(親王) 태흥왕(泰興王)의 둘째 군주님과 태중혼약(胎中婚約)을 하였지 않느냐?"

일찍이 전대 불세출의 고수이자 천하제일인으로 불렸던 검황(劍皇)은 명태조(明太祖)인 홍무제(洪武帝)와의 친분으로 황실과의 관계를 돈독히 유지하고 있었다.

비록 무림과 관(官)은 관계를 연(免)하지 않는다 하였지만 그 당시 무림의 정세나 황실의 정세가 비슷하여 별 무리가 없었다.

그렇게 유지하여 온 황실과 단씨세가와의 관계는 홍무제의 손자 건문제(建文帝)가 즉위하면서 숙부들인 변방 왕들의 세력이 커 나가는 것을 두려워하여 핑계를 대어 처형을 일삼았고 그것에 불안을 느낀 연왕(燕王)은 선수를 쳐 남경의 왕궁을 불사르고 조카인 건문제를 추방해 죽이고 군신의 추대 형식으로 제위에 올랐다. 그리고 그 와중에 정난(靖難)의 변을 통해 급격히 가까워졌다.

영락제가 연왕이었던 시절 정국의 정세는 자신이 장악하는 동시에 무림의 분란은 단씨세가를 통해 진정시킬 수 있었기 때문이다.

그리고 급기야 태중혼약이라는 명분을 통한 실리를 가질 수 있었던 것이다.

서로의 입장에서 보면 그리 손해 보는 장사가 아니었기에 말과 서면을 통한 일이 아니라 실제로 행하려 하는 것이었다.

진현은 가만히 기억을 더듬어보니 예전 사마화련과의 일이 있기 전에 자신과 약혼을 한 여인이 있다라는 것을 기억할 수 있었다. 그리고 사마화련과의 일 때문에 어쩔 수 없이 무산되려 했다는 것도 기억해 낼 수 있었다.

진현은 갑작스런 그 이야기로 인해 당황할 수밖에 없었다.

"아버님……."

"그래, 안다. 네 마음이 어떤지. 하지만 어쩌겠느냐. 사실 네가 세가에 돌아온 지 얼마 되지 않아 왕부에서 사람이 왔었다. 그리고 다시 한 번 말하지만 언제까지 화련과의 일에 매여 있을 수는 없는 법. 지금 네 나이 조금 있으면 열여덟이다. 자연 일이 년 후면 혼인을 해야 함은 당연한 것이다. 그러니 아무 말 하지 말거라. 알겠느냐?"

"……."

조금은 강압적인 단후명의 말에 진현은 아무 대답도 할 수 없었다. 그리고 부정도 할 수 없었다. 지금 진현의 머리 속은 혼란스럽기 그지없었기 때문이다.

하지만 진현은 자신의 태도를 분명히 보여야 한다고 생각했다.

"사마세가로 가겠습니다."

"사마세가로 찾아간다니, 그게 무슨 말이더냐?"

"아버님, 저는 예전에 하신 사마세가에 대한 말씀에 대하여 곰곰이 생각해 보았습니다. 과연 사마세가가 또다시 재현되려고 하는 반정지란에 연루되어 있는지를 말입니다."

"그래, 생각하였더니?"

"물론 제가 진정으로 사마세가가 연루되어 있는지, 아니면 강호의 잘못된 정보인지는 모릅니다."

"아니, 그게 무슨 말이더냐?"

단후명은 진현의 말에 깜짝 놀라며 반문하였다.

지금의 시대 상황으로서는 도저히 용납이 안 되는 진현의 발언이다. 부모님이 정해주신 짝과 평생을 살아야 하는 상황 속에서 정혼자까지 있다고 했건만 자신의 사랑을 찾아간다는 것은 진현이 아니면 쉽게 생각할 수 없는 것이다.

단후명 역시 진현의 태도에 놀라 당황했으나 진현의 말을 들어보기로 했다.

"과연 정이란 무엇이며 사란 무엇인지 생각해 볼 필요가 있다는 겁니다. 아니, 사마세가가 진정 반정지란에 연루되어 있다면 정도무림의 명가인 사마세가에서 왜 그렇게 되었는지부터 알아보아야 한다는 것입니다."

진현의 입에서 그런 말이 나올지 몰랐던 단후명이었기에 과연 진현이 무슨 생각을 가지고 있는지 궁금하였다. 그래서 진현의 말을 계속 듣고만 있었다.

"과거 사마세가는 이십 년 전 반정지란이 있을 당시 주역이나 마찬가지였던 금성의 기습으로 인해 세가의 많은 고수들을 대거 잃어야 했습니다. 그리하여 사마세가의 전력 중 칠 할이 손실을 입음으로써 지금까지도 그 후유증으로 인해 가문이 몰락하고 있는 것이고 말입니다."

"그랬었지."

진현이 그것까지 알고 있는 것에 대하여 조금은 놀란 표정을 짓는 단후명이었으나 이제는 강호의 대소사(大小事)는 어느 정도 꿰뚫고 있어야 한다라고 여겼기에 고개를 끄덕였다.

"그런데 우스운 일은 그렇게 분전하였던 사마세가를 호천사정맹을 비롯한 수많은 정도무림은 멸시하고 있는 처지입니다. 지금까지는 명가의 명맥을 유지해 오고 있으니 앞에서 대놓고 하지는 못하지만 이대로 가다간 얼마 안 가 그 지방에서도 인정받지 못하는 몰락한 세가가 될 것이 자명한 일입니다."

"음……."

"사마세가로서는 얼마나 억울하겠습니까? 누구를 위하여 싸우다 그렇게 된 것인데 아무도 그 심정을 모를 겁니다. 지금 제가 그들의 입장이 되었다고 생각만 하더라도 억울한 심정이 하늘에 닿을 것 같은데 당사자인 그들의 심정이야 이루 말할 수 없을 지경일 겁니다."

"그러니 네 말은 그 억울함과 배신감에 한이 맺혀 그들의 뜻에 동참하였다는 것이냐?"

"그건 저도 모릅니다. 그들이 아니니까요. 하지만 그럴 수도 있다라는 가정을 배제해서는 안 된다는 겁니다. 저는 지금도 련 누이와 처음 대면했을 때를 생각하고 있습니다. 그때 련 누이는 사실상 천하제일가라는 배경을 제외하고는 거의 별 볼일 없었던 저에게 정말로 부담스럽게 다가왔습니다. 그런 그녀를 어머님과 아버님은 저의 치료 과정에서 어쩔 수 없이 저와 몸을 섞었기 때문이라고 여기셨죠."

"그렇다면 그것이 아니란 말이냐?"

단후명은 자신이 몰랐던 이야기가 나오자 놀라 진현을 향해 다급히 물었다.

지금까지 사마화련에 대한 죄책감이 무언 중에 그를 부담스럽게 했기 때문이다. 그런데 그 죄책감이라는 구실이 지금 없어지려 하고 있었다.

진현은 단후명이 그가 말하기에 쑥스러운 부분에 대하여 꼬집어 말하자 얼굴을 붉히며 말을 더듬었다.

"예, 저는 분명 그녀와… 정(情)… 을 나눈 적이 없습니다. 그래서 더욱 이상했습니다. 하지만 그 당시 저는 적극적으로 저에게 다가오려 하는 련 누이의 모습에서 아무런 사심을 찾지 못했습니다."

"음… 알겠다. 그러니 네 말은 화련이가 네게 다가온 것은 내가 그 아이의 생명을 구해준 것도 있지만 우리 세가의 힘을 빌어 사마세가를 부흥시키려 하였던 것이라 이것이냐?"

"예."

"음, 솔직히 말해서 네가 이런 말을 하니 어떤 말을 해야 할지 모르겠구나. 사실 나와 너의 어머니는 이미 처음부터 모든 것을 알고 있었다. 그리고 사마세가라면 그리 부담이 가지 않는 상대였지."

"그… 게 무슨… 말씀이신지……."

부담이 가지 않다니? 그리고 처음부터 알고 있었다니?

진현은 또다시 충격적인 말에 당황했다.

진현은 단후명의 말에서 이상한 어조가 나오자 다시 한 번 말을 더듬으며 물어보았다.

"그 당시 너의 몸은 주화입마로 인해 망가질 대로 망가진 몸이었다. 그래서 그때 심 의원의 말대로 한다 하더라도 확실한 성공을 예측하기 힘들었지. 그리고 잘못하면 피시전자뿐 아니라 시술자까지 잘못될지도 모르는 일이었다. 그런 일에 어떻게 문인 군주(文仁君主)를 끌어들일 수 있겠느냐. 자칫하면 우리 세가는 주춧돌 하나 남기지 못하고 멸문할 것이 자명한 일인데. 그래서 생각한 것이 사마세가였다. 어차피 사마세가 또한 우리 세가의 힘을 필요로 하였고 우리는 사마화련이라는 아이가 필요했다. 그래, 명분은 생명의 은인이라는 것이었겠지. 아무튼 결과는 네가 살아났고 시술 방법이 진실이든 아니든 그 아이 덕분인 것을 부정할 수 없었다. 그리고 그 아이는 네가 책임져야 할 상황이니 당연히 우리 세가는 너의 태중약혼을 포기하고 있을 수밖에 없었다."

"그러면 그 포기한 것을 왜 다시……."

진현의 말은 단후명에 의해 끊어졌다.

"너는 모를 것이다, 지난 우리 단씨세가의 삼대(三代)에 걸친 노고를. 너는 왜 우리 단씨세가가 천하제일가라고 불리는지 아느냐?"

"그거야……."

진현은 단후명의 말에 답변을 하려 하였으나 굳이 자신의 세가가 천하제일가라고 불릴 만한 이유를 찾지 못했다.

칠대무서(七大武書) 중 하나인 신검(神劍) 때문이라고 한다면 다른 칠대무서를 가지고 있는 방파나 문파도 있기에 그렇다라고 말할 수 없는 실정이다. 게다가 지금 신검의 맥까지 끊긴 단씨보다는 현재 태극을 보유한 무당파나 천장(天掌)의 후예를 가지고 있는 개방(丐幇)이 더욱 가능성이 높을 것이다.

"우리 단씨세가는 그 옛날 송대(宋代)에 대리국(大理國)이라는 왕조(王朝)를 세웠던 가문이다. 하지만 달자에 의해 멸하고 말았지. 하지만 선대의 조상님들은 한 번도 잊은 적이 없으셨다. 바로 대리국의 재건국에 대하여 말이다. 그리고 기회를 노렸지. 하지만 기회를 얻을 수 없었다, 바로 당대의 지배자인 명에 의해서. 그래서 우리의 목표는 자연 바뀔 수밖에 없었다. 나라를 다시 세우지 못한다면 어디 한 부분으로라도 천하제일이 되자는 것이다."

말을 끊고 잠시 진현을 지그시 쳐다본 단후명은 계속해서 말을 이었다.

"그리고 해낼 수 있었다. 가전의 절학이었던 지법(指法)과 칠대무서 중 하나로, 아니, 최고로 꼽히는 신검으로 인해 그 명성을 얻을 수 있었다. 그때 큰 힘이 되어주신 분이 바로 검황으로 불리며 천하제일인으로 불리셨던 너의 증조할아버지이시다. 그분께서는 무공에서뿐만 아니라 황실과의 만남으로 인해 더욱 세가의 큰 빛이 되셨던 분이지. 그리고 그때 홍무제로부터 받은 천하제일가라는 편액이 지금의 세가를 만들었다 할 수 있는 것이란다. 그 뒤로 너의 할아버지와 나는 계속해서 황실과 인연을 맺어왔고 우리 세가의 초석에 보탬이 되고자 하였다. 그리고 그 결실이 바로 문인 군주와 너와의 혼약이다."

진현은 대답을 할 수 없었다.

입이 있으되 할 말을 못하는 것이 바로 이런 것일 것이다.

비록 진현이 직접 겪어보지 못하여 그 노고와 수고스러움을 알지 못하지만 짧은 단후명의 말이 지난 단씨 삼대가 얼마나 세가를 위해 힘을 바쳤는지 알 만한 것이었기 때문이다.

그렇지만 진현은 단후명이 말하는 것이 무엇인지, 자신을 향해 무엇을 말하고 싶은지 잘 알고 있었지만 그럴 수가 없었다.

이미 자신의 혼약에 어느 정도 의구심을 품은 진현이었기에 단후명의 말에 그리 놀라지 않았다. 그만큼 자신이 결심한 것에 확고한 신념을 가지고 있다는 것이었다.

"아버님, 하지만 지금의 상황만 해도 강호에서 저희 세가를 깔보는 사람은 없습니다. 오히려 두려워하며 받드는 형편이 아닙니까?"

진현의 말에 단후명은 목이 탄지 차에 입을 대어 잠시 목을 축이더니 세심헌(洗心軒)의 수많은 서적들에 눈을 돌리며 진현의 말에 대답해 주었다.

"운아, 지금부터 내가 하는 말을 잘 듣거라. 그래, 네 말대로 현재 강호에서 우리 세가를 깔볼 사람은 없다. 하지만 두려워하며 받드는 형편은 아니다. 오히려 기회만을 노리고 있는 실정이지. 현재 명분은 우리 세가가 천하제일일지는 모르나 실리(實利)는 호천사정맹이나 천마사천회에 있단다. 사정이 그러한데 누가 우리를 받들겠느냐?"

"오히려 기회를 노린다니요? 그게 무슨 말씀이십니까?"

"애야, 과거 반정지란이 일어나기 전 무슨 호천사정맹이나 천마사천회 등이 없을 때에는 단일세력으로는 우리 세가를 따라올 세력이 아무도 없었단다. 하지만 호천사정맹과 천마사천회라는 정사 양도를 이끌어가는 거대한 집단이 나타나면서 우리 세가의 입장이 곤란하게 되기 시작했다. 우리 세가의 입장으로는 도저히 천마사천회와는 손을 잡을 수 없었으며 호천사정맹으로 들어가기엔 우리 세가의 자존심과 가진 힘이 너무나 컸다. 그렇기에 지금의 정도는 두 명의 주인이 버티고 있는 실정이지. 호천사정맹이라는 갑자기 나타난 주인과 우리 천하제일가라는 예전의 주인, 게다가 현재 정도무림은 우리 천하제일가를 버리려 하고 있다. 그것은 그들의 욕심 때문이지. 호천사정맹이라는 커다란 울타리에 들어가면 그들도 언젠가는 주인이 될 수 있다는 욕심이 바로 그것이지. 하지만 우리 세가가 주인이 된다면 그들은 그런 희망조차 없으니까 그런 결과를 낳은 것이란다. 그렇기에 그들에게 화조차 낼 수 없단다. 만약 우리가 그들의 입장이라도 당연히 그랬을 테니까.

그래서 생각했다, 주위의 인정이 없다면 우리 스스로의 힘으로 인정하게 만들 것이라고."

진현은 단후명의 말을 통해서 많은 것을 알 수 있었다.

하지만 단후명의 말 중 태반은 예전 선룡(禪龍) 명진(明眞)을 통해서 알 수 있었던 사실이다. 그때는 그런가 보다 하고 수월하게 넘어간 문제였지만 지금은 그러하지 못했다.

바로 자신의 문제와 직접적인 연관이 있기 때문이었다.

그런 진현의 귀로 계속해서 단후명의 말이 들려왔다.

"운아, 이제 나의 시대는 갔단다. 너의 시대가 도래한 것이다. 우리 세가의 미래는 너의 두 어깨에 달렸다. 잘 알겠느냐? 너의 선택에 따라 우리 세가는 사마세가의 전철을 밟을 수도 있음이야."

단후명의 말은 진현에게 설득력있게 다가왔다.

그러나 단후명의 말을 따르기에는 이미 늦은 진현이었다.

사마화련이 왜 진현과 결혼하려 했는지.

주화입마에 빠져 미래도 없던 진현에게 왜 몸을 맡기려 했는지.

그때 당시 사마화련의 나이가 열네 살이고 진현의 나이가 열두 살밖에 되지 않았건만 왜 그렇게 서둘렀는지.

진현 역시 잘 알고 있었다.

처음에 진현은 자신의 본모습을 생각해 사마화련과의 인연이 잘못된 것이라 생각했다. 하지만 날이 갈수록 상황이 바뀌어만 갔다.

나이에 비해 외모나 생각이 무척이나 아름다웠던 사마화련은 진현에게 나이 어린 소녀보다는 아름다운 소녀가 되어가고 있었고, 진현 역시 자신의 모습에서 이십 대 후반의 아저씨가 아닌 나이 어린 소년을 보게 되었다.

그리고 떠오른 생각이 저런 아름다운 소녀가 이제 폐인이나 마찬가지인 자신에게 온다는 것이 그녀의 인생에 있어서 오점이 될 수도 있다는 것이었다.

　사마화련의 말이 진심이든 감언이설이든 진현은 그것에 새롭게 시작할 수 있다는 용기를 얻었다. 새로운 환경에 많이 힘들고 피곤에 지쳐 모든 것이 귀찮을 정도의 진현에게 사마화련은 힘이 되어주었던 것이다.

　물론 이것은 진현만의 사정이라고 하더라도 진현에게 사마화련은 특별한 존재임이 확실했다.

　그리고 사마화련 또한 세가의 부흥이라는 목적으로만 진현에게 다가오지 않았음을 본능적으로 느낄 수 있었다.

　그것이었다.

　남녀 사이에 그보다 더 무엇이 필요하단 말인가.

　진현은 단후명의 말이 어떻든 자신의 결심을 굽힐 수 없음을 다시 한 번 확인한 셈이었다.

제20장

또다시 세상 밖으로

또다시 세상 밖으로

보름달이라는 것을 자랑이라도 하듯 둥근 달이 휘영청 밝은 밤에 천심소축(天心小築) 안에서는 진현이 턱을 괴고 앉아 있었다. 무슨 생각을 그리 깊이 하는지 열려진 창문 틈으로 바람이 새어 들어와도 그 기운조차 모르는 듯했다.

"이럴 수가… 태중약혼이라니……."

진현은 이제껏 계획해 왔던 모든 것이 자칫 잘못하면 수포로 돌아갈 수 있음을 예감했다. 사실 진현은 사마세가의 사단을 접했을 때부터 어느 정도 마음먹고 있었으며 그것을 황 노공과의 대화를 통해 확실히 굳힌 바 있었다.

골자는 이랬다.

사마화련의 본가인 사마세가에서 또다시 되풀이되려는 반정지란에 참여하려는 뜻이 보이더라도 그것이 사마화련의 의지와는 관계가 없는 것이라 진현은 생각하고 믿었다.

그렇기에 설사 진실로 사마세가가 그런 관계에 있다 하더라도 그것이 진현과 사마화련과의 관계에 문제를 제기하기에는 하자가 있다라고 생각했다.

이런 진현의 생각은 그가 환생하기 전 전생에서의 사고방식이며 가치관이라 하더라도 진현은 그것이 옳다라고 믿어왔다.

몸의 나이로는 사마화련이 두 살 위일지 모르나 실질적인 정신의 나이는 진현이 훨씬 많다라고 보아야 했다. 그렇기에 더욱 사마화련과의 만남과 이어짐이 더욱 이상하고 어색한 진현이었다.

하지만 환경이 달라지면 정신 또한 변하는 것이고 남녀 사이에 나이는 단지 숫자일 뿐이라는 만고의 진리가 여기서 다시 한 번 증명되는 것이다.

그렇게 자신의 마음이 기울어져 가는 것을 모르고 있었던 진현은 몸이 고되면서 홀로 외로움이라는 것을 느끼며 더욱 사마화련에 대하여 그리워하게 된 것이다. 그리고 뜻하지 않은 난관을 만나면서 더욱 애절해지는 것인지도 모른다.

이런 진현일진대 태중약혼이라는 말은 진현에게는 그야말로 청천벽력(靑天霹靂)과도 같은 말일 것이다. 당대의 황실과 연을 맺는다는 것이 얼마나 신중하고 무시하지 못할 것인지 진현은 잘 알고 있는 터였다. 그렇기에 더욱 진퇴양난(進退兩難)이었다.

이 혼약을 무시하자니 황실이라는 배경이 그저 지켜만 보고 있을 것이 아니며 또한 전략적인 의미가 담겨 있는 이 혼사를 파하기 싫은 두 집안일 것이다. 그렇다고 이 혼약을 해버린다면 이제껏 진현이 삶에 목표를 두고 살아왔던 것 중 하나가 허사로 돌아갈지도 모르는 것이었다.

바로 사마화련이라는 진현의 인간적인 목표가.

"이럴 수는 없어. 그저 끌려 다닐 수만은 없어."

진현은 이렇게 말하면서도 난감하지 않을 수 없었다. 그도 그럴 것이 어떻게 다 잊은 것처럼 알고 있던 것을 되물린단 말인가.

그리고 그 말을 하고 난 뒤 단후명과 단목빙의 실망스러워하는 모습과 반대할 모습이 진현의 머리 속에는 선하게 자리 잡혀 갔다.

"어떻게 해야 두 분께서 내 말을 이해해 주실 수 있을까?"

자신 스스로에게 묻는 것이건만 대답은 나오지 않았다.

"휴우~"

절로 한숨만 나오는 진현이었다.

"그래도 혼사를 치르는 것이 아니라 약혼이라 하니 그나마 다행이구나."

이 시대만 하더라도 당사자의 입장보다는 부모의 입장에서 혼사가 행해지는 시대였다.

아무리 무림이라는 특별한 공간에 몸담고 있는 세가라지만 그 역시 그리 특별하지는 않은 모양이었다. 그리고 황실과의 혼담이라면 두 손을 들고 환영할 만한 것이기도 하였다.

여기서 진현의 발언이라고 해야 대세에 지장을 주기에는 너무 미약할 것이 분명한 일이었다.

그렇기에 진현이 난감한 것이다. 당장 혼사를 치른다 하더라도 진현으로서는 아무런 반대를 못하는 것이었다. 그래서 약혼이라는 말이 오히려 진현에게는 반가운 단어가 될 수 있었던 것이다. 혼사가 아니라 약혼이라면 조그만 희망은 보일 것이기 때문이다.

"참으로 답답하구나. 어찌할 도리가 없다니. 이건 화산의 썩어 빠진 그 녀석들과의 대화보다 더 답답한 것 같구나."

진현은 자신을 실제로 죽이려고 했던 화산오수(華山五秀)와의 대전(對戰)보다 더 자신을 핍박하는 것처럼 느끼고 있는 것이다. 그렇긴 하지만 마냥 손 놓고 끌려 다닐 수는 없는 노릇이었다. 하지만 방법이 없으니 할 수 있는 것이 없고 그야말로 진퇴양난이었다.

"좋아, 이럴 땐 어쩌면 강행 돌파가 최고일지도 몰라. 어차피 부딪쳐야 할 일인걸."

이렇게 생각하고 결심하고 나니 심란했던 머리 속이 한결 나아지는 것을 느끼는 진현이었다.

"그런데 태흥왕의 둘째 군주(君主)라면 공주라는 말인데… 내 주제에 공주와 결혼이라고?"

갑자기 떠오른 생각에 황당함을 느끼는 진현이었다. 태흥왕이라면 연왕(燕王)이 정난(靖難)의 변이라는 거사를 치를 때부터 두 팔을 걷어붙이고 도와주었던 분으로 작금은 태흥왕이라는 칭호를 받아 어마어마한 권력을 손에 쥐고 있는 실정이다.

더구나 영락제가 정난의 변을 통해 권력을 잡았던 공신들을 모두 없애 버린 상황에서도 당당히 살아남은 인물이다.

비록 그것이 정난의 변을 통해 사라진, 그리고 건문제가 죽여 버린 영락제의 형제 중 마지막 남은 형제라는 점이 크긴 했지만 그것보다 자신이 가지고 있는 권력을 초월한 그의 성품 때문이었다라는 것이 일반적인 지론이었다.

그래서 더욱 칭송을 받는 태흥왕이었다. 그런 인물의 둘째 딸인 문인군주(文仁君主)는 그녀의 외모뿐만 아니라 재지(才智)와 인자함으로 더욱 유명한 군주였다. 그렇기에 진실로 일국의 공주라고 할 수 있는 영락제의 딸들보다 더 유명한 게 어쩌면 당연한 것일지도 모르는 일이었다. 사정이 이러하니 더욱 자신과 왜 혼약을 하는지 궁금해졌다.

"음… 어쩌면 이번의 일에는 내가 모른 것이 있을지도 몰라. 그러하기에 그토록 아끼고 예뻐하셨던 련 누이를 잊으라 하셨겠지."

한번 그런 생각을 하고 나니 자꾸만 그런 쪽으로 생각이 들었다. 진현은 아무래도 오늘 밤은 자기 글렀다고 여기는 듯 창문을 열어 자신을 향해 다가오는 선선한 바람에 몸을 맡겨 버렸다.

"어찌 생각하느냐?"

단후명은 자신의 동생들을 데려다 놓고 어제 있었던 진현의 말에 대해 토론하고 있었다.

"사마세가라… 운아 그 녀석이 그런 생각을 가지고 있을 줄은 몰랐습니다."

"그래, 나도 그쪽에 대해선 다 잊은 줄 알았더니……."

단후명은 한숨을 쉬며 단정명의 말에 동조했다.

"그럼 어찌시렵니까?"

처음으로 말문을 연 단순명의 말이었다.

세가의 일보다는 자신의 무공 수련에 더 비중을 두는 그는 항상 세가 밖으로 돌면서 천하를 유랑하였고 아직까지 찾지 못한 검황의 유지를 찾아 헤맸다. 이번 역시 세외를 돌며 수련을 하다 세가로 돌아온 그는 세가의 일에 관심이 없었지만 조카에 대한 이야기이기에 가만히 있을 수가 없었다.

"글쎄, 모르겠구나. 좋은 대책이 없으니."

"제가 보기엔 치기 어린 마음에 처음 본 소녀가 너무도 예쁘니 그리 된 것 같은데, 후일 문인 군주와 대면을 한다면 그런 마음도 싹 없어질 겁니다. 문인 군주 역시 황실제일의 미녀이니 아마 운아의 마음을 돌리기에 충분할 것입니다. 그런데 말하고 나니 우리 운아가 여복이 많구만. 무림사화 중 해어화와 황실제일미녀라… 이거야 부러워서 살겠습니까? 하하하!"

웃음 지으며 말하는 단정명을 보며 단후명은 미소 지었다. 그러나 그 속에는 씁쓸함이 담겨 있었다. 그의 말처럼 그렇게 된다면 얼마나 좋을 것인가 하고 생각해 보지만 그리될 것 같지 않다는 생각이 들었기 때문이다.

그것을 안 단정명은 머쓱해지는 것을 느끼며 겸연쩍어하다가 또다시 다른 의견을 내놓았다.

"형님, 그러면 이건 어떻습니까?"

"뭐가 말인가? 어서 말해 보게."

"무릇 남녀의 애증은 만남이 있으면 헤어짐도 있다고 했습니다. 그리고 헤어짐에는 세월이 약이라고도 했습니다. 그렇다면 운아의 미련을 다른 곳으로 두어 딴생각을 못하게 하는 것입니다."

"음, 하지만 그렇지 않아도 운아가 그리하고 있지 않은가? 지금도 저렇게 몸을 혹사하다시피 하며 무공에 열중하고 있네. 그런데 그보다 더 어떻게 하란 말인가?"

단후명은 계속해서 생각없이 말하는 듯한 단정명에게 푸념을 하였다. 하지만 단정명은 계속해서 자신의 의견을 피력하였다.

"제 말은 저기 있는 셋째의 무도행(武道行)에 보내자는 겁니다. 어차피 운아 역시 세가의 무공을 더욱 확실하게 익히려면 아무래도 무도에 더 많은 시간을 투자한 셋째가 낫지 않겠습니까?"

"음."

확실히 좋은 생각이었다.

딴생각을 못하도록 아예 다른 곳으로 보내 버린다.

별 생각 없이 사는 단정명의 머리 속에서 나왔다고 하기엔 믿겨지지 않을 정도로 좋은 방법이었다.

"그리고 무도행이 끝나고 나면 운아의 나이도 적당하니 문인 군주와 혼례를 올릴 적당한 시기가 될 겁니다. 하지만 문제는 셋째인데 과연 맡아줄지……."

단정명은 말을 흐리며 단순명의 눈치를 보았다. 이름에도 나와 있듯이 정말로 순수하게 무도에만 전념하여 그 외에는 다른 누군가와 얽히는 것을 꺼리는 편이었다. 다른 누군가가 가족이 될지라 하더라도 마찬가지였다.

그러니 어쩌면 그것이 단씨 삼형제 중, 아니, 명실공히 천하제일이라 불리는 단후명보다 무공이 높을지도 모르는 단순명이 강호에 이름이 알려지지 않은 이유일지도 모르는 일이다.

그런데 정작 당사자인 단순명은 아무렇지 않다는 듯 단숨에 고개를 끄덕였다.

"알겠습니다, 제가 맡아보도록 하겠습니다."

그의 말에 단후명과 단정명은 득의의 표정을 지을 수 있었다. 진현의 문제도 문제지만 단순명의 가르침을 받을 수 있다면 그 또한 기쁜 일이기 때문이다.

"그럼 언제쯤으로 생각하십니까?"

"음, 그래도 한 달은 있어야 하지 않겠느냐?"

"그렇습니다. 형수님도 그렇고 운아 역시 이것저것 준비하려면 한 달은 족히 걸릴 것입니다."

단후명의 말에 단정명 역시 거들었다.

단순명은 그저 고개만 끄덕이고 있을 뿐이지만 그의 내심에는 그다운 계획이 세워져 있을 것이다.

그때 단후명이 다시 말을 꺼냈다.

"이보게, 아우들. 이번에 내가 깊이 생각한 것이 있네."

"그게 무엇입니까, 형님?"

단후명은 진현의 말이 있기 전부터 생각하고 있던 계획을 그들에게 말해 주었다.

"아니, 그게 무슨 말씀이십니까? 운아의 나이가 이제 몇인데 가주직을 물려주다니요!"

단정명은 그답지 않게 정색을 하며 단후명에게 불가의 의견을 전했다.

"아닐세. 그리고 보면 나 역시 무인일세. 비록 지금은 세가의 가주라는 직에 매여 있지만 언제나 내 몸은 결전에서 오는 긴장과 땀을 원하고 있네."

"그게 무슨 말씀이십니까? 비록 형님의 생각이 그렇다 하더라도 이건 경우가 없는 것입니다."

"하하하, 내가 지금 하자고 했나? 후에 말일세, 후에. 이제는 나도 운아에게 가주 직을 물려주고 편하게 셋째처럼 천하를 유랑하고 싶네."

단후명의 말은 단정명에게나 단순명에게나 때 아닌 홍두깨였으므로 그저 어안이 벙벙할 뿐이었다.

"형님 나이가 이제 불혹을 지났습니다. 아직 정정하시다 못해……."

"하하하, 그러니 생각을 해보자는 것 아니겠나? 아직 확실하게 내가

정한 것도 아니잖는가? 그저 내 생각에는 우리 운아가 혼례를 치를 때쯤 해서 그렇게 하고 싶다는 걸세. 그렇다면 그 녀석도 보다 막중한 책임을 가지고 세가를 이끌어 나갈 것이라 생각하기 때문이고."

"그래도……."

"허허, 그저 내 생각이 그렇다는 것이니 이쯤에서 그 이야기는 그만두도록 하세."

"이 녀석아, 소식 들었다. 사마세가에 가고 싶다면서?"

진현은 자신의 상념을 깨는 단정명의 말에 급하게 예를 올리며 반겼다.

"어서 오십시오, 숙부님."

급하게 예를 올리는 진현에게 단정명은 손을 들어 그만두라 하며 의자에 앉았다.

"운아, 이리 앉아보거라."

"예."

"내가 너의 마음을 모르는 것이 아니다. 하지만 세상사가 다 자기 마음대로 되겠느냐? 인연이 없으면 될 일도 안 되는 것이 우리 인생이다."

단정명은 진현의 마음을 알기에 특유의 장난스러운 말투를 뒤로하고 진지한 어투로 말했다.

"하지만 그 인연이 무엇입니까? 그런 인연이고 세상사라면 제가 만들어 보이겠습니다."

"어허."

단정명은 진현의 말에 그만 기가 질리고 말았다. 그로서는 생각도 할 수 없었던 말이기 때문이다.

"애야, 그렇다면 네가 사마세가로 간다고 하자. 그 다음은 어떻게 하겠느냐?"

단후명의 답습이었다. 또다시 같은 말을 반복해야 함을 안 진현은 어쩔 수 없음을 느꼈다.

"사마세가로 가서 확인해 보겠습니다. 만약 그래도 아니라면 깨끗이 포기하겠습니다."

단호한 말투에 단정명은 진현이 직접 부딪쳐야 한다고 생각했다.

"그래, 사마세가에 가면 답이 나오겠지. 그렇다면 그 문제는 잠시 접어두고 다른 이야기를 하자꾸나."

"예."

단정명은 사마화련과의 문제는 이 정도로 일단락 짓고 이번 삼 형제가 모여 논의하였던 진현의 무도행에 대하여 설명하였다.

"음."

짧지만 고심할 것이 많은 자신의 무도행에 대하여 진현은 생각해 보았다.

"왜 갑자기 저의 비무행이 나온 것입니까?"

무공의 절심함은 소천성탑에서부터 충분히 느끼고 있었지만 그렇다고 무도행까지 하면서 정도를 넘을 필요는 없다고 생각했다. 오히려 세가 내의 무공을 다 익히려고 해도 한 세월을 잡아야 할 것이다.

"험험. 이 녀석아, 온실 속의 화초처럼 키워지는 것은 진정한 무인이 아니다. 가령 네가 세가의 사람들에게 비무를 요청한다고 하자. 그렇다면 과연 그 비무가 너에게 도움이 되겠느냐? 소가주라는 너의 신분을 아는데도? 또한 연공실에서 홀로 사방이 막힌 벽을 보며 무공을 익힌다고 생각해 보아라. 무릇 세가에서도 지향하는 목표나 과거 검황이라고 불리 조부님께서 항상 하셨던 말씀이 대자연 속의 자아이다."

'조부님, 죄송합니다. 이 죄는 소흥주 중에서도 그 맛이 제일이라는 진년소흥주(辰年紹興酒)로 대신하겠습니다.'

없던 조부의 말까지 팔아먹어 가며 열변을 토하는 그의 모습은 마치 생사를 앞에 두고 병졸에게 호소하는 장군의 모습을 보게 하였다.

"그리고 무엇보다 이번 무도행을 보면 그 행로가 천산이다. 그야말로 대자연 속에서 무공을 수련하기에는 딱인 셈이지. 그러니 아무 불평 하지 말고 자랑스러운 천하제일가의 소가주로서 책임있는 행동을 하여라."

그 말을 끝으로 자신의 말에 도취되었는지 연신 고개를 끄덕이며 흐뭇한 미소를 짓는 그를 보고 진현은 혀를 차지 않을 수 없었다.

천심소축.

진현은 문을 통해 들어오자마자 침상에 털썩 주저앉았다.

"아, 어차피 해야 할 무도행이라면 철저하게 하자. 어차피 계획이 이삼 년 늦어진다 하더라도 어쩌면 이것 또한 나에게 발전을 줄 수 있는 것이다."

진현은 그렇게 다짐했다.

자신의 신세가 이렇게 되어 어쩔 수 없는 강요를 받고 있지만 그 속에서 나름대로의 희망과 미래를 찾고 있었다.

그리고 이번 무도행은 그에게 많은 도움을 줄 것이 분명한 일이다. 게다가 평소 그의 생각이 사랑하는 사람을 지킬 수 있는 힘을 기르자 아니었던가.

그렇게 생각을 마치자 진현은 여느 때와 마찬가지로 삼양천잠공을 운공하려 하였다. 이미 상당한 화후가 쌓여 금단태극선공과의 어우러짐이 한결 부드러워지고 있었다. 오히려 금단태극선공 자체가 선천진기를 가지고 운용하는 것이니 결국은 삼양천잠공이 태극선공에 흡수된다고 봐도 무방했다.

진현은 몸 안의 기를 몸 구석구석에 보내며 순환시키기 시작했다. 시간이 갈수록 자신의 몸속에 존재한 소우주가 점차 선명해지는 것을 느끼며 무아지경 속으로 몰입하고 있었다.

대약(大藥:내단)을 만든 지 오래인 진현인지라 빠른 속도로 몇 번을 순행시키며 대주천(大周天)을 운행시켰다. 예전 한수담에서 진현이 보았던 한소지양화리의 내단과도 비슷한 형태의 순수한 선천진기의 덩어리가 기경팔맥과 각 혈을 돌아다니며 대맥을 틔우고 있었다.

이미 몇 번을 지나갔던 곳이라 그런지 아무런 막힘이 없었다.

투명하리만치 하얀 기운들이 진현의 몸을 감싸기 시작했고 진현의 표정은 형용하기 어려운 것을 표현하는 것 같았다. 자신의 몸이 붕 떠서 마치 하늘 위로 날아다니는 듯한 기분에 사로잡혀 있는 진현은 두 시진이 훨씬 지나서야 상쾌한 표정으로 운기조식을 마칠 수 있었다.

"날이 지날수록 축기(蓄氣)가 더욱 수월해지는구나."

진현은 축기도 축기지만 기운을 다스림이 한결 편해짐을 느끼며 감탄을 하였다.

"정말 천선자(天仙子)라는 분은 대단한 분임에 틀림이 없어. 이토록 뛰어난 심결을 남기시다니. 내가 그곳에 간 것은 정말 기연이었던 거야."

진현은 그때의 상황을 떠올리며 감회에 젖었다.

자신을 먹잇감으로 보고 정말 비호처럼 날아오던 호랑이가 그때는 그렇게도 염라대왕으로 보이더니 이제는 감사해야 할 대상이 된 것이 오히려 우스웠다.

"그래, 유(柔)를 기다리다 그렇게 됐었지. 유는 그동안 뭐 하고 지냈을까? 소천성탑… 련 누이……."

항상 생각의 마지막에는 사마화련이 있었다.

한때는 잊어보려 다른 것에 신경을 쏟았지만 헛수고였다. 그래서일까? 이제는 마음 편히 가는 대로 생각하는 진현이었다.

"련 누이, 조금만 기다려. 내가 갈게."

진현은 자신에게 최면을 거는 듯 굳은 결심을 다짐하였다.

"아! 벌써 가을인가. 날씨가 선선하구나."

조금 열려진 창문 틈으로 찬바람이 들어옴을 느낀 진현은 벌써 계절이 이렇게 됨을 느끼고는 자신이 집에 온 지 일 년이라는 시간이 지났음을 깨달았다.

끼이익.

진현은 답답해지는 마음을 지우려 창문을 열어 선선한 바람에 자신의 몸을 맡기려 하였다. 그러다 저 멀리 떠 있는 하늘 위에 박혀 있는 둥근 달을 보게 되었다.

"아! 어찌 저다지도 밝단 말이냐?"

보름달이 밝은 것은 자명한 일인데, 무엇이 마음에 들지 않는지 진현은 그것을 보고는 탄식을 하고 있었다.

그것은 진현의 눈에 보름달보다 환했던 사마화련의 얼굴이 떠올라서였던 것이다.

진현은 갈수록 더해지는 그리움에 하루빨리 사마세가로 뛰어가고 싶었다. 하지만 생각이 이는 대로 할 수는 없는 일.

그렇기에 더욱 자신이 초라해지는 진현이었다.

천하제일가의 소주인이면 무엇 하나? 사랑하는 여인 하나 자기 맘대로 할 수 없는데.

진현은 예전에 이런 생각을 한 적이 있었다.

자신이 환생한 곳이 하필이면 왜 중국이며, 왜 무림이라는 특이한 세계이고, 왜 천하제일가라는 곳인지를. 자신이 이렇게 선택된 것은 자신의 불가항력이며 오히려 이런 선택을 받은 것을 감사해야 한다고 생각했다. 하지만 지금은 아니었다. 적어도 이 순간만은 그렇게 생각되지 않았다. 오히려 처음부터 당당하게 나서서 자신의 여자를 보호하여야 했었는데 자신의 생각만으로 한번 헤어졌던 것이 이렇게 될 줄은 몰랐기 때문이다.

"아!"

제일 처음 사마화련과 만났던 자신의 침상을 보던 진현은 이상한 것을 발견할 수 있었다. 방 안을 밝히는 촛불과 창문을 통해 뻗어온 달빛의 조화로 만들어진 광휘(光輝) 속에서 변화하는 괴이한 광경을.

편액(扁額)이었다.

자신의 할아버지인 검황(劍皇) 단진천(段震天)의 유물인 화폭이었다.

별 볼일 없는, 그저 시냇물과 수양버들, 그리고 그 속에 가장 조화가 잘될 초로의 노인, 그것이 전부였던 화폭이 변하고 있었다.

진현은 자신이 헛것을 보고 있는 것 같아 두 눈을 비비고 다시 쳐다 보았다. 맞았다. 헛것이었다. 밝아진 두 눈으로 쳐다본 곳에는 정관(定觀)이라는 할아버지의 호가 찍힌 단순한 화폭만이 있었다.

"허, 이제는 헛것까지 보이는 모양이네."

하지만 진현에게는 이런 일이 한 번이 아니었다.

바로 자신이 그렇게 기연이라고 생각했던 금단태극선공(金丹太極仙功)을 얻을 당시도 이런 현상이 있었던 것을 진현은 잊고 있었다.

헛것이라고 생각하는 진현에게 일침을 가하는 듯 다시 헛것이 보인 것은 얼마의 시간이 지나지 않은 후였다. 방금 전의 상황을 잊고 다른 생각에 몰두하고 있었던 진현인지라 그 현상은 쉽게 다시 찾아왔다.

이번에는 거부하지 않았다.

오히려 갈 때까지 가보자라는 심정으로 계속해서 쳐다보았다.

분명 끝이 나면 '내가 왜 쳐다보았지' 라고 생각하며 자신을 책할 진현이었지만 왠지 거부하지 않고 싶다는 느낌이 진현을 지배하고 난 뒤였다.

과연 변하고 있었다. 아니, 진현의 머리 속에는 그렇게 보이라고 전달해 왔다.

화폭을 가로지르는 시냇물은 진현으로서는 한 번도 보지 못한 도도하고 끊임없는 흐름을 자랑하는 장강(長江)과도 같이 보였고, 버드나무 버들가지는 살아 있는 듯 바람에 흐느끼며 진현의 몸을 향해 다가오는 것 같았다. 그러나 무엇보다도 진현의 시선을 사로잡은 것은 다름 아닌 초로의 노인이었다. 젊어서 고생을 너무 많이 하였는지 허리가 굽어져 있는 노인의 눈에서는 진현으로서는 감당하기 힘든 위압감이 뻗어 나왔다. 그렇지만 그 안에는 진현도 느낄 수 있는 친근함이 숨어 있었다.

'누구지?'

이것은 환상으로 느껴지는 환각적 현상이 아니었다. 진현을 쳐다보는 노인의 눈빛에는 분명 진현을 알아보는 친근함이 있었다. 그렇기에 진현 역시 궁금함을 나타내는 것이었다.

'내가 아는 사람들 중에 저런 분도 있었나?'

진현은 이곳 세계에 온 후 만나보았던 사람, 특히 노인 중에서 저런 분이 있나 생각해 보았다. 진현의 기억 어디에도 없는 노인이었다. 그런데 왜?

노인은 진현에게 다가오라 손짓하고 있었다. 진현은 무의식 중에 한 발 한 발 다가섰다. 화폭 속에 담겨져 있는 버드나무 자신의 촉수를 뻗어 진현을 향해 뻗어오고 있었으며 강물 또한 이에 질세라 진현을 향해 세찬 물결을 만들어내며 다가왔다.

"헉!"

진현은 본능적으로 두 팔로 자신을 가렸다. 하지만 아무 일도 없었다. 자리에 주저앉아 환각에 젖어 있던 진현으로서는 망연자실한 일이었음에 틀림없었다.

"무슨 일이십니까?"

방문을 열고 들어오는 이가 있었다. 바로 천심소축 주위에서 철통같은 경비를 담당하는 순찰당원이었다. 아마도 갑자기 들린 신음 소리로 인해 무슨 일인가 하고 달려왔을 것이다.

"아무것도 아닙니다. 제가 헛것을 보는 바람에……."

진현은 말을 흘리며 조용히 축객령을 내렸다.

그리고 방 안에 홀로 남아 다시 한 번 좀 전의 상황을 머리 속으로 재현하였다. 자신을 향해 손짓하던 노인, 그리고 괴현상들.

모두가 환상이었다. 분명 사실처럼 느껴졌지만 결과는 반대였다.

"그냥 넘어가기엔 무언가가 있어."

진현은 말하지 않아도 그렇게 생각하고 있었다.

분명 자신이 모르는 무언가가 있었고 그때 마침 그 괴현상이 일어난 것이라 추측했다.

물론 자신의 생각이 틀릴지도 모르는 일이었으나 그냥 넘어가기엔 미심쩍은 것이 사실이었기 때문에 밑져야 본전이라는 심정으로 생각해 보기로 했다.

지난밤의 괴현상을 뒤로한 채 진현은 무도행을 떠나기 위한 준비에 여념이 없었다. 무도행을 떠난다고 하여 특별히 준비할 것도 없지만 어느 정도의 기반을 두고 떠나고 싶었다.

그 기반이란 다름이 아닌 자신의 무공을 말하는 것이다.

조금씩 다져 가는 기초 공사에 막바지 열을 가하고 있는 진현은 이제 자신의 단계를 높여가기 위해 부단의 노력을 하고 있었다.

기실 진현의 무공은 그렇게도 중요성을 따지던 기본적인 무공에서 보자면 어느 누구에게 내놓아도 뒤지지 않을 정도이다. 하지만 무림이라는 곳에서 기본만 가지고 살아남기는 턱없이 험난한 곳임에 틀림없다.

지난날 단정명의 말이 아니더라도 진현이 세가 내에서 진정한 무인으로 거듭나기에는 무리가 있었다.

타 세가의 소가주와는 달리 주화입마라는 엄청난 시련을 겪고 난 그인지라 누구도 그에게 무리를 가하게 해줄 리 만무하기 때문이다.

그러했지만 진현은 항상 세가 내 무인들과의 대련을 통하여 자신의 허점들을 고쳐 나갔고 자신의 무공을 되돌아보려 하였다.

"합!"

오늘도 역시 진현은 기합을 지르며 현천참마대(玄天斬魔隊)의 대원들과 함께 실전 같은 대련을 하고 있었다.

천마사천회의 냉혈참혼(冷血斬魂) 오산평이 지휘하는 흑건대(黑巾隊)의 살망대진(殺網大陣)을 겪어본 진현이었기에 그리 난색한 표정은 아니었다.

현천참마대(玄天斬魔隊).

천하제일가의 삼전(三殿) 중 하전(下殿)에 속한 참마대는 대외적으로 천하제일가의 실질적인 무력(武力) 세력으로 잘 알려져 있었다. 총 열여덟 명으로 이루어져 있는 참마대는 개개인의 무공 또한 절정을 달리는 천하제일가의 핵심이라 할 수 있는 것이었다.

특히 현천참마대의 주특기라 할 수 있는 현천참마대진(玄天斬魔大陣)은 다시없을 강호일절(江湖一絶)이라 할 수 있었다.

천하제일가는 총 삼전으로 이루어져 있는 상, 중, 하로 나누어져 있어 적의 공격이 아니더라도 평상시 서로의 긴밀한 유대로 인해 천하제일가를 이끌어가고 있었다.

상전(上殿).

일헌(一軒)이라고도 불리는 세심헌(洗心軒)을 뜻하는 것이었다. 평소 단후명의 서재로 쓰이는 별 특별할 것이 없는 곳이지만 천하제일가의 위기가 있을 때는 언제나 이곳이 있을 정도였다.

그리고 외견상으로 나타나지 않는 기관 장치와 주위의 조경들과 이루어진 절진(絶陣)들은 천험의 요새로 만들어서 감히 타인의 손길을 불허하고 있었다.

중전(中殿).

바로 세가 내의 삼각(三閣)을 통칭해 일컫는 말이다. 세심헌이 세가의 중추적인 역할을 하고 있다면 삼각은 실질적으로 세가를 이끌어가는 곳이었다.

보천각(保天閣).

일찍이 단씨세가와 인연을 맺거나 은혜를 입은 전대 고인 및 은거기인들이 머무르는 곳으로 세가를 이끌어간다라고 말할 수는 없지만 그 힘이 가지고 있는 비중은 강호의 중소문파는 한순간에 밀어버릴 정도였다.

세가의 가장 외진 곳에서 터를 잡고 자신들의 무공 증진에만 힘을 쓰고 있는 실정이지만 세가의 위험이 오는 날에는 두 팔 걷고 앞으로 나설 사람들이었다.

천룡각(天龍閣).

아직도 남아 있긴 하지만 대리국 시절의 이름 높던 고승들이 머물렀던 천룡사(天龍寺)를 기리는 의미로 지어진 이 각은 천하제일가의 안주인이나 마찬가지인 총관 황 노공이 이끌어가는 곳이었다.

세가 내의 모든 대소사와 집법(執法)을 관장하는 곳으로 세가 내에서 가장 바쁘게 돌아가는 곳이나 마찬가지였다.

무영각(無影閣).

그림자가 없다는 뜻답게 천하의 모든 정보를 모으는 곳이다. 이십년 전 반정지란 당시에는 정말 큰 공헌을 한 곳인만큼 그 능력을 짐작하게 하는 곳이었다. 무영각 개개인의 신분이 일체 신비에 싸일 정도로 보안 또한 일품이었다.

하전(下殿).

앞에서 말한 것처럼 현천참마대를 일컫는 말이었다.

마각(馬覺)은 자신의 소주인과 대련을 한다기에 솔직히 부담이 가지 않을 수 없었다.

몇 년 전 이야기이긴 하지만 그가 알기론 자신의 소주인이 주화입마에 빠졌던 사실을 잘 알고 있기 때문이다.

비록 얼마 전에 단후명이 직접 밝혀서 진현이 주화입마를 고쳤다라고 알게 되었지만 그 부담감은 여전하였다.

자신이 보기에 허약한 진현이 현천참마대의 일원인 자신을 어떻게 감당하겠냐라는 생각 때문이었다. 혹시 실수로 진현의 몸에 상처라도 입히게 된다면 그 죄송스러움은 더할 것이기 때문이다.

하지만 그의 그런 생각들은 시간이 지남에 따라 급격히 수정할 수밖에 없었다.

평소 자신들보다 열심히 한다는 진현의 수련 이야기를 들은 바는 있었지만 이토록 무섭게 자신을 향해 달려들 줄은 몰랐었기 때문이다.

자신의 장기가 검법이라는 것을 감안해야 했지만 이건 그런 것이 통하는 것이 아니었다.

휘익.

진현은 최근에 자신이 알게 된 초식의 연결 동작을 쓰며 마각에게 달려들었다. 온몸을 금왕기로 둘러싸곤 좌우편마(左右騙馬), 고수반근(枯樹盤根), 진단대곤(陳團大困)의 세 초식이 자연스럽게 연결되며 마각을 핍박했다.

좌우에서 말을 향해 뛰어오르듯 진현의 몸은 동시에 두 명이 된 것처럼 보였다. 사실 두 팔이 양쪽에서 전방을 향하여 뻗어가며 마각을 향해 뛰어오른 것이었지만 마각이 느끼기에는 일순간 정말로 진현이 갑자기 두 명이 된 듯했다. 하지만 마각 역시 현천참마대의 자랑스러운 일원답게 순간 몸을 숙였다가 순식간에 몸을 뒤집었다.

그리고 바로 두 손을 하늘을 향해 뻗어 몸 위로 날아가려는 진현의 두 팔을 붙잡았다. 평범한 듯한 소금나수(小擒拿手)였지만 그 동작 안에는 현묘한 무리가 포함되어 있었다.

진현은 두 팔이 붙잡히자 정말 오래되어 죽을 것 같은 고목의 뿌리가 크듯이 두 다리를 어깨 넓이보다 더 넓게 벌려 몸을 지탱했다. 순식간에 날아갈 몸을 방어하기 위해서였다.

하지만 그것은 노련한 마각에게는 통하지 않는 수법이었다. 진현의 두 팔을 잡고 마치 진현을 넘겨 버릴 것 같았지만 이내 속임수였다는 듯 자신이 뛰어올라 진현의 두 팔을 진현의 뒤쪽에서 잡아버렸다.

"윽!"

진현은 순식간에 죄어오는 두 팔을 통해 전해온 괴로움으로 인해 신음을 토했다. 하지만 그것도 잠시 자신의 몸을 지탱하고 있는 두 다리 중 오른 다리를 들어 뒤쪽의 마각을 향해 차버렸다. 하지만 그것 역시 마각은 예상하고 있었다는 듯 몸을 띄웠다. 그것을 느낀 진현은 자그맣게 미소를 지었다. 아마도 마각의 반응을 예상하고 있었던 것이리라.

진현은 순식간에 뒤로 뻗었던 오른 다리와 왼 다리를 앞으로 모아 땅을 박차고 자신이 팔이 꺾이든 말든 공중제비를 돌았다. 진실로 진단(陳團:넓게 퍼진 덩어리) 같았다. 그 상태에서 양쪽으로 벌려져 있던 두 팔에 온 힘을 다하여 전사(纏絲)를 운용하였다.

마각은 자신의 손바닥에 전해오는 타는 듯한 회전력을 느끼고는 무의식으로 진현의 팔을 놓아버렸다.

"우와아아!"

마치 이제야 대련을 시작한다는 듯 조금의 거리를 두고 대치하고 있는 두 사람을 두고 남은 현천참마대원과 구경을 하고 있던 하인들은 소리를 높여 환호를 하며 박수를 보냈다.

아마 현천참마대원들의 박수와 갈채 속에는 숨길 수 없는 놀람이 포함되어 있을 것이다.

마각은 실로 놀라는 마음을 애써 덤덤한 표정 속에 숨겨야 했다. 그러면서 좀 전의 경시하던 마음을 버리고 진중된 자세를 보였다.

"헛!"

마각의 자세를 본 현천참마대원 중 한 명이 헛바람을 삼켰다. 그럴 수밖에 없는 것이 마각이 취하는 자세는 어떤 무공의 기수식이었기 때문이다.

"소가주, 이번 제가 펼칠 무공은 예전 세가의 임무를 수행하다 기연(奇緣)을 통해 얻을 수 있었던 풍평장(風萍掌)이라는 것입니다. 아직 화후가 부족해 남 앞에 펼칠 단계는 아니지만 소가주님의 한 수를 보니 생각나는 것이 있어 이렇게 가르침을 받고자 합니다. 그러니 이해해 주시길 바랍니다."

정중한 마각의 자세에서는 그의 말과는 달리 숨길 수 없는 자신감이 넘쳐흐르고 있었다.

"그럼 시작하겠습니다."

마각은 진현의 마지막 한 수가 정말로 기이하다라고 생각했다.

온몸을 통해 전해오는 짜릿함과 불이 타는 듯한 고통, 그리고 비틀어진 것 같은 손바닥. 분명 엄청난 회전력을 보여준 것임을 증명하는 것들이었다. 평소에 이런 무공이 있다라고 듣긴 들은 그였지만 실제로 당하기는 처음인 마각이었다.

하지만 그에게도 이것을 대처할 좋은 수법이 하나 있었다. 바로 기연을 통해 얻었던 풍평장이다.

부평초같이 떠도는 바람에게 무슨 회전이 통할 것이며 또한 어떻게 잡을 것이란 말인가. 그리고 말로는 화후가 부족하다 했지만 이미 팔성가량은 수련을 통해 얻을 수 있었던 그이다.

진현은 무섭게 달려올 것처럼 행동하던 마각이 달려오지 않자 이상하게 여겨졌다. 하지만 지금이야말로 중요한 순간이라고 여겨진 진현은 긴장을 하며 마각을 노려보았다. 마각과 진현의 두 눈이 마주치자 불꽃이 튀는 것 같았다.

그러기도 잠시 참지 못한 진현이 다시 한 번 금왕기를 운용하며 백호추산(白虎推山)식으로 마각을 향해 달려갔다.

그 와중에 전사를 운용했음은 말할 필요도 없는 것이다.

밑에서 위로 치듯 두 손이 한꺼번에 마각을 향해 나아가자 마각은 조심스러운 손길로 진현의 팔을 어루만지듯 감싸갔다.

마치 진현의 팔을 기준 삼아 넝쿨이 자라듯 바깥쪽에서 안쪽으로 감싸가는 마각의 두 장(掌)은 어느 덧 진현의 가슴을 강타하고 있었다.

"윽!"

마각이 대련임을 감안하여 내력을 실지 않았기에 다행이지 마각의 본실력을 드러냈다면 아마 진현은 급사를 면치 못했을 것이었다. 하지만 그것만으로도 진현이 경각심을 가질 수 있기에 충분하고도 남음이었다. 어설프게 다가갔던 자신의 초식이 얼마나 한심스러웠는지 진현이 아님 다음에야 알 수 없는 것이다.

가슴을 어루만지던 진현은 슬며시 두 팔을 가슴 중앙으로 끌어당겼다. 그리고 허리를 최대한 뒤로 젖히더니 그 자세에서 다시 몸을 움츠러들었다가 바로 마각을 향해 튀어 나가듯 전진했다.

"궁신탄영(弓身彈影)!"

진현의 모습을 본 누군가가 부르짖었다.

진현은 앞으로 날아가듯 나아가며 두 팔에 급격히 끌어올린 표웅력(標熊力)을 실었다.

가슴에 고이 모셔두듯 숨겨져 있던 진현의 두 팔이 어느샌가 마각의 가슴을 향해 뻗어가고 있었다. 하지만 이미 진현의 의도를 짐작한 마각은 부드럽게 왼쪽으로 몸을 틀며 진현의 어깨에 풍평장을 운용했다.

쿵!

어깨를 부딪친 진현은 큰 소리를 내며 연무장 구석에 넘어졌다. 충격이 심했는지 얼마간 일어나지 못하는 진현이었다. 사실 힘없이 진현의 어깨로 다가간 풍평장은 겉보기에는 부평초처럼 보일지 몰라도 그속에는 무한한 힘이 숨겨져 있는 것이었다.

마각은 진현의 충격이 심한 것을 보며 그제야 자신이 너무 심했다라는 생각을 가질 수 있었다. 하지만 이미 화살은 떠난 것. 그리고 무인으로서 이 정도의 충격은 비일비재하다 할 수 있기에 일부러 진현을 부축하지 않았다. 오히려 그런 것이 진현의 자존심을 건드릴 수 있다라는 것을 알기 때문이었다.

그러던 사이 진현은 서서히 몸을 움직이며 신형을 일으켰다. 그리고 마각을 향해 포권을 하며 말을 걸었다.

"마 부대주님의 풍평장은 제가 저번에 경험하였던 어떤 장법과 매우 흡사한 데가 있습니다. 그때 저는 한동안 그 장법을 가지고 고민을 한 적이 있었지요. 그래서 그런데 한 번만 더 보여주시겠습니까?"

진현은 마각의 풍평장을 보며 황 노공이 시전해 보였던 면장을 떠올리지 않을 수 없었다. 마치 춤사위처럼 흐느끼는 손동작에 숨어 있는 거대한 힘의 실체. 그때 진현은 며칠을 두고 그것에 몰두하였다.

비록 면장의 비밀과 그 속의 무리를 알지는 못했지만 진현 나름대로의 깨우침이 있었던 바였다.

마각의 풍평장을 처음 경험했을 때는 미처 몰랐지만 두 번째의 충돌 때에는 확실히 알 수 있었다. 풍평장 또한 면장의 아류일 것이라는 것을.

"예, 물론이지요. 소가주님께서 원하신다면 언제든지 보여 드릴 수 있습니다. 그럼 다시 시작하겠습니다."

진현은 아직도 시큰거리는 어깨의 고통을 참으며 마각의 말에 긴장을 하였다.

'음. 분명 내가 어떤 공격을 하든지 풍평장은 대처할 수 있을 것이다. 하지만 나 또한 알고 있지 않은가. 비록 황 노공이 보여주셨던 면장은 아니지만 그보다 더 상승의 무공인 이화접목(移花接木)을. 그래, 진현. 늘 하던 식으로 하면 되는 거야.'

진현은 삼보장의 진천곤 조진환과의 인연으로 얻은 종(踵), 접(接), 합(合), 해(解), 이 네 가지 구결로 이루어진 일종의 이화접목의 수법을 자신하고 있었다.

상대방이 유능제강의 수법을 쓴다면 자신 또한 그것을 쓰면 되는 것이다.

단지 문제점이라고 한다면 진현의 화후가 그것을 따라가는 것이 문제인데 젊은 혈기로 뭉쳐진 진현은 그것을 신경 쓰지 않고 있었다.

다만 부딪쳐 보아야 할 뿐이다.

마각은 솔직히 진현의 말을 들으며 그리 긴장하지는 않았다. 이미 결정된 승부였기 때문이다. 하지만 곧 이어 나오는 진현의 자세를 보며 긴장하지 않을 수 없었다.

"하하하, 축하드립니다. 벌써 이정극동(以靜克動)의 묘리를 깨우친 것은 정말로 경축할 일이지요."

마각은 진현의 자세가 정(靜)으로서 동(動)을 제압하려는 것임을 알 수 있었다.

정말 갈수록 진현의 진정한 수준을 알 수 없을 지경이었다. 이만하면 됐다라고 생각하고 있으면 그것을 비웃기라도 하듯 새롭게 나서는 진현을 보며 정말로 감탄하지 않을 수가 없는 것이다.

마각은 이번에는 자신이 먼저 나서기로 마음을 먹었다. 사실 마각의 수준이 되면 생각과 동시에 몸이 움직이는 법이었다.

유하부절(流河不切).
―흐르는 강물은 끊이지 않는다.

마각은 풍평장의 한 초식을 시전하며 진현을 향해 나아갔다. 초식 명 그대로 마각의 동작들은 끊이지 않았다. 오른쪽에서 팔이 뻗어 나오는 듯하더니 어느새 진현의 왼쪽 어깨에 첫눈이 내리듯 소리없이 마각의 왼손이 내려앉았다. 그야말로 진현은 막다가 볼일 다 볼 판이었다. 마각의 두 팔과 두 다리는 무슨 하고 싶은 말이 많은지 끊임없이 진현의 몸에 속삭여 주었다.

'아이고, 뭐가 뭔지 하나도 모르겠네.'

진현은 중얼거림과는 달리 열심히 마각의 공세를 막았다. 부드럽게 다가오는 마각의 손과 발은 겉보기와는 달리 엄청난 힘과 속도를 자랑하고 있었다.

'정말 이러다가 한도 끝도 없겠어.'

진현은 결심하지 않을 수 없었다. 계속해서 이렇게 막기만 할 것인지, 아니면 고육지계(苦肉之計)를 쓰더라도 반격을 할 것인지를.

"헛!"

마각은 계속해서 공세를 날리다 갑작스러운 진현의 행동에 속으로 신음을 토해냈다.

광룡난무(狂龍亂舞).

―광기 어린 용이 어지럽게 춤을 춘다.

한마디로 미친 용이 미친 듯이 춤을 춘다라는 말이다.

하지만 미친 듯이 춤을 추는 것이 아니라 발광을 하는 것처럼 보였다. 이를 증명이라도 하듯 진현의 행동들은 그저 광란의 몸부림이지 일정의 형식을 가지고 있진 않았다.

퍽. 퍽.

진현은 두 손 두 발을 모두 사용해 부지런히 움직였지만 마각의 풍평장에 몇 대를 맞는 것은 어쩔 수가 없는 모양이었다. 하지만 진현의 노력이 통했는지 마각의 공세로부터 빠져나올 수는 있었다. 이것은 전부 금왕기와 전사, 그리고 마지막으로 어렴풋이 마각의 동작들을 미연에 감지할 수 있게 하였던 관심법 때문이다.

마침내 마각의 손과 발로부터 빠져나올 수 있었던 진현은 하던 동작들을 멈추고는 거친 호흡을 다스렸다. 단전에서부터 온몸으로 스며드는 청량한 기운들이 진현의 마음과 호흡을 진정시켜 갔다.

짝. 짝. 짝

몇몇이 박수를 치기 시작하자 금세 연무장 주위의 사람들은 환호성을 지르며 박수를 쳤다. 이에 마각은 미소 지으며 진현을 향해 포권을 했다.

"소가주, 정말 대단하시군요. 병마(病魔)에서 나으신 지 얼마 되지 않았다고 들었는데 이 정도면 얼마 가지 않아 저 같은 것은 일격에 당하겠습니다. 하하하."

마각은 진현에게 진심 어린 칭찬의 말을 했다. 이런 마각의 진심을 아는 진현 역시 마각에게 감탄의 인사를 건넸다.

"마 숙부의 실력이야말로 진정 놀랄 만한 무공이었습니다. 정말 저로서는 따라가기 힘든 지경이었습니다."

두 사람은 미소를 지으며 더 이상 말하지 않았다.

하지만 눈빛만으로 두 사람은 많은 대화를 할 수 있는 것 같았다. 이것을 바로 이심전심이라 하지 않겠는가.

"그럼 이쯤에서 그만 하고 저희들이랑 식사라도 하지 않으시겠습니까?"

마각은 감히 자신의 말이 실례가 되어 진현이 어색하지 않을까 조심스럽게 건네야만 했다. 사실 천하제일가라는 이름답게 세가 내의 규율 또한 엄하여 상하의 구분이 엄격한 터였기 때문이다.

비무할 당시는 무인의 자격으로 서는 거지만 비무가 끝이 난 후라 다시 주인의 심기를 건드리면 안 되기 때문이다.

이것은 진현이 마각을 향해 숙부라 칭하는 것과 무관한 것이다.

이런 마각의 심각한 고민을 비웃기라도 하듯 진현은 맑게 미소 지으며 바로 대답했다.

"좋죠. 당연히 해야죠. 원래 사람 사이를 친근하게 하는 방법에는 세 가지가 있다죠? 같이 땀 흘리거나 같이 식사를 하거나 마지막으로 같이 목욕을 하는 것. 우리는 같이 땀을 흘렸으니 당연히 같이 식사도 해야죠. 그리고 같이 목욕도 할까요?"

농담 어린 진현의 말에 모두들 박장대소하지 않을 수 없었다.

"하하하!"

이렇게 진현이 세가에서 지내는 것도 며칠 남지 않았다.

이제부터는 보다 큰 세계가 진현을 기다리고 있었다.

제21장

조우(遭遇)

조우(遭遇)

"넌 천하제일가의 가주를 원하느냐, 아니면 천하제일인을 원하느냐?"

세가에서 나온 지 한 달이 되었을 쯤 나온 단순명의 물음이다.

말수가 적은 단순명의 입에서 나온 오랜만의 말이라 놀란 것인지, 아니면 그 물음의 뜻을 이해 못했는지 진현은 재빨리 대답하지 못했다.

"다시 한 번 묻겠다. 넌 가주로서의 무인이 되고 싶으냐, 아니면 무인으로서의 가주가 되고 싶으냐?"

한마디로 천하제일세가를 이끌어가는 경영자가 되고 싶은지, 아니면 무인으로서 천하제일인이 되고 싶은지를 묻는 것이다.

"음……."

진현은 일순간에 대답하지 못하고 머뭇거렸다. 이런 류의 생각은 한 번도 해보지 않았기 때문이다.

"삼 년이라는 시간은 짧으면 짧고 길다면 길다. 그렇다면 보다 계획적으로 수련을 해야 함이 마땅하다."

"예."

계획성있는 수련이 보다 빠르고 높은 능률의 결과를 가져올 것은 자명한 일.

"너의 생각을 듣고 그에 따라 계획을 세우고자 한다."

결론은 선택을 강요하는 것이다.

"내가 충고 하나 하지. 너의 재능은 네 또래의 아이들보다 그리 좋은 편이 아니다. 하지만 너의 노력은 충분히 가능성있게 만들어준다. 같은 노력을 봤을 때 재능에 따라 그 결과는 천지 차이일 것이다. 그러나 나와 같은 스승이 있다면 넌 충분히 극복할 수 있을 것이다."

들어보면 자기 자랑과 같은 그의 말이지만 지금 이 상황에서 그의 모습은 진정한 무인의 모습이었다.

그의 말은 허언이 아니라 진실로 진현에게 다가왔다.

"예."

"그렇다면 한번 말해 보거라, 네 생각이 어떤지를."

가볍게 생각할 수 있는 문제가 아니다. 진현의 앞으로의 미래를 점치는 문제였다.

"전 천하제일인보다는 세가의 가주를 원합니다."

단호한 말투였다.

어쩌면 당연할 선택이다.

"하지만 제가 소중히 여겨야 할 사람은 지킬 수 있는 힘을 원합니다."

이것 또한 당연한 말이다.

"자신이 소중히 여기는 사람을 지키는 힘은 꼭 천하제일인이 아니라도 되지."

"그 어떤 누구에게서도 지키고 싶습니다."

결국 결론은 두 마리 토끼를 잡고 싶은 것이다.

"허허, 욕심이 과하구나. 세가의 가주와 천하제일인을 함께? 그럼 한 가지 묻자."

"예."

"넌 너희 아버지를 어떻게 생각하느냐?"

단순명은 진현에게 그가 바라는 이상의 인물을 제시하고 있었다.

"음… 세가의 가주로서도 누구보다 뛰어나십니다. 그뿐 아니라 천하십오대고수 중 사실상 서열 제일위이자 천하제일인이십니다."

그의 말은 단후명이 그러했으니 자신도 할 수 있다는 말이다.

하지만 단순명의 생각은 달랐다.

"과연 그럴까?"

"예?"

"아니다, 네가 그렇게 목표를 잡았다면 나 또한 그리 가르치겠다."

"예."

단순명과 진현의 짧은 대화는 이로써 끝이 났다. 하지만 단순명의 눈길은 계속해서 진현을 향해 있었으며 진현 또한 그 눈길을 거부하지 않았다.

이 대화가 있은 후 단순명은 진현에게 몇 가지 지시를 내렸다.

―항상 생각하고 고민하거라.

―뭐든지 몸을 이용하거라.

―어떤 경우가 있더라도 손에서 검을 떼지 말거라.

무인이라면 당연한 것이지만 단순명의 입에서 나오니 또 다른 의미로 진현에게 다가왔다. 그리고 그것은 진현 자신에게 특별한 추억이 있는 아미산에 도착했을 때까지 철저히 이행되었다.

"이곳 아미파는 나와 인연이 있는 곳이지. 이왕 온 김에 아미산에 오르자꾸나."

'그건 저도 그런걸요.'

이미 자신이 익힌 금왕기에 대하여 설명을 하였지만 그 출처에 대해서는 함구한 진현이기에 생각만 할 뿐이었다.

아미산은 중국 불교의 사대명산 중 하나로 보현보살(普賢菩薩)이 도량을 세운 곳이다. 사천 중부에 위치해 있으며 북쪽으로는 공래산(空崍山)과 닿아 있고 청성산(靑城山)이 멀리 바라보인다.

남쪽에는 소상(小相), 대량(大涼)의 양산이 있고, 동쪽으로는 민강(岷江)이, 서쪽에는 대도하(大度河)가 흐른다. 높은 봉우리들이 험준하게 백 리에 걸쳐 깔려 있다.

아미산에는 사원이 많은데 그 대부분은 선종(禪宗) 계열이다.

아미산의 화상들은 서로 빨리 성취하기 위해 서로 다투는 상무적(尙武的) 기풍이 있다고 한다.

그래서일까?

아미파의 근원 역시 어찌 보면 상무적 성향이 짙다 할 수 있었다.

아미산에는 예로부터 호랑이가 많아 백성들이 고생을 했는데 사성법사(士性法師)가 호랑이를 퇴치하고 복호사(伏虎寺)를 세워 이것이 아미파의 근간이라고 하니 자연 이런 말이 나온 것이다.

자신을 죽음으로 몰아넣었던 백운협과 구로동(九老洞)을 지나고 얼마 있자 진현은 곧 저 멀리 아미파가 자리 잡은 사원을 볼 수 있었다.

산속에 자리한 아미파는 숲과 어울려 신비로운 경관을 창출하고 있었다.

"음……."

진현은 복잡한 심정으로 사원의 정문 앞에 설 수 있었다. 굳건한 천년고목으로 만든 듯한 기둥은 진현을 향해 오만한 시선을 보내고 있었다.

'그래, 이번이 아니더라도 너희들에게 나의 빚을 되돌려주마.'

아무래도 주설란과 추선혜와의 만남에 껄끄러움이 있었다. 그리고 진현 역시 한 번도 잊지 않았기에 항상 그녀들을 생각할 때마다 주먹을 쥐곤 했다.

"어서 오십시오, 단 시주."

정 자 항렬의 정선(淨善)이었다. 아미의 항렬은 청정해수(淸淨海水)인지라 그만큼 단순명의 대우가 심상치 않음을 말해 주는 것이었다.

"오랜만에 뵙습니다. 그간 무고하셨는지요?"

단순명은 정선을 향해 반가운 표정을 지으며 자연스레 현문 안으로 들어섰다. 현문 안을 들어서자 밖에서 보던 것과는 다르게 또 다른 느낌으로 진현에게 다가왔다.

웅장함이다.

"장문인께서는 다른 분을 맞이하시느라 얼마 후에야 뵈러 오실 겁니다. 그때까지 기다려 주시겠습니까?"

"다른 분이라 함은?"

정선의 말에 단순명은 일순 궁금함을 느꼈다.

"예, 상관세가에서 손님이 왔습니다."

"아, 그러십니까? 그럼 할 수 없지요."

단순명은 더 이상 그쪽에 대하여 말하지 않고 정선이 안내해 준 방에서 진현과 함께 기다렸다.

"운아."

"예."

"우리의 여행 목적지는 천산이다. 왜 천산으로 가는 줄 아느냐?"

"예, 저의 무도행도 있겠지만 그건 부수적이고 실제 목적은 선조의 유지를 찾기 위해서라고 알고 있습니다."

진현은 자신이 알고 있는 그대로 말했다.

"그렇다. 너도 알겠지만 가문의 비보(祕寶)인 신검의 오의와 함께 조부님께서 사라지셨기 때문에 더 발전할 수 있는 세가의 폭이 현저히 줄어들었다."

"예."

흔한 무서도 아니고 칠대무성의 한자리를 차지하고 있는 비급인지라 단순명의 말은 지극히 옳은 것이었다.

"그래서 난 입신양명의 길보다는 신검의 자취를 찾는 것에 더 연연했으며 내 일생을 걸었다. 그러기를 이십 년. 지난날 반정지란으로 인해 강호가 혼란함에도 불구하고 난 오로지 그 길만을 걸었다."

이만하면 단순명의 의지를 확연히 알 수 있는 것이다.

"남만, 북해, 동영까지 가보지 않은 곳이 없구나. 그러나 인연이 없어서인지 그 목적을 달성하지 못했다."

진현은 쉽게 남의 일처럼 말하는 단순명에게서 그만의 고생을 느낄 수 있었다.

"하지만 하늘이 나를 안타깝게 여겨서인지 여러 단서를 찾을 수 있었고 이제 마지막으로 천산으로 가려고 한다."

"아!"

이제야 왜 천산으로 향하는지 목적을 알 수 있었다.

"그리고 네가 조부님의 유품에서 보았다고 했던 그 환상들도 여간 심상치 않구나."

진현의 말을 들은 단순명은 이번 무도행에 그 족자까지 챙기게 하여 그 단서를 찾고자 했다. 현재 그 족자는 진현이 가지고 있지만 단순명은 소중히 간직하라 신신당부를 한 터였다.

"나 역시 족자를 유심히 살폈으나 너에게 다가간 환상의 흔적들은 보지 못했다. 그건 조부님의 발자취가 너에게 이어졌다는 것을 의미한다. 그래서인지 내 짐작으로 이번 천산행은 나에게 뿐만 아니라 너에게도 좋은 소식이 있을 것 같다."

쉽게 말을 하지 않는 단순명의 입에서 이런 말이 나온다는 것은 그만큼 확신이 있다는 소리였다.

"나는 이번 여행에서 너에게 오로지 검(劍) 하나만을 가르칠 것이다."

단순명은 화제를 돌려 진현의 이번 무도행에 대한 계획을 설명하였다. 아마도 앞의 말들은 이것을 위한 초석이라 생각이 되었다.

"그 외의 보법이나 권법, 그리고 신법 등 다른 것은 일체 기대하지마라. 그리고 생각하지 마라. 이제껏 익혔던 모든 것을 잊고 이제부터다시 시작한다고 생각하여라."

또다시 진현이 이행하여야 할 것이 늘어났다.

"적지 않은 세월 동안 검이라는 친구를 사귀면서 한 가지 알게 된 것이 있더구나. 그것은 바로 이 친구 하나만 있으면 된다는 것이야."

"예."

단순명은 갑자기 진현의 어깨를 잡았다.

"운아."

"예."

"너는 장차 세가를 이끌어 나갈 주인이다. 그런 네가 여자 하나로 이렇게 흔들려서는 안 된다고 생각한다."

"그건……."

"내 말을 끝까지 들어보거라. 네가 만약 사랑하는 이를 지키고 싶다면 정말 네 말처럼 그에 걸맞는 힘을 가져야 할 것이야. 그리고 이번이 그런 기회다. 나 역시 너에게 이번 무도행에서 나의 모든 것뿐만 아니라 신검의 자격까지 주고 싶구나. 하늘의 허락이 따른다면 말이야."

단순명은 열려진 틈으로 들어오는 바람을 맞이하며 진현에게 다시 말했다.

"앞으로 천산으로 가기까지 아미뿐 아니라 곤륜, 공동, 청성, 당문, 그리고 수많은 방파가 기다리고 있을 것이다. 네가 할 일은 그들에게서 너에게 필요한 검을 찾으라는 것이다. 알겠느냐?"

진현은 이제야 자신과 단순명이 아미파에 온 이유를 알게 되었다.

"넌 신검이 무엇인지 아느냐?"

갑작스런 물음이다. 하지만 진현이 모를 리 없었다.

신검.

칠대무서 중 한자리를 차지하고 있을 뿐 아니라 수좌에 있는 신공이다.

단씨세가에는 일양지만큼 이름 높고 그 무공의 위력이 강력한 검법이 있다.

바로 대라천룡삼검해(大羅天龍三劍解).

대라천검(大羅天劍), 혹은 천룡삼검(天龍三劍)이라 불리는 이 검법은 일양지와 함께 단씨세가를 대표하는 것이다.

특히 다수의 적을 상대함에 있어서 탁월한 능력을 나타내는 대라천검은 각 초식마다 단씨세가의 유구한 세월만큼 깊은 무게가 담겨 있었다. 현란함보다는 장중함을 우선시하는 일종의 중검(重劍)이다.

일양지와 대라천룡삼검.

단씨세가의 사람들은 이 둘을 더 뛰어넘고자 했다. 수많은 세월 동안 노력했고 그렇게 탄생한 것이 바로 신검이다. 일양지와 천룡삼검을 합할 수 있게 만든 무공. 지법으로 검을 펼치는 무공.

바로 육맥신검(六脈神劍)이다.

지공(指功)과 같이 무형의 기를 모아 검을 만들어 도(道)를 만드는, 그야말로 천인(天人)의 무공이었다.

예전 검황 단진천은 신검 하나로 천하를 오시하였다. 하지만 그의 자취와 함께 사라진 신공은 단씨세가의 사람들에게 안타까움을 주고 말았다.

단순명은 지금 신검을 말하고 있었다.

"세가의 사람이라면 꿈에서라도 익히고 싶은 것이 바로 신검이지. 나 역시 그 꿈을 쫓아 근 이십 년을 소비했으니까. 이제 그 꿈이 실현될 수 있을 것 같구나."

가정을 통하는 그의 말이었지만 확신이 아니면 말하지 않는 그의 성격이기에 오히려 설득력있게 다가왔다.

"그러니 넌 마땅히 준비를 해야 한다, 신검의 주인이 될 수 있는 자격을 얻기 위해서."

"예."

진현 역시 단호한 말투로 대답했다.

아미의 장문을 기다리며 하는 말치고는 너무도 거창하고 장중한 대화였다.

"어서 오십시오, 장문인."

단순명은 아미의 장문인이자 사파를 지탱하고 있는 기둥 중 하나인 정혜(淨慧)를 보곤 예를 올렸다.

"단 시주께서 이곳까지 어인 발걸음을 하셨는지요?"

통보도 없이 불쑥 찾아오는 단순명이 아니었기에 정혜는 의아한 듯 물었다.

"하하하, 이번에 제가 먼 길을 떠나게 되었습니다. 그리하여 지나던 참에 인사를 드리러 왔지요."

"오, 그러십니까? 그런데 옆에 계신 소협은 누구신가요?"

"예, 제 조카입니다."

단순명의 말에 정혜의 눈은 빛을 발했다. 단순명의 신분을 아는 그녀이기에 그의 조카라 함은 단지운을 뜻하는 것이기 때문이다.

"단지운이라 합니다."

"아, 소식을 들어 알고 있습니다. 큰 화를 입으셨다 들었는데?"

진현의 말에 정혜는 안타까운 표정을 지으며 말했다.

"예, 하지만 천운이 있었는지 다행히 나을 수 있었습니다."

"오, 선재로다, 선재로고. 이것이야말로 무림의 홍복이 아니고 무엇이겠습니까."

"그리 말씀하시니 몸 둘 바를 모르겠습니다."

하나 처음부터 아미파에 대한 선입견을 가지고 있던 진현이라 표정이 좋을 리 만무했다.

"지금 상관세가에서 사람이 오셨다고 들었습니다."

단순명은 무슨 이유에서인지 평소 관심도 두지 않았던 상관세가에 대한 이야기를 꺼냈다.

"예, 그렇습니다. 지금 대청에서 청목 사숙과 좌담을 나누고 계십니다."

청목 사숙이라 함은 청목 신니를 말하는 것이다. 구중성화 주설란의 사부이기도 한 그녀는 반정지란 이후 남은 유일한 청 자 항렬이다.

"현재 상관세가의 소가주와 다른 두 분께서 오셨습니다."

진현은 상관세가의 소가주라는 말에 흠칫 놀랐다. 창룡쟁투지회의 우승자이자 후기지수 중 제일이라는 신주일룡(神主一龍) 상관영이기 때문이었다.

비록 대면한 사이는 아니지만 평소 그의 무위와 무용담을 흠모하고 있던 터였다.

특히 천마산(天馬山)을 기점으로 악행을 일삼는 백마채(白馬寨)를 단신으로 무너뜨린 것은 무림인이 아니더라도 누구나 다 알고 있는 협행이었다.

이런 진현의 마음을 알고 있기 때문일까?

"그럼 이번 기회에 견식을 넓혀볼까요?"

하며 상관세가와의 만남을 청했다.

진현과 단순명이 들어선 대청에서 하얀 긴 눈썹이 인상적인 여승(女僧)과 그 맞은편에 앉아 있는 젊은 청년, 그리고 그 뒤로 시립해 있는 두 중년을 볼 수 있었다.

"오서 오시오, 단 시주. 오셨다는 말씀은 들었소."

긴 백미와 냉혹한 성품을 나타내는 듯한 외모가 묘하게 조화를 이루는 이 늙은 여승이 청목 신니였다.

그녀의 눈길이 단순명에게서 진현으로 돌아갔다. 진현은 서서히 자신 쪽으로 바라보는 그녀의 눈길에서 섬뜩한 기운을 느꼈다.

"저는 단지운이라 합니다."

공손하게 대답하는 진현의 모습에 청목 신니보다 그녀 맞은편에 앉아 있던 청년의 눈이 더 반짝였다.

"오, 그대가 천하제일가의 소가주라는 단 소협이구나."

자연스런 하대가 어울리는 그녀의 모습은 외모와 달리 실제 나이가 이미 한 갑자를 넘어가고 있었다.

"여기 있는 이 소협은 상관세가의 소주가 상관영이라 하네."

"상관영입니다."

단순명과 진현은 상관영과 함께 서로 인사를 나누었다.

진현과 상관영 사이에 서로의 눈길이 마주하자 둘 다 기이한 느낌을 받았다. 마치 하나의 끈으로 맺어진 긴 실타래가 서로 멀리 떨어져 있다 그 실타래를 따라오다 만난 것 같은 기분이었다.

그것도 잠시, 서로의 기이한 감정은 잠시 접고 다시 현실로 돌아왔다. 하지만 이 기이한 감정들은 그들의 머리 속에서 떠나지 않았다.

"높으신 대명 익히 들어 알고 있었습니다."

"하하하, 과찬이십니다."

호탕하게 웃는 상관영의 모습에선 영웅의 기질이 보이고 있었다.

"운아, 잘 보아두거라. 앞으로 너의 좋은 적수가 될 것 같구나."

진현은 단순명의 전음을 들으며 그의 말에 동의했다. 비록 지금은 그의 무공과 비교할 수 없겠지만 앞으로의 기회는 얼마든지 있다고 생각했다.

"한데 주 사매와 추 사저가 보이지 않는군요."

일찍이 맹 내에서 아미파의 여러 여협들과 친분을 가지고 있는 상관영은 주설란과 추선혜를 찾고 있었다.

배분상으로 보자면 주설란과 추선혜는 청 자 항렬 다음의 정 자 항렬이다. 그럼으로 해서 그녀들은 현 아미 장문과 같은 배분이라는 것이다.

물론 청목 신니의 기명(記名)과도 같은 제자의 의미가 많은 그녀들이기에 무림에서는 좀처럼 볼 수 없는 광경이긴 하지만 상관영과는 틀림없이 한 배분 차이가 나는 것이다.

현 상관세가의 가주가 아미의 장문인과 같은 배분이니 당연히 상관영의 호칭은 잘못된 것이어야 했다. 한데 청목 신니나 정혜 선사는 암중으로 묵인하고 있었다.

그만큼 상관세가의 입지를 말해 주는 것이다. 특히 정혜 선사의 경우 주설란과 추선혜와 같은 배분에 있는 만큼 상관영의 호칭이 남다를지 모르는 일인데 아무렇지 않게 받아들이고 있었다.

배분과 명예를 따지는 무림에서 보기 드문 일이었다. 그리고 이런 경우는 전성기 때의 천하제일가도 그러지 못했던 일이다.

단순명과 진현은 짧은 시간이었지만 잠시나마 미간을 찌푸렸다. 하지만 원인은 달랐다. 단순명은 위의 이유로 인해 눈살이 찌푸려졌지만 진현은 상관영의 말이 주설란과 추선혜를 의미하는 것을 알고 그녀들의 기억이 떠올라서였다.

이렇게 각각 동상이몽을 꿈꿀 때 상관영의 물음에 답하는 사람이 있었다.

"주 사매는 현재 파 내의 일로 인해 잠시 자리를 비웠지만 추 사매는 연공 중이에요. 아마 며칠 머무르신다면 볼 수 있을 겁니다."

다행이었다.

진현은 이런 때에 그녀들을 본다면 참으로 어색한 만남이 될 것이고, 또 마주치고 싶지도 않았기 때문에 다행이라고 생각했다.

하지만 언젠가는 이 빚을 꼭 갚아주리라 생각하는 진현이었다.

"그런데 무슨 대화 중이셨습니까?"

도중에 끼어든 단순명과 진현이기에 대화를 방해한 것 같아 죄송스럽게 생각했다.

"아, 우리가 대화를 나눠봐야 무엇 하겠소. 아무리 속세를 떠난 중이라고 하지만 무림인이기에 강호에 대해서 말하고 있었구려."

그녀의 말에 의하면 현 무림에서 가장 대두되고 있는 금성에 대하여 논의를 하고 있었다. 그렇지 않아도 제이의 반정지란이 언제 터질지 몰라 다들 전전긍긍하는 처치인지라 쉽게 다룰 화제가 아니었다.

"그러니까 상관세가에서는 그들이 먼저 도발하기 전에 맹이 움직여야 한다는 말씀이군요."

"그렇습니다."

굳게 다문 입술에서는 힘찬 젊은이만의 열의가 느껴지는 듯했다.

"하지만 뚜렷한 물증이 없는 이상 누구를 상대로 움직여야 한다는 겁니까?"

옳은 말이다. 무릇 목표가 있어야 달려가도 그 보람과 결실이 있는 법인데 그 목표가 불투명하다면 그 결과마저 불투명해지는 것이다.

정혜는 이것을 말하고 있었다.

"하하하, 어차피 물증이 없다 하여도 명분이 있다면 그것이 그 물증이 될 수 있습니다. 무림이라는 곳이 그런 곳 아닙니까?"

상관영의 말이 틀린 것은 아니었다. 그의 말은 강호의 생리를 말하고 있었다.

"그렇다면 그 명분이라는 것을 말해 주겠나? 나야 이곳에 처박혀 있다 보니 무슨 소리인지 통 모르겠네."

청목 신니의 말에 상관영은 공손하지만 결의에 찬 그의 생각을 말했다.

"어차피 금성의 존재는 암중에 자리하고 있으며 저희는 밝은 곳에 있습니다. 그들을 밝은 곳으로 이끌어내려면 그것이 타초경사의 우를 범한다 하더라도 들쑤시는 방법밖에 없다고 생각합니다."

"음."

"게다가 이미 의혹이 가는 문파들은 여러 곳이 있습니다. 강호의 소문 또한 그렇습니다. 그것이 사실이 맞든 아니든 그것이 중요한 것이 아니라 금성의 존재감부터 확인하는 것이 우선입니다."

상관영의 말은 현 무림에서 이미 심증은 가지만 확실하게 이렇다 할 존재감을 보여주지 않는 금성의 존재를 이번 기회를 빌어 찾아내자는 말이었다.

그의 의견을 따르자면 어차피 대대적인 피바람은 동반해야 하는 것이며 금성 또한 그에 대한 움직임은 보일 것이기 때문이었다.

"아!"

상관영의 말에 이제껏 조용하게 듣고만 있던 진현의 입에서 탄성이 나왔다.

"왜 그러십니까, 단 공자?"

"아, 아닙니다."

진현은 말을 얼버무렸지만 속마음은 그렇지 않았다. 상관영의 의혹이 가는 문파 중에는 분명 사마세가 역시 포함되어 있기 때문이었다. 그리고 그 소문 역시 강호에서는 공공연하게 퍼지고 있는 비밀 아닌 비밀이라 사마세가로서는 피할 수 없는 숙명이나 마찬가지인 셈이다.

그렇기에 진현으로서는 실로 걱정이 되지 않을 수 없었다.

이런 진현을 보며 상관영은 살며시 미소를 지었으나 그 모습은 아무도 몰랐다. 그것은 다들 상관영의 말로 각기 생각에 잠겼기 때문이다.

"아미타불, 피바람이 또 한 번 몰아치겠구려."

"숙부님."

"알고 있다. 하지만 안 된다."

단순명은 진현이 어떤 말을 할지 알고 있었다. 그간의 사정을 아는 그이기에 상관영의 말에 진현이 어떤 반응을 보일지 대략 짐작하고 있었다.

"하지만 가고 싶습니다."

"네가 사마세가로 간다고 해서 사정은 달라질 것 없다. 네가 천하제일가의 소가주라 해서 그들이 너의 말을 믿고 그냥 넘어갈 것 같으냐?"

단순명의 말은 단순한 말의 차원을 넘어서 진현의 가슴을 후벼 파고 있었다.

"잘 들어라. 무림은 힘이 지배하는 곳이다. 도의나 정의는 힘이 있고 난 다음에 할 소리야."

진현도 알고 있는 말이다. 하지만 억지라도 부리고 싶은 심정이었다.

"이것은 단순한 너의 감정만으로 되는 것이 아니다. 이제 너는 너 혼자가 아니다. 세가의 모든 것이 앞으로 너에게 달려 있다. 경거망동할 때가 아니라는 소리다."

또 한 번 듣고 있는 수밖에 없는 설교였다.

하지만 사람의 마음이 뜻대로 움직이는 것이 아니다. 특히 진현의 사고방식으로는 이해하지 못하는 부분도 많았다.

하지만 실제로 나오는 말은 그의 본심과는 다를 수밖에 없다는 것도 인정해야만 했다.

"예, 알겠습니다."

"나도 네 마음을 모르는 것이 아니다. 그래, 열정은 어느 곳으로든 발산이 되는 것이니까. 하지만 지금 네가 하려는 행동은 독불장군이란다. 게다가 넌 아직 독불장군 행세를 하기에도 힘이 모자라지 않느냐?"

"……"

단순명은 오늘따라 그답지 않게 말을 많이 하고 있었다. 그냥 처음의 한마디면 되는 것인데 이토록 말을 많이 하는 이유는 그만큼 진현을 아껴서였다.

"예전 반정지란이 일어났을 때 혁혁한 공을 세운 검성을 아느냐?"

"예, 알고 있습니다."

소천성탑에서 검성을 추모하는 검성지회까지 해본 바 있는 진현이 모를 리 없었다.

"그래, 알고 있겠지. 그만큼 위대한 공을 세운 분이시니까. 하지만 그의 자취를 알고 있는 이는 없다.”

진현은 검성과 지금의 일이 어떤 관계가 있는지 의문이었다. 하지만 단순명이 괜히 이런 말을 꺼낼 리 없기에 아무 말 없이 듣고 있었다.

“검성 현천자. 비화지만 그 역시 남자이기에 도사라는 신분을 무릅쓰고 금단의 사랑에 빠지고 말았다.”

“음.”

“도사라도 인간이고 남자이기에 사랑을 할 수 있다. 하지만 문제는 그 상대였지. 서문세가의 여식과 사랑에 빠져 버린 그이기에 많은 고민을 해야 했다.”

“아!”

처음 듣는 소리이지만 검성의 마음이 전달되는 것 같았다.

“아무도 모르고 있는 사실이지. 그는 사문과 여인 사이에서 많은 방황을 했으나 어쩔 수 없이 칼을 들어야만 했다. 그리고 보면 무당에는 참 인재가 많았지. 현 호천사정맹 맹주인 태극성검 구양 상인 역시 무당의 사람이니 말이다. 각설하고 사문을 위해 검을 들어야만 했던 현천자는 그야말로 추풍낙엽처럼 금성의 무리들을 베어버렸다. 그때 검성이라는 칭호를 받았지.”

“아.”

“마지막 결전이었다. 서문세가와의 마지막 결전을 앞두고 그는 심한 갈등을 해야 했다. 바로 자신이 사랑하는 여인의 아버지를 베어야만 했기 때문이다. 그뿐 아니라 그녀의 목숨 역시 달린 문제였지.”

진현은 비록 보지는 못했지만 그때의 상황을 그려 나갈 수 있었다. 자신의 손으로 베어야만 하는 여인이 사랑하는 여인임을 어찌 상상이나 했겠는가.

"하지만 생각은 오래가지 않았다. 그가 아니더라도 그녀를 베어야 할 사람들은 많았으니까. 결국 그는 자신의 손으로 그날 밤 금성을 대적하기 위해 모인 사람들을 베기 시작했다. 물론 사문의 명예를 위해 복면을 썼고 그의 검법 역시 바꾸었다. 정말 아무도 그 복면의 사나이가 그인 줄 몰랐지."

"아!"

연신 탄성을 내뱉는 진현이었다.

"하나 혼자의 힘으로는 중과부적이었다. 천하제일인이라 할지라도 수많은 고수 앞에서는 그 힘을 발휘하기도 전에 쓰러지고야 만다. 어쩔 수 없는 것이지. 게다가 그 상황은 모두들 금성의 새로운 고수라 하여 전력을 다한 것이어서 어찌 보면 무모하다 할 정도로 현천자는 어리석었다. 그리고 그 끝은 모두들 알다시피 그의 잠적과 함께 끝을 맺었지. 다만 다른 것이 있다면 그 복면인이 현천자란 걸 모르고 있기 때문에 다들 그의 실종을 불가사의하게 생각하고 있다는 점이다."

단순명이 하는 말의 요지는 단 한 가지였다. 사정이야 어찌 되었든 혼자의 힘으로 대세를 거스르지는 못한다.

한데 진현에게 한 가지 의문이 생겼다.

"숙부님, 그런데 어떻게 그런 사실을 아신 겁니까?"

아무도 모르는 강호비화를 단순명이 알고 있다는 점이 의문이었다. 특히 반정지란 당시에도 조부의 유물을 찾기 위해 동분서주하던 그이기에 더욱 이상했다.

하지만 단순명은 그 의문에 해답을 주지 않았다.

"그 이유는 너도 곧 알게 될 것이다."

더욱 궁금하게 만드는 진현을 두고 단순명은 다시 한 번 말했다.

"오늘은 일찍 자거라. 내일은 아마 고단한 하루가 될 것이다."

'고단한 하루라는 것이 이것을 말하는 것인가?'

진현은 지난밤 단순명이 했던 말을 곱씹으며 이를 악물고 견뎠다. 시간이 이미 오시(午時)를 지나고 있어 뜨거운 태양이 진현의 머리 위로 쏟아졌다.

"진정한 삼양천잠공은 화기(火氣) 속에서 찾아가는 것이다."

심법을 운용하지 않고 그냥 태양의 양기를 받는다는 것은 무척이나 쉬운 일이다. 그저 견디면 되는 것이니까.

하지만 한여름도 지나 이미 가을의 중반에 접하고 있는 태양은 진현에게 무척이나 곤욕스러웠다. 그 이유는 바로 진현의 머리 위에 있는 물건 때문이었다.

원래 칠흑같이 검었던 작은 석편(石片)은 검붉게 변해 진현의 정수리에서 타오르고 있었다.

"천양원석(天陽元石)은 비록 아무 쓸모 없으나 단 하나의 효능이 있다. 바로 몸속의 노폐물들을 모두 태워 버리는 것이다."

진현의 머리 위에 있던 돌 조각은 바로 천양원석이었다. 거창한 이름과는 달리 가지고 있는 사람에게는 계륵이나 마찬가지인 물건이었다.

남 주자니 아깝고 가지고 있자니 그리 쓸 곳이 없는.

하지만 단 한 가지의 효능. 바로 단순명이 말한 그대로 몸속의 노폐물을 모두 태워 버리는 공능을 가지고 있었다. 하지만 이것 역시 보통 사람들에게는 견딜 수 없는 고통을 동반했다.

태양의 화기를 받아 수십 배의 양기로 피시전자의 몸에 쏟아 붓는

만큼 효능은 확실하지만 고통 또한 확실했다.

진현 역시 이 고통을 받고 있었다.

"네 말대로 네 몸속에는 선천진기가 다른 사람보다 월등히 많은 양으로 존재하고 있다. 하지만 지금도 네가 화기로 다룬 음식을 먹고 기름진 음식을 접하며 생성된 노폐물들은 네 몸 곳곳에 자리하고 있다."

단순명의 말은 바로 이것이었다.

사람이라면 어쩔 수 없이 음식을 먹어야 하고 마냥 선식(仙食)으로만 지낼 수는 없기에 쌓인 노폐물을 이런 식으로 제거하려는 것이다.

이 방법은 보다 높은 성과를 가져다 주며 높은 경지에 오를 수 있도록 도와주기 때문에 잠시의 고통은 눈감아 버리라고 했다.

'하지만 눈감아 버리기엔 너무 고통스러운걸.'

그러나 진현에게도 조청과 벌꿀이 흐르는 양지로의 발걸음을 할 때가 왔다. 오시의 한 시진이 지나자 그 고통스럽게 진현의 몸속을 헤집고 다니던 화기도 이제 더 이상 자신의 목표물이 없어서인지 얌전하게 변했기 때문이다.

"음, 역시 선천진기를 수련한 덕분인지 빠른 시간 안에 마무리하는구나."

단순명은 자신이 천양원석을 처음 접할 때를 생각하며 진현의 몸에 감탄을 했다.

"너도 알겠지만 세가에는 세 가지의 신공이 있다. 물론 신검을 제외하고 말이다. 보편적으로 세가의 신공이라 알려져 있는 일양지, 그리고 네가 수련하고 있는 삼양천잠공, 마지막으로 대라천룡삼검해."

일양지(一陽指).

너무나도 유명한 지법이다. 보통 단씨세가라 하면 곧 일양지라고 할 만큼 단씨세가를 대표하는 무공이면서 또한 그 모습을 좀처럼 보여주지 않은 무공이 일양지이다.

하지만 일양지의 위력은 경천동지라 한 번 모습을 나타날 때마다 두려워하지 않는 이가 없었다.

탄(彈), 유(柔), 점(點), 폭(爆).

희대의 지법답게 천하에 존재하는 지법의 장점을 모은 것 같은 일양지는 탄, 유, 점, 폭의 네 가지 구결이 있었다.

탄(彈). 소림의 탄지신통(彈指神通)과 같이 상대방의 경력을 퉁겨내는 것을 말하는 것이었다. 연약한 손가락의 힘에서 뿜어져 나오는 신공(神功)은 상대방으로 하여금 전의를 상실하게 만드는 것이었다.

유(柔). 유(柔) 자 결이라고도 하지만 달리 곡(曲) 자 결이라고도 하였다. 말 그대로 직선으로 나아가는 지공(指功)에 각도의 변환을 주는 것이었다. 그만큼 익히기 힘들 뿐 아니라 정말로 피나는 노력이 필요한 것이다. 이와 비슷한 것으로는 전설의 유운연화지(柔雲蓮花指)가 있었다.

점(點). 말 그대로였다. 전신의 힘을 하나의 점에 모으는 것과 같이 작은 손가락에 나오는 응축된 기는 그야말로 막을 것이 없는 최강이라 할 수 있었다.

폭(爆). 유 자 결이 지공의 변화를 말하는 것이라면 폭 자 결은 지공이 가지는 수의 한계를 넓히는 것이었다.

예전 소림의 탄지신통과 일지선공(一指禪功)이 천하를 독보하고 있을 때 이 두 지법을 무너뜨린 지법이 있었다. 바로 만류연환지(萬流連環指)였다. 이름 그대로 만 개의 지공이 펼쳐지는 것은 아니지만 열 손가락에서 뻗어 나오는 지공들은 그렇게 믿게 만들만 하였다.

하지만 일양지의 폭 자 결이 가지는 기술은 정말로 만 개는 아닐지라도 수련 정도에 따라 많은 수의 지력(指力)이 나오는 것이었다.

그야말로 일양지의 백미라 할 수 있었다.

삼양천잠공.

단씨 비전이라고 앞에서부터 밝힌 삼양천잠공은 단씨세가 고유의 내공심법이다. 이름에서 본다면 도가 계열의 심법 같지만 사실 불가의 요소가 많은 것이다.

총 세 단계로 나누어진 삼양천잠공은 대리국 시절 단씨세가의 본산(本山)이었던 천룡사에서 한 번 시전 시 많은 내력을 필요로 하는 일양지의 활용을 높이기 위해 특별히 만들어진 내공심법이다.

그래서인지 정도의 심법이라 볼 수 없을 정도로 빠른 진전을 보이는 특성을 지녔다.

숨겨져 있는 것을 행한다라는 뜻인 천잠(踐潛)은 곧 숨겨져 있는 선천의 기를 이용하여 후천진기를 빠르게 축적하는 것을 의미하는 것이었다.

일 단계는 삼양공을 익힘으로써 얻어지는 기본적인 효율성과 같은 것이다.

적양(赤陽), 청양(青陽), 백양(白陽) 중 적양의 단계인 일 단계는 다음 단계를 익히기 위한 조건을 구비하는 단계였다. 그래서인지 일 단계는 빠른 시일 안에 완성할 수 있는 단계였다.

이 단계는 청양의 단계로 대성(大成)을 하기까지 오랜 시간을 요구하는 단계였다. 불꽃을 피울 때도 붉은색에서 푸른색으로 넘어가려면 그 온도는 처음의 수백 배가 되어야 하는 것과 같은 이치였다.

청양이라 이름 지어진 이 단계에서는 오랜 시간을 요구하는 만큼 내가공력이 높아지며 또한 그것을 담을 만한 단전의 크기 역시 커지게 되는 단계였다.

마지막 단계인 삼 단계는 백양(白陽)의 단계로서 운기(運氣)를 하면 말 그대로 흰 광채가 뿜어져 나온다고 하였다.

단씨세가의 역사에서 가장 강한 가주로 손꼽히는 검황만이 이 경지에 올랐다고 전해지고 있다.

"이 세 가지 신공 중 어느 것 하나 소홀히 할 수 없다. 이 모두가 신검을 익히게 할 초석이 될 것이기 때문이다."

"예."

진현은 이미 알고 있는 사실이지만 단순명으로부터 다시 듣게 되자 그 각오를 새로 하였다.

"천산으로 가면 본격적으로 수련을 하게 되겠지만 가는 도중에도 수련은 계속될 것이다. 알겠느냐?"

"예, 알겠습니다."

이미 진현은 지난날 아미에서 많은 것을 알 수 있었다. 그리고 그것은 아미산을 내려오며 더 확실하게 다짐할 수 있었고, 어차피 흘러가야 할 시간이고 지나쳐야 할 산이라면 굳이 피하지 않겠다고 생각했다.

진현이 군대에서 배운 것 중 아주 적절한 명언이 있었다.

'피할 수 없다면 즐겨라.'

"운아."

"예."

"이제 마음이 가다듬어지느냐?"

진현은 단순명의 말에 대답하지 않고 대신 두 손으로 검을 잡아 대라천검을 시작하기 앞서 심결이나 마찬가지인 검결(劍訣)을 외웠다.

천하에 혼극(混極)으로 시작한 세계는 태극(太極)으로 안정이 되고,
곧 음양(陰陽)의 이 기로 나누어지나
하늘[天]과 땅[地]과 사람[人]이 바치고 있다.
하늘은 양이요,
땅은 음이다.
그것을 합할 사람은 조화(造化)이니
그중 제일은 사람이라.
마음속에 우주가 있고 몸 안에 뜻이 있으니
무언들 못 베리오.

무겁게 가라앉은 마음으로 무딘[鈍] 검을 들어
강하게 내려치니
누가 막을 것이며,
천 개의 손을 더함에
누가 피할 것이냐.

나의 마음은 땅이고 내가 잡은 검은 하늘이다.
나의 마음은 음이고 내가 잡은 검은 양이다.
일(一)로 시작해 이(二)를 낳고 삼(三)을 키우니
이 모든 것이 순리가 아닌가.

하늘의 검은 땅의 마음으로 거두어
서로 합하니

마음이 가는 곳에 검이 가고
마음이 이는 곳에 검이 간다.
음으로 시작해 양으로 끝나고
다시 양으로 시작해 음으로 끝나니,
모든 것이 돌고 돌아
다시 태극으로 돌아가고
그 속에 내가 있다.

마음과 검은 다른 것이 아니니,
마음을 열어 검을 맞이하고
가볍지 아니하게
무겁지 아니하게
허와 실이 공존하게
어느 한쪽으로도 치우침이 없어야 한다.

내 속에 담은 검이 승천의 도(道)를 담을 때
비로소 진정 하나가 되었다고 할 수 있으리.

이것이 그의 대답이고 단순명 역시 만족해했다.

제22장

또 하나의 조우(遭遇)

또하나의 조우(遭遇)

청해성(青海省)은 예로부터 감숙성(甘肅省)과 함께 관외(關外)와 가까워 그곳에 있는 문파나 도관들은 사이(邪異)한 면이 없지 않아 있었다.

그것은 어쩔 수 없는 그들만의 선택이었다. 외세의 침입에 무엇보다도 가까운 그들이다 보니 무도의 본질이라는 이념과 달리 실전적이고 괴이무쌍한 검초가 탄생하게 된 것이다.

그래서 공동파(崆峒派)도 그러했고 곤륜파(崑崙派)도 그러했다.

그래서일까.

은연중에 중원의 타파로부터 많은 멸시를 받은 것도 사실이다. 하지만 그들의 입장에서 본다면 어쩔 수 없는 선택이나 마찬가지였다.

밀려오는 흉적(凶賊)과 맞서 싸우려면 정석대로의 검로(劍路)보다는 조금은 잔인하고도 괴이한 검법으로 대항하는 것이 더욱 효과적이었기 때문이다.

그러나 그것은 그들의 입장에서 바라본 시각이었지 다른 이들에게는 변명처럼 들릴 뿐이다.

당금의 사파(四派)만 해도 그러했다. 예전의 구파일방(九派一幫)으로 불리던 장대한 역사는 사라지고 이제는 명성만 전해오는 이름뿐인 문파가 되었다는 것이 일반적인 지론이다.

이것은 서쪽의 경계만 그러한 것이 아니라 중원의 동쪽도 마찬가지였다.

명(明) 영락(永樂) 2년에 남경(南京)에서 북경(北京)으로 천도를 하여 관의 중심이 되었다고는 하지만, 무림이라는 세계에서 바라봤을 때에 하북성(河北省)은 관외(關外)라 하기엔 무리감이 있긴 하지만 곤륜이나 공동 같은 문파조차 없는 것이 사실이었기 때문이다.

언제나 하남의 소림과 개방, 그리고 무당에 의지하고 있었던 것이 사실이다.

그런데 언제부턴가 하북에도 자랑거리가 하나 생겼다.

비록 본가(本家)는 아니었지만 권(拳)으로 너무나도 유명한 진주언가(晉州彦家)의 방계였다.

하지만 하북의 무인들은 본가나 방계의 구분을 짓지 않았다.

그것은 그들의 실력 때문이었다. 방계라고 믿어지지 않을 만큼 극강(極剛)의 권법은 기존에 자리 잡고 있던 하북의 무인들에게 두려움을 심어주기에 충분하고도 남음이었다. 더구나 그들은 본가에서도 깨우치지 못한 가문의 절학을 대성한 인물이 숨어 있었다.

아마 그가 세상에 알려졌다면 사군(四君)은 오군(五君)이 되었을 거라고 여기는 사람이 태반이었다. 그만큼 하북의 사람들에게 이제는 가슴 깊이 자랑할 만한 문으로 자리 잡고 있었다.

천추군림(千秋君臨).

　무척이나 광오한 네 자의 단어가 일견하기에도 웅혼한 느낌이 드는 필체로 쓰여진 편액 안에 담겨져 있었다. 그리고 그 뒤로 또 다른 네 자가 보였다.

언씨세가(彦氏世家).

　바로 진주언가에서 빠져나와 이제는 진주언가보다 유명하다는 방계(傍系)이긴 하지만 하북의 언가였다.
　요 근래 언씨세가의 분위기는 그야말로 침체되어 있었다. 그 이유는 바로 언씨세가의 대공자(大公子) 때문이었다. 어렸을 때부터 덩치에 걸맞게 굵다란 큰일만을 사고 쳐 온 대공자가 소천성탑의 현공탑에 입탑한 것도 모자라 이제는 수료 기간도 다 마치지 못하고 쫓겨왔기 때문이다.
　그야말로 이제껏 언가의 가문에서는 없었던 전무후무한 일이었다. 그것으로 인해 하북의 명망 높은 유지로 행세하던 언척천(彦倜天)은 하루에도 수십 번을 안절부절못하며 자그마한 일에도 불호령을 내리기 일쑤였다.
　그날도 마찬가지였다.
　"이 녀석은 또 어디에 처박혀 있는 것이냐? 어서 가 찾아오너라!"
　목에 핏대를 세우며 고함을 치는 언척천은 애꿎은 하인들만 잡고 있었다.
　"덩치도 산만한 것이 어디에 숨었기에 보이지도 않는 것이냐! 이 녀석, 잡히기만 해봐라, 요절을 낼 테니!"

"언무청아, 언무청아, 너는 도대체 무엇을 하고 있는 것이냐! 그래,
고작 한다는 짓이 이렇게 술이나 마시는 것이냐!"

아직은 소년의 냄새가 물씬 풍기는 덩치 큰 아이가 담장 밑에서 술
을 마시며 자조를 하고 있었다.

그는 자신의 입으로 부르짖는 언무청이었다.

"아이구, 대공자님. 이곳에서 무엇을 하고 계십니까? 가주님께서 아
신다면 경을 칠 일입니다. 어서 빨리 가십시오."

오래전부터 언씨세가의 충실한 노복(老僕)이었던 왕소(王昭)는 언무
청을 보자 발을 동동 구르며 채근하기 시작하였다.

하지만 그런 말에는 이력이 난 언무청인지라 어떤 변화도 없이 홀짝
홀짝 술을 마실 뿐이었다.

"아이고, 어찌하시려고 그러십니까? 이러다 가주님께서 오시
면……."

"왕노(王老), 난 말이오, 정말 난 말이오, 못난 놈이오. 그래서 말이
오."

성인도 되지 못한 소년이 자신의 주량에 맞지 않은 술로 인해 내뱉
는 술주정일까. 같은 말을 반복하는 언무청의 눈에는 어느새 이슬이
서려 있었다.

"이게 전부 그놈들 때문이야. 그랬어. 그년과 그놈이 짜고서 나를
가지고 논 거야. 죄없는 진현만 불쌍하지. 나 때문에……."

모든 것이 백봉(白鳳) 문인혜(聞仁惠)와 시철영(施哲營)의 일로 인해
일어났다고 생각하니 도저히 용서가 안 되는 언무청이었다.

"복수하고 말 거야. 맹세해도 좋아. 나로 인해 상처 입은 진현을 생각해서라도 그 연놈들은 용서하지 않을 거야."

언무청의 눈에서는 분노의 불길이 일었다. 그만큼 어린아이의 가슴에 한이 된 것이다. 사실 진현을 목표로 한 그들의 계략이었지만 그 속에서 진현만큼이나 피해를 받았고, 또한 자신으로 인해 진현이 피해를 당했다라고 생각하는 언무청이었기에 그 분노는 진정으로 무서울 정도였다.

"어서 쓸거라, 이 녀석아. 그렇게 굼떠서야 어디에 써먹겠냐? 오늘이 무슨 날인 줄 알고 그렇게 태평이냐?"

왕소는 언씨세가에서 잔뼈가 굵은 만큼 아직은 신참 티가 나는 하인들을 향해 소리치며 잔치할 준비를 하고 있었다.

"오늘 출관하신다는 대공자님은 어떻게 생긴 분이세요?"

평소 왕소와 친분이 두터운 장삼은 아직 대공자라는 사람에 대하여 일면식도 없기 때문에 궁금증이 이는 것을 참을 수가 없었다. 소문에는 입관하기 전 그렇게도 말썽 부리며 하인들로 하여금 두려움에 떨게 한 인물이라 하였는데 막상 오늘 본다고 하니 두려움보다는 기대감이 먼저 드는 것이었다.

"모르지, 어떻게 변하셨는지. 한 가지 분명한 것은 그렇게 움직였다가는 된통당할 것이 확실하다는 거다, 이 녀석아."

왕소는 장삼에게 핀잔을 주며 계속해서 다른 하인들에게 주의를 주었다. 하지만 그의 속사정 역시 장삼과 다르지 않았다. 과연 어떻게 변하였는지, 거의 사 년이라는 시간 동안 폐관하여 언씨세가의 가전을 이으려는 언무청에 대한 그의 마음은 노복의 충심이라 하여도 손색이 없을 정도였다.

그때였다.

"하하하, 왕노는 조금도 변하지 않으셨구려."

호탕한 웃음과 함께 굵은 목소리가 왕소의 귀로 들리기 시작함과 동시에 왕소는 몸을 떨며 뒤를 돌아보았다.

"대공자님!"

"그동안 잘 지내셨소?"

얼굴 가득 환한 미소와 함께 언무청이 서 있었다.

"언제 나오셨습니까?"

"방금 전에 나왔소. 나오자마자 들리는 소리가 왕노의 고성이 아니오. 하하하!"

언무청은 폐관을 마치자마자 왕소의 목소리를 듣고 마침 자신의 아버지를 만나기 위해 가던 길이라 이곳으로 온 것이었다.

"대공자님……."

왕소는 계속해서 언무청을 부르고 있었다. 오랜 시간 동안 기다리며 보고 싶었던 감정이 한꺼번에 터뜨려진 것이다. 그런 마음을 언무청 또한 모르지 않기 때문에 왕소의 얼굴을 부드러운 미소로 바라볼 수 있는 것이었다.

"왕노, 아버님은 어디에 계시오?"

"예, 대전(大殿)에서 대공자님을 기다리고 계십니다. 어서 가보시지요."

격정에 찬 목소리로 왕소는 대답하였다.

이에 언무청은 마지막으로 왕소의 손을 꼭 잡아주고 발걸음을 돌렸다. 그리고 그의 두 주먹은 어느새 꽉 쥐어져 있었다.

"청아."

"예, 아버님."

겉으로 표현하고 있지 않을 뿐 언척천 또한 왕소의 심정과 크게 다르지 않았다. 하지만 한 가문의 대표를 맡고 있는 몸이기에 티를 내지 못하는 것뿐이었다.

"수고했다."

이 네 자의 말에 그의 모든 심정이 담겨 있었다.

이제 중년의 나이를 넘어서 반백의 머리를 하고 있는 언척천의 눈에 물기가 담아 있는 것은 어찌 보면 당연한 것이었다.

두 부자는 담담히 그리고 격정적으로 회포를 풀고 어느새 흥분된 마음을 진정시켜 차를 마시고 있었다.

"그래, 이제부터는 무얼 하려고 하느냐?"

단도직입적인 물음이었다. 아직은 세상 물정을 모르는 어린아이와 같은 언무청에게 언척천이 하고 싶은 말은 어쩌면 자신의 아들이 폐관하려고 한 그 마음부터 일찍이 알고 있었던 것이 아닐까 하는 의문조차 들었다.

"생각해 둔 것이 있습니다."

언무청은 두 눈에 빛을 내며 언척천의 눈을 마주 보았다. 언척천은 자신의 눈을 보며 말하는 언무청의 두 눈에서 확고한 결의를 볼 수 있었다.

"아들아, 나는 너를 믿는다. 지난 세월 동안 네가 아파한 만큼, 힘들어한 만큼 보상받고 오너라. 다른 말을 하지 않으마. 넌 사 년 전의 언무청이 아니라는 것만 명심하거라. 알겠느냐?"

노안의 얼굴에서 숨길 수 없는 부정(父情)을 느낀 언무청은 떨리는 목소리로 자신의 아버지에게 말해 주었다. 자신의 결심을.

"저 언무청은 그리 큰 욕심 없습니다. 다만 다시는 남에게 굴복당하는 일이 없을 것이며 우리 세가를 누르려 무리는 천하에 없을 것이라 맹세할 뿐입니다."

언무청은 처음에는 조용한 목소리로 말하다 결국 감정이 북받쳐 올라 격앙된 목소리로 말했다. 그만큼 그에게 지난날들은 한이 되었던 것이다.

그걸 알고 있는 언척천이기에 자신의 아들의 얼굴을 조용히 쳐다만 보았다.

"무엇부터 하려느냐?"

언척천은 언무청의 흥분된 마음이 가라앉기를 기다려 언무청의 행로에 대하여 물었다. 사적으로는 자신의 아들이지만 공적으로는 이 세가를 이끌어가야 할 차기 가주이며 앞으로 수많은 식솔들을 지켜야 할 신분이기 때문이다.

"예, 먼저 세상이 어떻게 돌아가는지에 대해 공부하려고 합니다. 그리고 제가 배운 것들이 세상에 얼마만큼 통하는지 알아볼 것입니다. 마지막으로 제가 빚지고 있는 친구에게 가보려 합니다."

마지막 말을 하는 언무청의 눈에는 아련한 그리움이 그려지고 있었다.

'진현, 이렇게 세월이 흘렀네. 하지만 한시도 자네에게 미안하지 않은 적이 없다네. 기다려 주게. 내가 찾아갈 그날까지 말이야. 그리고 맹세하네. 다시는 자네에게 해가 되는 친구는 되지 않겠다고 말이야.'

"대공자님, 지금 어디로 가시는 겁니까?"

"운남(雲南)."

"지금 호천맹(護天盟)으로 가시는 것이 아니었습니까?"

언무청을 호위하기 위해 세가를 같이 나온 염위(廉違)는 언무청의 행로가 자신이 생각하고 있었던 길과 다르자 물어보았다.

"먼저 만나볼 사람이 있다."

"하북에서 운남까지라뇨? 운남이면 한 달은 족히 걸리는 곳입니다. 그러다가 맹의 회담에 늦을지도 모릅니다."

염위는 가주를 대신해서 가야 할 회담에 늦어질 것 같아 언무청에게 서둘러 행로를 바꾸자고 간청을 했다.

"아니, 그것보다 내겐 중요한 일이다. 그러니 더 이상 그것에 대하여 말을 하지 말도록 하자."

언무청은 못 박듯 말했다. 그러자 염위는 내심 투덜거리면서도 감히 토를 달지 못했다.

"대공자님, 혹시 구두당에 대해서 알고 계십니까?"

"구두당이라면 운남의 운귀고원에 나타난 그들 말이냐?"

언무청은 폐관을 하고 나온 뒤 강호의 시세를 돌아볼 때 잠시 들은 적이 있던 집단이다.

하지만 그로서는 그리 신경을 쓰지 않은 터라 갑자기 염위의 입에서 튀어나온 구두당이라는 말에 의문을 가졌다.

"예, 그렇습니다."

"그런데 그들이 어쨌단 말이냐?"

염위는 언무청에게 자세하게 구두당에 대하여 설명해 주었다. 그것은 아마도 그 뒤를 이을 자신의 말에 대한 초석일 것이었다.

"그들이 다시 운귀고원에 나타난다는 말이 있습니다. 제가 감히 대공자님의 능력에 대하여 의심하는 건 아닙니다. 하지만 유비무환이라는 말이 있듯이 조심하여 손해 볼 것은 없지요."

"그래, 자네가 하고 싶은 말이 무엇인가?"

자꾸만 말을 돌리는 염위를 보며 자신의 성격과는 맞지 않는 것을 느낀 언무청은 염위의 말을 자르며 본론을 말하길 요구하였다.

"예, 다름이 아니라 혹시 그들과 마주치게 되더라도 대공자님의 성격을 조금만 죽이시라는 겁니다. 공자님의 무공이야 세상이 다 아는 것이지만 그래도 압니까? 그들은 아홉 명이나 되는데 인해 전술로 밀고 온다면 공자님께서 혹시라도 상처 입게 될까 걱정이 앞섭니다."

염위는 최대한 언무청의 자존심을 건드리지 않게 조심하여 말을 이어갔다.

지금까지 같이 생활한 바로는 언무청의 자존심은 가히 타의 추종을 불허하는 정도였으며 조그마한 말실수에도 상처(?)받는 섬세한 성격의 소유자라고 판단한 그였다.

비록 이렇게 비굴하게 말하는 자신이 싫더라도 할 수 있는가, 더러운 성격의 소유자라 단정 지은 언무청이 자신의 하나뿐인 상관인데.

"그럴 수도 있겠군. 하지만 말이야, 난 오는 사람 막지 않고 가는 사람 잡지 않아."

"예……."

입으로는 수긍하면서도 언무청의 말이 이해가 가지 않는 그였다. 오는 사람 막지 않고 가는 사람 잡지 않는 것이랑 조심하라는 것이랑 무슨 연관이 있는지 말이다.

"그렇지, 잡지 말아야지. 크크크."

난데없이 언무청과 염위의 귀를 때리는 소리가 있었다.

그 소리는 사방에서 메아리치듯이 들려왔다. 이와 동시에 두 사람의 뇌리를 스치고 지나가는 전설상의 무공이 있었다.

'육합전성!'

자신의 위치를 알리지 않기 위해 탄생한 이 수법은 엄청난 내공이 뒤를 받치지 못한다면 꿈도 꾸질 못하는 무공이었다. 그 말은, 즉 지금 육합전성을 시전한 사람은 절정의 고수라는 말과 같은 것이었다.

"고인께서는 누구십니까?"

언무청을 대신하여 염위가 앞에 나서 포권을 하며 물었다. 하지만 들려오는 것은 코웃음뿐 언무청과 염위가 원하는 대답은 들려오지 않았다.

"나설 용기조차 없나 보군. 우리는 우리 갈 길이나 가자꾸나."

언무청은 괴인과 마찬가지로 같이 코웃음 치며 염위를 재촉했다.

하지만 육합전성을 시전할 만한 내공을 가진 고인 앞에서 기분 상하게 할 행동을 할 필요가 없다라는 것을 잘 알고 있는 염위는 언무청을 달래야만 했다.

"공자님, 저분께서 저희에게 할 말씀이라도 있으신가 본데 듣고 가시는 것이 어떻겠습니까? 비록 공자님의 천금 같은 시간이 아깝기는 하지만 공자님에게 득이 될 수도 있는 인연을 놓친다는 것이 얼마나 가슴 아픈 일입니까? 그러니 조금만, 아주 조금만 기다리시는 게……."

"허어, 내가 저런 얼굴조차 보여주기 부끄러워하는 사람과 인연을 맺으라고? 염위야, 너는 아직도 나의 생활 신조를 모르느냐?"

"알고 있습죠, 알다마다요."

염위는 불똥이 튈세라 재빨리 언무청의 말에 대답하며 간사한 표정을 지었다. 아마도 퇴화된 꼬리뼈가 자라 있었다면 주인 만난 강아지처럼 흔들었을 것이다.

"어험, 그럼 어디 한번 읊어보거라."

헛기침을 하며 거드름을 피우는 언무청을 보며 똥 씹은 표정의 염위는 평소 언무청이 강조하던 언무청의 생활 신조를 하나하나 읊어보았다.

"첫째, 오는 자 막지 않고 가는 자 잡지 않는다."

"그럼, 잡지 말아야지."

이번에 끼어드는 자는 바로 언무청이었다. 염위가 한마디 한마디 외칠 때마다 옆에서 동조하며 고개를 연신 끄덕였다.

"둘째, 나에게 땀 한 방울이면 상대방은 피 한 방울이다."

"그렇지."

"셋째, 까마귀 노는 곳에 백로는 가지 않는다."

"암."

"넷째, 한 번 내 사람은 영원히 내 사람이다."

그 말을 끝으로 염위가 언무청을 쳐다보고 있을 때 언무청은 염위를 향해 자신이 왜 자신의 사대 생활 신조를 말하게 했는지 물어보았다.

"그거야……."

당연히 염위가 바보가 아닌 다음에야 언무청이 말하고자 하는 의도를 모를 리 없었다.

하지만 아직까지 한마디도 하지 않으며 참고 계시는 저 이름 모를 고인이 언제 도발할지 몰라 대답하기를 꺼려하는 것이었다.

"에잉, 바보 같으니. 너는 네 녀석에게 매일같이 외우게 한 사대 신조의 뜻도 모른단 말이냐? 나의 사대 신조 중에서 세 번째가 무엇이냐?"

"까마귀 노는 곳에… 백로가 가지 않는다… 입니다."

"어허, 그래도 모르느냐? 어떻게 까마귀 노는 곳에 백로가 갈 수 있겠으며 지저분한 것들이 노는 곳에 가서 같이 구를 수 있겠느냐? 사람마다 다 격이 있고 노는 곳이 다른 것처럼 말이다. 나는 아무런 죄가 없어 이 맑은 하늘 아래 저 따사로운 태양 앞에서 당당하게 나설 수 있는 몸이고, 저 사람은 무슨 죄가 그리도 많은지 얼굴조차 내밀지 못하니 이거 어떻게 어울릴 수 있겠느냐 이 말이다. 너는 그렇게 생각하지 않느냐?"

"공… 자… 님……."

염위는 말을 더듬으며 속으로는 저 지랄맞은 입이 언젠가는 큰일 낼 줄 알았다라고 생각하면서도 언무청을 말리려 하였다.

하지만 이미 내뱉은 말은 주워담지 못하며 이미 쏘아진 화살을 어떻게 잡겠는가. 염위로선 불가항력이었다.

그때였다.

"하하하! 고놈, 참 예쁘게도 말하는구나. 어느 놈 자식인지 몰라도 대단한 놈이군. 그래, 내가 그런 격장지계에 말려서 쉽게 내 얼굴을 보여줄 것 같으냐?"

"참나, 보여주기 싫으면 마시구려. 조금 전에도 말했다시피 본 공자는 까마귀와 백로는 절대로 어울리지 못한다고 생각하는 사람이니 우리는 가겠소이다."

그러면서 짐짓 몸을 돌려 가려고 하는 언무청이었다.

"허허, 그놈 참. 그래, 정녕 네가 내 얼굴을 보고서도 그런 말이 나오는지 보자꾸나."

말이 채 다 끝나기도 전에 언무청 왼쪽 편의 커다란 나무 위에서 한 늙은이가 튀어나왔다.

눈이 내린 것 같은 백발에 축 처진 눈썹과 술을 좋아하는지 빨개진 코, 그리고 어렸을 때 홍역을 심하게 앓았는지 곰보 자국이 역력한 늙은 이는 성한 곳이 없을 정도로 꾀죄죄한 누더기를 입고 있었다. 이에 신비롭게도 조화를 이루는 붉은 호리병이 그의 허리춤에 매어져 있었다.

누런 이빨을 보이며 웃는 얼굴로 다가오는 노화자(老化子)를 보며 언무청과 염위는 동시에 한 사람을 떠올렸다.

개왕(丐王) 노삼야(盧三爺).

천하십오대고수 중 오왕(五王)의 한자리를 차지하는 그는 개방의 전대 방주였으며, 이제는 태상장로의 위치에 서서 천하를 자신의 집 삼아 돌아다니는 괴인(怪人) 중의 괴인이었다.

하지만 악을 싫어하여 그의 손에 걸린 악인은 모두 살아남지 못할 정도로 정열적인 노인이었다. 하지만 천하를 유랑하며 사는 그인지라 중요한 행사에 참석하지 못하는 경우가 허다하여 그의 얼굴을 모르는 사람들이 훨씬 많았다.

그리하여 사소한 오해로 인한 시비도 많아 개방으로서는 이만저만 골치가 아니었다. 그리하여 생각한 것이 일명 '고양이 목에 방울 달기'. 노삼야의 허리에 종이 아닌 붉은 호리병을 달아 그것을 신물 보듯이 하게 하였다. 바로 그 유명한 적병(赤瓶)이었다.

일명 젖병이라고도 불리는 이 호리병은 신기한 약수가 숨어 있어 그 한 모금도 얻기 힘들다고 전해진다.

"노삼야!"

염위는 노삼야를 보며 무의식 중으로 노삼야를 외쳤다.

그만큼 그에게는 전설의 인물이며 경외의 인물이었기 때문이다. 하지만 언무청은 달랐다. 과연 그답게 싸가지가 없는 것인지 아니면 다른 생각이 있는지 몰라도 초지일관으로 노삼야를 무시하고 있었다.

"과연 보여주고 싶은 얼굴도 아니로군."

"헉!"

염위는 헛바람을 삼키며 언무청을 얼굴을 쳐다보았다. 저 얼굴 어디에서 저런 간 큰 행동을 할 수 있는 용기가 숨어 있는지를 찾기 위해서였다.

"뭐라고 했느냐? 내가 잘못 들은 건가?"

"귀까지 먹었소? 정말 안타깝구려."

정말로 안타까운 표정을 짓는 언무청의 얼굴에는 한 점의 가식도 숨어 있지 않았다. 진정으로 노인을 향해 불쌍하다는 표정을 숨기지 않은 채 드러내고 있었다.

"이거야… 정말 개가 웃을 지경이로군. 천하의 노삼야가 아직 머리에 피도 안 마른 녀석에게 이런 소리를 듣다니 말이야."

"아! 노인장은 내 나이 때 머리에 피가 안 마르셨소? 정말 안됐구려. 그런데 이걸 어떡하오, 나는 머리에 피가 마른 지 오래인데 말이오."

"허어, 정말 말로는 감당이 안 되는 녀석이구나. 그래, 네 실력도 그렇게 뛰어난지 보아야겠다."

노삼야는 말이 끝나기가 무섭게 신형을 옮기며 언무청을 향해 나아갔다. 바로 그 유명한 취팔선보(醉八仙步)였다. 정말로 술에 취한 듯 이리저리 발을 옮기는 그의 모습에는 현묘한 무리가 숨어 있었다.

"이 녀석아, 이것부터 받아보거라."

노삼야의 성명절기이자 그를 살아 있는 신화로 만든 것이나 마찬가지인 용음십이수(龍吟十二手)였다.

보잘것없어 보이는 다 늙어가는 늙은이의 손이라 믿어지지 않을 정도로 섬세한 변화를 일으키며 언무청에게 다가갔다.

그런데 이게 웬일일까?

그렇게도 입심을 날리던 언무청은 태풍 같은 노삼야의 손바닥 앞에서도 그저 유랑 나온 백의문사처럼 가만히 있는 것이 아닌가. 늘어진 두 팔은 노삼야의 폭풍같이 몰아치는 내력으로 인해 조금씩 흔들릴 뿐이었고 그의 신형 역시 미미한 움직임만을 보일 뿐이었다.

"공자님."

염위는 이런 언무청을 보며 행여나 잘못 될까 싶어 걱정이 되었다.

하지만 자신이 할 수 있는 일이란 그저 목 놓아 언무청의 이름을 부르는 것밖에 할 수 없기에 안타까울 뿐이었다.

일촉즉발의 상황이었다.

그때였다.

"묵룡현신(墨龍現身)."

낭랑한 목소리와 함께 언제까지고 축 늘어져 있을 것 같았던 언무청의 팔이 엄청난 권력과 함께 노삼야를 향해 나아갔다.

검은 기운과 함께 나아간 언무청의 팔에는 군건함이 묻어 있었다. 비록 노삼야가 먼저 공격을 하였지만 늦게 시작한 언무청의 공격 또한 시기적절하여 막아냄에 아무 문제가 없었다. 이는 후발제선(後發制先)의 심오한 무리였다.

'이 녀석, 알고 보니 그놈의 후예이구나. 그러니 이토록 오만방자한 것이지.'

노삼야는 언무청의 한 수에서 그가 누구의 자식이라는 것을 단번에 알아내었다.

자신의 용음십이수를 이토록 막아내고 오히려 공격까지 할 수 있는 권법은 천하에 세 가지밖에 없는데 그중에서도 패도(覇道)의 기운이 담겨 있는 것은 오직 한 곳밖에 없었다.

바로 진주언가의 묵룡파황권(墨龍破荒拳)이었다.

소림에서 가장 잘 알려진 무공이자 익힌 자가 거의 없다고 전해지는 백보신권(百步神拳), 천하십오대고수 중 높은 서열을 자랑하는 삼마(三魔) 중 혈마(血魔)의 반혼수(班魂手)와 함께 천하삼대권법을 자랑하는 언씨세가의 가전무학이었다.

"대단하구나. 그렇다면 이건 어떠냐?"

노삼야는 이미 언무청의 신분을 알고 있었지만 그의 거만한 심보를 고쳐 주고자 계속해서 공격을 멈추지 않았다. 하지만 이미 언무청과 함께 손을 나누는 재미에 빠져 버린 그인지라 손속에는 사심이 없었다.

노삼야의 수법은 용음십이수의 마지막 절초인 용음만리(龍吟萬里)를 펼쳐 내고 있었다.

오늘날의 노삼야를 있게 한 무공인지라 그 안의 경력의 소용돌이는 감히 경시할 것이 못되었다.

"흥! 늙은 나이에 대단도 하시구려."

하나 입으로는 아무렇지 않은 듯 대하고 있었지만 언무청의 속마음은 전혀 그렇지 못했다. 아직은 새파란 후배나 마찬가지인 언무청으로서는 오왕 중 하나인 개왕 노삼야과 손을 나누기에는 그런 능력이 되지 않기 때문이다.

만약 노삼야가 언무청의 출신을 알지 못했다면 악을 원수처럼 미워하는 그의 성격으로 참아내기 힘들었을 것이다. 그리고 노삼야가 오왕(五王)에 속한 것은 순전히 그가 나서기를 싫어해서이지 실제로는 일은(一隱), 이패(二霸), 그리고 삼마(三魔)의 실력과 차이가 나지 않았다.

더구나 개방의 방주로서 칠대무서 중 하나인 '천장(天掌)'을 뜻하는 강룡십팔장(降龍十八掌)을 익힌 그이기에 일은과 필적한다는 소문까지 돌고 있었다.

사정이 이러하니 노삼야에게 조그만 사심이라도 있었으면 언무청으로선 감히 한 수도 제대로 받지 못했을 것이었다.

'결국 이 수밖에 없는 모양이구나.'

언무청은 결심과 동시에 이제까지의 동작을 멈추고 새로이 자세를 가다듬었다. 이에 노삼야는 호기심에 찬 눈으로 언무청을 바라보았다. 아마도 자신의 즐거움을 충족시켜 줄 언무청의 다음 행동이 궁금했었나 보다.

언무청은 이런 노삼야의 행동에 신경을 쓰기보다는 자신의 단전에서 뿜어져 나오는 막강한 내력을 모아 두 팔에 집중시켰다. 폐관할 당시 복용하였던 삼왕(蔘王)의 영기(靈氣)로 인해 후기지수 중에서 내공에 관하여 제일이라고 평을 받는 그인지라 한 번의 운기로 인해 막대한 양의 기를 모을 수 있었다.

언무청은 진중한 표정으로 막대한 기가 실린 두 팔을 노삼야에게 뻗어내며 기묘한 움직임을 보였다. 이것을 본 노삼야는 놀란 표정을 감출 수가 없었다. 지금 언무청이 하고자 하는 것이 무엇인지 너무도 잘 알기 때문이었다.

"천왕강림(天王降臨)!"
─하늘의 천왕이 내려와 천하를 군림한다.

'이 녀석이 저것까지 익혔을 줄은……!'

진주언가와 언무청의 본가인 하북언가의 가사(家史)를 되돌아보면 원래 한 집안 식구였다. 천하에서 몇 안 되는 유래 깊은 명문세가로서 한때는 천하를 울리게 한 적도 있었다. 그때가 바로 권신(拳神)으로 추앙받았던 십오대 가주였던 천왕권(天王拳) 언벽정(彦碧程)의 시대였다.

천하제일권이라 불리며 강호를 질타할 때는 아무도 감히 경시하지 못하였다. 그런 언씨세가에 분열이 찾아온 것은 언벽정이 천수로 인해 죽고 난 뒤였다.

차기 가주였던 언천광과 그의 동생인 언소천은 그들의 아버지인 언벽정의 피를 이어받아 호승심이 강했다. 그것은 언벽정의 교육 방식에서도 유래된 것이었지만 그들 성격으로도 누구에게 지기 싫어하는 것이 있었기 때문이다. 그 상대가 피를 나눈 형제일지라도.

게다가 차기 천하제일권을 가리는 것이었기 때문에 그 문제는 보통의 문제가 아니었던 것이다. 언씨세가를 대표하였던 묵룡파황권을 같이 익혔던 두 사람이기에 그야말로 누가 더 깊이 수련하였느냐에 따라 승패가 갈리는 것이었다.

결국 승리는 언청광의 손에 넘어갔고 언소천은 형의 승리를 축하하기보다는 피눈물을 흘리며 집을 나가 버렸다. 그리고 언천광 또한 언소천이 집을 나간 것에 대해 가타부타 아무 말도 하지 않았으며 찾지도 않았다. 그 또한 자신이 동생의 입장에 섰더라면 그렇게 했을 것이기 때문이다.

"세가의 묵룡파황권보다 능가하는 무공을 만들어 찾아오겠소."

하고 집을 나간 언소천은 사십 년이 지나도록 세가로 돌아오지 않았다. 처음에는 몇 년이 지나면 오겠지 하고 기다리던 언천광으로서는 땅을 치고 후회할 일이었다. 하지만 그가 죽은 후에도 언소천은 나타나지 않았고 소식조차 없었다.

그로부터 백칠십 년 후 언씨세가에 이상한 소문이 흘러들었다. 또 다른 언씨세가가 나타났다는 것이다. 언씨라는 성이 자신들만의 성이 아니기에 그런가 보다 하고 넘어갔던 언씨세가에 그야말로 청천벽력의 소식이 찾아왔을 때는 가주가 친히 나서서 하북의 언씨세가를 방문하였다.

─진주 언씨세가의 무공과 같은 무공이 나타났다.

소문의 진위를 판별하기 위해 나섰던 언씨세가의 가주는 그의 눈으로 똑똑히 볼 수 있었다, 자신의 앞에서 펼쳐지고 있는 묵룡파황권을. 기겁을 한 언씨세가주는 허겁지겁 묵룡파황권의 유래를 캐물었다.

그에게 스쳐 지나가는 한 가지 생각이 있었기 때문이다.

아니나 다를까, 그들은 언소천의 후예들이었으며 진주의 언가와 형제의 집안이었던 것이다. 하지만 남이나 마찬가지인 그들이 단시일에 한가족이 되기에는 많은 어려움이 있었다. 바로 그들이 걸어왔던 지난 세월들 탓이었다. 그리고 두 집안 사이의 유래가 더욱 그러하도록 만들었다.

"우리는 선조의 유언을 따라 묵룡파황권을 능가하는 무공을 가지기 전까지는 그야말로 암흑의 세월이었소. 그러나 결국 우리는 그 능력을 가졌고 이제는 당당하게 음지에서 양지로 나올 수 있었던 것이오. 당신들은 모를 것이오, 음지에서 생활하며 겪어야만 했던 아픔을. 그리고 새로운 무공을 만들기 위하여 희생되었던 선조들의 용기를. 선조께서 그러셨소. 만약 묵룡의 힘을 능가하는 무공이 만들어진다면 세가의힘을 합치라고 말이오. 그 말이 곧 본가에 합류를 하라는 말씀이신 것같소. 하지만 내 생각은 다르오. 지난 우리의 아픔을 모르고 지낸 당신들에게 형제라는 이유만으로 같이 나누기엔 우리의 희생이 너무도 소중한 것이기 때문이오. 그래서 이렇게 된 것이오. 뭐라고 하여도 좋소.

그대들이 직계고 우리가 방계이든 아무 상관 없소. 아마 결국에는 합쳐져도 좋소. 그렇지만 지금의 우리의 생각은 변함이 없소. 기대하시오, 묵룡의 힘을 능가하는 천왕(天王)의 힘을."

그 말을 끝으로 그들은 헤어졌고 수십 년간 타인처럼 살아갔다. 그러나 그의 마지막 말처럼 결국에는 합치지 못했으나 교류는 이루어졌다.

진주언가는 본래부터 직계이지만 하북언가를 방계라 하여 진주언가의 원로들로부터 인정을 받았고 하나의 언씨세가로 이루어졌다. 하지만 진정 그들의 아픔이 새겨 있는 것이었는지 천왕의 힘만은 보여주지 않았다. 이것이 지금으로부터 정확히 팔십 년 전의 일이었다.

언무청은 이런 장구한 세월을 겪으며 탄생된 천왕삼권(天王三拳) 중 일초인 천왕강림을 펼치며 절대 자신이 밀린다는 생각을 하지 않았다. 그만큼 천왕삼권에 대한 자부심이 있었기 때문이다. 하지만 천왕삼권의 운용구결을 다 익히지 못한 언무청이 억지로 펼쳐 내는 것이라 가슴의 답답함과 내공이 딸리는 것은 어쩔 수가 없었다.

노삼야 역시 처음의 장난스러운 표정은 버린 지 오래였다.

물론 그의 능력으로 채 완성되지도 않은 언무청의 천왕삼권을 막는다는 것은 그리 어렵지 않았다. 하지만 남들은 몰라도 그만은 천왕삼권에 대한 유래를 잘 알고 있었기 때문에 천왕의 힘 앞에서 감히 경솔한 태도를 보일 수가 없었던 것이다.

진중한 태도의 노삼야가 언무청의 천왕삼권을 맞서려 하는 무공은 너무나도 단순했다. 그저 두 팔을 앞으로 쭉 뻗는 것에 불과하였기 때문이다.

하지만 그 속사정을 아는 사람이라면 절대 그런 생각을 가지지 못할 뿐 아니라 오히려 놀라 까무러칠 것이다. 왜냐하면 그는 전설의 무공을 직접 눈으로 시견하였기 때문일 것이다.

"항룡유회(亢龍有悔)!"

천장(天掌)이었다.

칠대무서 중 한자리를 차지하고 있는 천장, 강룡십팔장이다.

천장을 익혔다는 노삼야의 소문이 진실로 변하는 순간이었다. 하늘에서 용이 내려와 주위를 휩쓸고는 다시 승천하는 것 같았다. 과연 칠대무서의 무학이었다.

노삼야의 손속에 사정을 두었기에 언무청으로서는 천만다행이었지만 그렇다고 사정이 그리 좋은 것은 아니었다.

노삼야의 공력(功力)에 내상을 입었기 때문이다.

원래 완성되지도 않은 천왕삼권을 무리하게 펼친 언무청의 잘못도 있지만 사정을 봐주었다고 하나 그 자체만으로도 위력적인 강룡십팔장인지라 언무청이 다치지 않고 물러서기에는 무리가 있었던 것이다.

"욱!"

언무청은 실낱같은 피를 흘리며 목구멍으로 빠져나오려 하는 피를 억지로 삼켰다. 약한 모습을 보이기 싫었던 것이다. 하지만 그런다고 해서 내상이 고쳐질 리는 없는 법. 내상만 더욱 악화시키는 꼴이 되어버렸다.

급기야 언무청은 가슴을 부여잡으며 무릎을 꿇을 수밖에 없었다. 그런 언무청을 향해 염위는 발이 닳도록 뛰어갔다.

'으이구, 이럴 줄 알았어. 그게 뭐가 잘났다고 나서길 나서. 상대를 봐서 덤벼야지. 그러나저러나 내상이 심하신 것 같은데 어쩌나.'

염위는 언무청을 안으며 어찌할 바를 몰라 했다. 그로서는 다른 방도가 없었다. 하지만 꼭 방법이 없는 것도 아니었다. 그의 곁에는 언무청을 이 지경으로 만든 당사자이자 또한 해결할 수 있는 기인이 있었기 때문이다.

하지만 언무청 못지않게 지랄맞은 성격으로 정평이 나 있는 괴곽한 노인네에게 부탁한다는 것이 그로서는 부담이 가지 않을 수 없었다. 하지만 주인의 생사가 걸린 일이기에 그로서는 어쩔 수 없는 선택이나 마찬가지였다.

"노삼야 어른."

거만한 표정의 노삼야는 그것 보라는 얼굴로 염위의 얼굴을 쳐다보았다.

시작이 반이라고 했던가. 한번 말을 꺼낸 염위는 다시 한 번 말하기에 그리 어려움이 없었다.

"노삼야 어른, 제발 부탁드립니다. 저희 공자님을 봐주십시오."

"흥."

염위의 간절한 부탁에도 노삼야는 콧방귀만 뀔 뿐이었다. 하지만 이미 노삼야의 괴곽한 성격을 잘 알고 있는 염위인지라 계속해서 노삼야를 붙들고 늘어졌다.

"노삼야 어른, 제발 저희 공자님을 봐주십시오. 노야님밖에 없습니다. 아이고, 부탁드립니다."

애원을 하는 염위였다.

그런 염위의 정성이 통하였을까? 처음으로 노삼야의 입이 떨어졌다.

"저 녀석이 어디가 예쁘다고 내가 그 짓을 해야 하느냐?"

말은 부정을 뜻하고 있었지만 그 속에는 해줄 수도 있다라는 의미가 내포되어 있는 것을 수년간의 눈칫밥을 먹고 자란 염위로서 모를 리 없었다. 그렇기에 다시 한 번 물고 늘어져 노삼야에게 간청하였다.

"아이고, 왜 아니겠습니까? 저희 공자님께서 실수한 것이 당연 또 당연한 것이지요. 감히 노삼야 어른께 불경한 죄 이루 말할 수 없는 것인 줄 압니다. 하지만 아무리 그 죄가 높다 하여도 생명보다 더하겠습니까? 아이고, 노삼야 어른, 부디 자비를 베푸시어 저희 공자님을 돌보아주십시오."

울먹거리며 거기다 촉촉하게 젖은 눈망울까지 완벽한 연기였다.

진실로 염위의 마음 같아서는 언무청이 죽든 말든 신경을 왜 쓰겠는가? 하지만 미우나 고우나 자신의 주인이기에 어쩔 수 없이 과거 청루의 앵앵를 꼬드길 때 보여주었던 환상의 눈물 연기를 펼치는 것이 아니겠는가.

"험험. 그렇지, 아무리 죄가 크다 하여도 생명보다 높을 수는 없는 법이지, 암. 그리고 노부로 말할 것 같으면 마음의 넓이가 바다와 같아 이해하지 못하는 것이 없지. 그렇고말고."

염위의 입에 발린 소리에 헛기침을 하며 태도를 바꾸는 그의 모습은 평소 그가 보여주었던 태도와는 다른 면이 있었다.

악을 원수처럼 미워하여 손속에 한 푼의 사정도 두지 않았던 그가 그에게 하극상이나 다름없는 불경을 저지른 언무청을 봐주고 상처까지 치료해 주겠다는 것은 어림도 없는 소리였다.

사실 노삼야와 언무청의 관계는 우연히 만나 서로 얼굴 붉혀가며 손속을 나누어야 할 관계가 아니다. 오히려 언무청의 입장으로는 단순히 무림의 대선배로 보아야 할 것이 아니라 가문의 어른으로 보아야 함이 맞는 것이다.

비록 언무청으로서는 잘 모르는 형편이지만 방계가 아닌 직계의 진주언가에서는 그야말로 가문의 최고 어른이나 마찬가지인 셈이었다.

그것은 노삼야가 개방에 입문하기 전의 상황을 돌이켜 보면 알 수 있는 일이었다. 진주언가의 전전대 가주의 기명제자였던 노삼야는 어린 시절부터 언가에서 자랐고 철이 들기 시작한 무렵 가주의 추천을 받아 개방에 입문하였다.

그 이유는 언가의 가칙(家則) 때문이었다. 어떤 면에서 본다면 당가와 비슷한 면이 있어 외부인이 자신들의 가전절학을 익히는 것을 엄격히 규제하고 있었다.

진주언가와 하북언가가 합쳐질 수 있었던 것이 무마된 것도 다 이같은 이유 때문이었다. 사정이 이러하니 노삼야로서는 더 이상 언가에 있어봐야 언가의 하수인이나 되지 못하기에 가주의 추천을 내심 달가워하였던 것이다.

하지만 그가 개방의 방주가 되어서도, 천하십오대고수라는 영광의 자리에 앉을 때도 항시 언씨세가를 생각했다. 비록 이것을 입 밖에 내지 않았고 언씨세가의 연륜이 있는 노인들이 아니라면 모르기에 대부분의 사람들이 이 사실을 몰랐지만 노삼야는 한시도 잊어본 적이 없었다.

이런 노삼야이기에 언무청의 묵룡파황권을 보고 단번에 언무청의 출신을 알게 된 것이다. 다만 진주언가로 착각하였을 뿐이다. 하지만 곧 언무청의 천왕삼권을 보고 난 뒤 그가 하북의 언씨세가 후손임을 알게 되었다. 그리고 천왕삼권에 얽힌 유래를 아는 그이기에 남달리 생각하였고 자신에게 불경을 저지르는 언무청을 보면서도 장난칠 수 있었던 것이다.

다만 마지막 일초에서 문제가 생겨 그로서도 생각지 못한 일이 벌어졌지만 말이다.

그로서도 나서서 언무청을 치료해 주고 싶었다. 하지만 그의 괴팍한 성격이 어디 가겠는가. 죽어도 남이 부탁하지 않는 일은 하지 않고 남이 연락하지 않으면 가지 않는 그인지라 나서서 할 수 없었던 것이다. 그래서 염위의 간절한 부탁에 못 이기는 척 받아주려 하였던 것이다.

"네놈의 죄를 생각하면 그냥 죽게 놔두어야 함이 마땅하나 보잘것없는 목숨 하나 살려준다 셈치고 봐주는 것이니 그리 알거라, 알겠느냐?"

노삼야는 짐짓 큰소리로 정신이 혼미한 언무청을 향해 대답을 바라지 않는 말을 건네며 다가갔다. 그가 일견하기에도 언무청의 내상이 그리 가볍지 않음을 알 수 있었기 때문이다.

그때였다, 죽은 듯이 염위의 품 안에 있던 언무청의 입이 떨어진 것은.

"그만두십시오, 노삼야 어른."

처음으로 언무청의 입에서 어른을 공경하는 말투가 나왔다.

"이미 거의 다 나았습니다. 수고스럽게 친히 손쓰실 필요는 없을 것 같습니다."

두 눈을 반개(半開)하여 말하는 언무청의 모습은 조금 전 노삼야와 공방을 다투며 버릇없이 굴던 그가 아니었다. 언무청은 비틀거리는 몸을 억지로 세워 노삼야를 향해 포권을 하였다. 말은 이미 다 나았다고 하지만 속사정은 그렇지 않은가 보다.

"다시 인사드리겠습니다. 저는 하북언가의 말학후진(末學後進) 무청이라고 합니다. 어르신께 불경을 지은 죄 달게 받을 터이니 벌을 내려주십시오."

아마 예전의 언무청을 본 사람들이면 이놈이 많이 맞더니 미쳤나라고 생각할 정도로 변한 언무청의 태도였다. 그것을 증명하듯이 옆에서 언무청의 태도를 지켜보고 있던 염위의 눈은 동그랗게 떠졌고 벌린 입은 다물 줄 몰았다.

'미친 거 아냐?'

염위의 마음은 이렇게 말하고 있었을 것이다. 하지만 노삼야는 그렇게 생각하지 않았나 보다.

언무청의 모습을 보고도 아무 말이 없었으며 오히려 당연히 그래야하는 것으로 생각하는 듯했다.

"네 이놈, 네 죄는 알겠지?"

"예."

언무청은 노삼야의 말에 공손히 대답하였다. 옆에서 염위가 부축하지 않았으면, 언제 쓰러질지 모르는 몸을 간신히 버티고 있는 모습이 안쓰럽기 그지없었다.

"좋다, 네가 네 죄를 알고 있다 하니 그나마 다행이구나. 하지만 죄가 있으면 벌을 받는 것은 당연한 것이다. 내 손수 너같이 어린아이에게 손을 쓴다는 것은 말이 안 되는 소리이니 너를 그렇게 가르친 아비에게 책임을 묻겠다. 그래도 되겠지?"

노삼야는 근엄한 목소리로 한결같이 언무청을 질책하고 있었다. 조금의 억지성이 끼어 있는 노삼야의 말이지만 언무청은 한마디 반박의 말도 못했다. 하지만 노삼야의 마지막 말에 고개를 들어 노삼야를 쳐다보았다.

"노삼야 어른, 제 잘못은 제가 책임지겠습니다. 변명처럼 들릴지 모르나 처음 어르신을 뵙는 그 순간 어르신의 신물인 적병을 보고 어르신께서 누구신지 알게 되었습니다. 분명 제가 어르신께 공손히 예를 올려야 함이 마땅한 일이나 순간 저에게 욕심이 생겨났습니다. 이제껏 제가 익힌 무공을 최대한 활용할 수 있고 저로 하여금 한 단계 더 나아가게 해주실 분은 어르신이라고 말입니다. 어린 나이에 부끄럽게도 조금의 성취를 얻다 보니 그 다음을 가로막은 벽이 너무도 높습니다. 그래서 이 사람 저 사람을 만나며 비무 아닌 비무를 해보았지만 제 벽을 부숴줄 수 있는 이는 아무도 없었습니다. 하지만 오늘 이 자리에서 어르신을 만난 그 순간 어르신이라면 저에게 일말의 희망을 주실 것이라 생각했습니다. 아직은 장담을 못합니다. 이 청이는 머리가 아둔하여 과연 노삼야 어른께서 주신 도움이 저에게 보탬이 될는지. 변명이라 생각하셔도 좋고 핑계라 생각하셔도 좋습니다. 하지만 이 모든 것은 저의 욕심에서 나온 것이며 제가 어르신께 불경한 죄입니다. 그러니 저를 벌하여 주십시오."

이 말을 끝으로 언무청은 염위의 부축을 뿌리치고 노삼야에게 다가가 무릎을 꿇었다.

그 모습을 끝까지 지켜본 노삼야의 표정은 아무 변화가 없었다. 하지만 그의 속마음도 아무 변화가 없는지에 대하여는 그 자신만이 알 뿐이었다.

"좋다. 네 말대로 너에게 직접 죄를 묻도록 하지. 하지만 조금 전 노부가 말한 대로 너같이 어린 아해에게 손쓴다는 것을 강호 동도가 알면 비웃을 일이다. 해서, 내가 너에게 손을 쓰지 않고도 너 자신에게 벌 주는 방법을 생각하였다. 앞으로 삼 년간 나의 시종이 되도록 하여라. 알겠느냐?"

"예……."

언무청은 노삼야의 말에 감격하여 두 눈을 글썽이며 노삼야를 쳐다보았다.

아무리 둔한 사람이라 할지라도 노삼야가 말하는 뜻을 알 수 있기 때문이다. 하지만 정말로 둔한 사람이 있었으니 바로 염위였다.

다년간 눈칫밥이 이 순간에 쓸데없는 것들에 눈치를 잘 본 것으로 증명되는 순간이었다.

'아니, 시종이 된다는 것이 그렇게도 좋은가? 나를 봐. 내가 좋아? 정말 미친 거 아냐?'

"내 얼마간의 여유를 줄 터이니 그동안 하지 못했던 일을 하고 오너라."

노삼야는 이 말을 끝으로 언무청의 시야에서 사라졌다.

마치 아무 일도 없었던 것처럼 말이다. 하지만 그렇게 될 수 없는 것이 언무청의 옷에 묻어 있는 핏방울과 염위의 손에 쥐어진 단약(丹藥)이 부정하고 하고 있기 때문이었다.

"공자님, 어서 이걸 드십시오. 노삼야 어른께서 꼭 복용하라고 하셨습니다. 그래야 완쾌가 빠르다고……."

"아니네. 그런 영약(靈藥)을 어찌 내가 먹을 수 있겠는가. 그리고 나는 이미 삼왕을 먹은 적이 있기 때문에 따로 영약의 힘을 빌리지 않아도 되네. 시간이 지나면 나을 것이야. 그리고 이 보약은 내가 줄 사람이 있어. 기연(奇緣)을 얻어 하늘이 주신 것을 내 어찌 허튼 곳에다 쓸 수 있겠는가. 이것은 내게 마음의 빚을 지게 만든 내 친구에게 줄 것이야."

그렇게 말하는 언무청의 눈 속에 그리움이 잔뜩 묻어 있었다. 그리고 감사의 눈물 또한 숨어 있었다. 비록 두 감정의 상대는 각각 다르지만 말이다.

"공자님, 한 가지 궁금한 것이 있는데 말입니다. 조금 전 노삼야 어른께서 공자님께 분명 뭐라고 말씀하시고 가신 것 같은데… 도대체 무슨 말씀을 하셨는지……."

염위는 분명 자신의 귀로는 들리지 않은 전음을 통해 주고받은 대화로 알 턱이 없었지만 중간중간에 분명 언무청이 고개를 끄덕이고 있는 것을 보았기에 짐작할 수 있었다.

그리고 분명 자신이 알고 있는 노삼야의 성격으로 할 일이 아닌 일을 경험하였기에 그 대화에 답이 있을 것이라 생각할 수 있었다.

"음… 별것 아니네. 그저 언제 오라는 말씀이셨지. 더 이상 알려고 하지 말게."

염위는 입을 삐죽이며 고개를 돌렸다. 자신이 생각하기에도 분명 그것은 아닌데 하는 마음이었기 때문이다.

하지만 어쩌겠는가, 자신은 종이고 언무청은 주인인데. 그렇기에 섭섭한 마음이 드는 염위였지만 떠오르는 질문에 다시 한 번 비굴한 표정을 지으며 언무청을 쳐다보았다.

"그럼 다른 질문을 해도 되겠습니까? 다름이 아니라 공자님의 친구분은 어떤 분이시기에 공자님께서 그토록 특별하게 생각하시는 겁니까?"

언무청이 운남으로 행로를 정한 그때부터 궁금하였던 염위였다. 노삼야의 성격이 그러하듯 언무청의 성격 역시 남하고 그리 잘 어울리지 못할 성격이라고 판단하는 그였기에 더욱 궁금했던 것이다.

"그 친구? 아… 자네, 혹시 생사를 초월한 우정이라고 아나? 아니, 자네는 자네의 목숨을 바쳐 친구를 구할 마음이 한 번이라도 있었는가? 그 친구는 그러했네. 자신의 목숨을 아깝지 않게 생각하며 나를 구해주었어. 비록 그것이 진심이든 아니든 나에게는 그 친구의 진심이 와 닿

왔네. 사람이란 말이지, 아무리 죽음이 두렵지 않다라며 입에 발린 소리 하더라도 막상 그 상황에 닥치면 두렵기 그지없네. 그것이 본능이지. 아무리 정신력이 극대화시킨 이라 하여도 그것은 마찬가지라 할 수 있네. 다만 그 정도의 차이가 있겠지. 그 친구도 그러했을 것이야. 두려웠겠지. 마주 선 상대방의 검에서 뿜어져 나오는 예기가 두려웠을 것이네. 하지만 그 녀석은 죽음에 대한 두려움도, 아니, 꼭 죽음이 아니다 하더라도 피를 봐야 할 상황에서 오는 무서움을 떨쳐 버리고 나를 구해주었네. 아무도 없이 홀로 떨어진 나를 위해 말이야. 어떤가? 이만하면 내 친구로 손색이 없지 않나? 난 그 녀석을 혼내줄 것이야. 감히 나에게 마음의 빚을 지게 한 그 녀석을 혼내줄 것이야. 하하하!"

내상이 다시 도질 정도로 호탕한 웃음을 지어내는 언무청의 얼굴엔 한 점의 가식도 없었다. 머리 위에서 내려다보는 푸른 하늘처럼 말이다.

"공자님, 도대체 운무관(雲武館)이 몇 개인 줄 아십니까?"

그야말로 염위의 행사력이 커졌다고 볼 수 있는 장면이다.

며칠 전까지의 그를 아는 사람이라면 저놈이 드디어 돌았군 하며 혀를 찼을 것이다. 그러나 염위의 간이 이토록 커진 것에도 이유가 있었다.

운남성(雲南省)에 들어온 지도 벌써 한 달이라는 시간이 지났다. 하지만 언무청이 말하는 운무관은 그들이 찾기에 문제가 많았다. 운남에서 이름난 문파도 아니고 보잘것없어 보이는 무도관 중 하나라 생각했기에 처음엔 찾기 어려울 것이라 생각했었다. 하지만 막상 뚜껑을 열어보니 결과는 반대였다.

운남이라는 성안에 크고 작은 도시만 수십 개였고 작은 마을에조차 무도관은 있었다. 더구나 운무관이라는 현판을 내건 무도관은 그야말로 웬만한 곳에 있어서 그 수가 적지 않았다.

사정이 이러하니 죽어나는 것은 염위였다. 처음이야 반가운 친구를 만난다는 기대감에 언무청 또한 염위와 함께했으나 일이 그렇지 않음을 느낀 언무청은 염위를 먼저 내보냄으로써 진위를 확인하려 했던 것이다. 그러니 죽어나는 것은 염위일 수밖에.

"허어… 약속한 시일이 다가오는데 아직도 성과가 없다니… 그 친구 얼굴이라도 보고 갔으면……."

언무청은 이렇게 투덜거리는 염위의 모습에서 실패함을 느끼고 탄식을 할 수밖에 없었다. 아무리 노삼야가 시일을 정하지 않았다 하더라도 언제까지 자신의 볼일을 본다는 이유로 기다리게 할 수는 없는 일이기 때문이다.

이미 그가 속으로 계산하였던 한 달이라는 시간도 지났기 때문에 이것이 과연 진현과 자신의 운명이라고 느껴지는 그였다.

"허어, 이것이 그와 나의 운명이란 말인가. 정말 하늘은 나에게 기회를 주시지 않는구나."

탄식을 끝으로 언무청은 자리에서 일어나 길을 떠날 채비를 했다. 맺고 끊음이 확실한 그로서는 이토록 시간만 낭비할 수는 없었기 때문이다. 하지만 떠나는 언무청의 섭섭함은 이루 말할 수 없는 것이었다.

"공자님, 간단히 요기라도 하고 가시죠?"

뜬금없는 염위의 말이긴 하였으나 그리 틀린 말도 아니었다. 해가 중천에 떠 있어 점심을 알리는 소리가 배에서 요란했기 때문이다.

크게 낙담한 이후로 언무청은 그저 식사를 해도 먹는 둥 마는 둥 하는 처지이다 보니 그 분위기에 눌려 염위가 말을 못했지만 이제는 도저히 참을 수 없는 지경에까지 온 것이다.

"그래, 그러자꾸나."

언무청은 염위의 말대로 식사를 하기 위해 근처의 먹을 만한 곳이 있나 둘러보았다.

하지만 그로서는 성도(成都)에 온 것이 처음이다 보니 어디가 좋은 곳인지 모르는 것이 당연했다. 하지만 그것은 그의 기우일 뿐 그의 곁에는 천하의 염위가 있지 않는가.

이미 사전 조사를 끝낸 염위는 자신만 믿으라는 투로 언무청을 끌고 갔다.

"바로 여기입니다. 이 근방에서는 소문이 자자한 곳이죠. 하하하."

자신도 무안한지 연신 웃음을 토해내는 염위였다. 하지만 그의 말대로 언무청의 눈앞에 있는 주루는 우선 크기 면에서부터 타 주루와 달리하는 곳이었다.

일반 삼층만 해도 놀랄 만한 크기인데 이곳은 무려 사층이나 되는 곳이었다. 게다가 층별로 나누어진 손님의 차별화는 거부감보다는 인정을 받으려는 손님들로 인해 북새통을 이루었다. 어디를 가도 명문이고 싶은 마음은 다 똑같은 법이었다.

언무청은 주루를 올려다보며 사층의 높은 곳에 위치한 한눈에 알아볼 수 있는 현판을 무심결에 읽어보았다.

"망강보루(望江寶樓)."

언무청과 염위는 물론 특급으로 규정 지어진 사층에서 금강(錦江)과 주루의 이름이기도 한 망강루원(望江樓園)의 뛰어난 경치에 빠져 있었다. 멀리 청성산(靑城山)을 보는 것도 또 하나의 운치였다.

비로소 언무청은 염위의 선택을 인정 안 할 수가 없었다. 과연 성도 내에서 손꼽힐 만한 곳이었다.

이렇게 경치에 빠져 있는 언무청의 귀에 타인의 말이 들렸다.

"이보게, 그래서 자네도 간다는 말인가?"

"그럼, 나도 가야지. 이런 규모의 대회는 근래에 들어 처음이지 않은가?"

화복과 백의를 입은 두 청년이었다.

잘사는 집안의 자제들인지 얼굴에는 고생 안 하고 컸네 하는 말이 씌어 있었다. 하지만 언무청에게는 그들의 외모보다는 그들이 나누고 있는 대화에 흥미가 더 있었다. 안하무인격으로 떠들어대는 그들의 대화는 그도 알고 있는 것이기 때문이었다.

"잘하면 이번 복마대(伏魔隊)에서 한자리 차지할지 모르는 일이지. 솔직히 우리로서는 호천사정맹보다는 그쪽이 더 좋지 않나?"

언무청의 백의청년의 말을 듣고 그들의 상황을 알 수 있었다. 호천사정맹 같은 경우는 워낙 사람들이 많다 하지만 그 수뇌부는 역시 사정(四鼎)을 뜻하는 속가사대세가와 사파(四派)의 제자들이 차지하고 있는 실정이다.

그것으로 보자면 이번 금성관 관련이 있다는 문파를 척살하기 위해 탄생된 복마대야말로 그들에게는 다시없을 기회가 될지도 모르는 일이다.

난세에 영웅이 난다고 하는 것처럼 신분 고하를 막론하고 모두가 뜻을 같이하여 참가할 수 있는 이번 대회에서 그들은 영웅이 되고자 했다.

"저들도 복마대 이야기를 하고 있군."

언무청은 어디를 가나 복마대를 소재로 하여 이야기하는 것을 심심 찮게 볼 수 있었다.

실제 복마전을 개최하는 숭산과 거리가 먼 이곳에서도 이럴진대 하물며 그쪽은 안 봐도 상상이 가는 언무청과 염위였다.

"그렇겠죠, 공자님. 그런데 공자님은……."

염위의 말은 끝까지 이어 나가지 못했다. 이미 염위의 의중을 파악한 언무청 때문이었다.

"난 안 가."

"어르신과의 약속 때문에 그러십니까? 약속도 약속이지만 공자님 실력이면……."

염위는 언무청의 실력을 아는 몇 안 되는 사람들 중에 하나였기 때문에 아쉬워했다. 언무청의 실력이면 상위권 안의 지위를 얻을 수 있을 거라 생각하는 그였기 때문이다.

"그래, 네 말대로 난 어르신께 가야 한다. 그건 약속이고 나에게 있어 벌이다. 그건 너도 알고 있겠지?"

"하지만……."

"네 말대로 내가 복마전에 참가한다고 하자. 그럼 나에게 돌아올 것이 뭐지?"

"명예죠. 당연한 것 아닙니까?"

염위는 무림인으로서 명예가 얼마나 소중한지 알기 때문에 당연한 듯 말했다.

"명예라… 거기서 얻을 명예가 뭐가 그리 좋다고 내가 지은 벌까지 팽개쳐 가며 가야 하는 것이냐? 난 이미 죄인이야. 그리고 어떤 지위가 나에게 주어진다 하더라도 난 관심없다."

단호히 말하는 언무청의 말은 듣기에 따라 심각한 반응을 불러올 만한 것이었다.

"오호, 여기 정말 잘나신 분이 계셨구먼. 금성에도 관심이 없고 천하무림에도 관심이 없다니. 자신이 천하제일이라도 되는가 보지?"

"푸하하하!"

언무청의 목소리가 조금 컸는지 어느새 그들에게 다가온 수염이 잔뜩 난 털북숭이사내가 빈정거리듯 말했다. 이에 질세라 사층에 앉아 있던 청년들 또한 웃어 젖혔다.

취운빈관으로서도 관리를 하고 들여보낸 손님들이지만 모두가 그런 것은 아닌가 보다. 힘과 돈 앞에서 당당할 장사치는 이곳에 없었던 것 같았다.

"말 다 했소! 이분이 누구신지 알고!"

털북숭이사내의 말이 떨어지기 무섭게 흥분한 염위는 자리를 박차고 일어나 고함을 질렀다.

하지만 소귀에 경 읽기였다. 염위의 말에는 꿈쩍도 하지 않으며 오히려 비웃음에 박차를 더하는 그였다.

"오호. 그래, 누구신가? 천자님이라도 되시는가?"

"이런."

이번만큼은 털북숭이사내의 말이 심했는지 여기저기서 혀 차는 소리가 나왔다.

아무리 입에서 나오는 말이라 하여도 감히 천자에 대한 모독성 발언은 삼가야 하기 때문이었다.

"이것들이 감히! 나 맹호악(孟虎嶽)의 말에 누가 토를 다는 것이냐!"

그의 말을 들은 염위는 그제야 그가 사천성(四川省)에서 도객(刀客)

로 제일 유명한 광풍도(狂風刀) 맹호악이라는 것을 알게 되었다. 그러니 이토록 자신있게 나설 수 있었을 것이다. 이때까지 가만히 있던 언무청이 드디어 입을 떼었다.

"당신, 그 말에 책임질 수 있소?"

"응? 책임? 허어, 그럼 네가 천자님이란 말이냐?"

이제는 반말로 일변하는 맹호악이었다. 하지만 그런 것에도 언무청의 표정에 변화를 주지 못했다. 오히려 담담해진 표정으로 맹호악을 바라보았다.

"아니오. 당연히 내가 어떻게 감히 천자님이 될 수 있다는 말이오? 당신은 그렇게 보이오? 만약 그렇다면 눈을 바꾸는 게 좋을 듯싶구려. 아님 차라리 눈을 감고 다니던가."

이제껏 가만히 있던 언무청은 그동안 참았던 것을 풀어내듯 한꺼번에 많은 말을 뱉어냈다.

노삼야와 조우가 있은 후부터, 그리고 진현과의 만남이 실패로 돌아간 다음부터 조용하였던 그의 성격이 다시 자극을 받은 것이었다.

"이런 미친놈이 있나! 감히 내 이름을 듣고도 그런 말을 하는 아이가 있다니… 정말 오랜만에 느껴보는 신선함이군. 그래, 네 실력도 신선한지 보자!"

맹호악은 그대로 몸을 날려 언무청을 덮쳐 갔다. 하지만 아무리 사정을 봐주었다고는 하나 노삼야와 호각을 다툴 정도로 무공이 높은 언무청을 감당하기 힘든 것이었다.

"개문읍도(開門揖盜)."

자신의 선제공격이 먹히지 않은 맹호악은 그제야 언무청이 만만하게 볼 상대가 아니라 생각하고 자세를 고쳤다.

그만의 진재절학(眞在絕學)인 금오도법(金鳥刀法)의 기수식이었다. 그의 거친 인상과는 달리 금오도법은 불문의 영향을 많이 받은 것이어서 도법을 펼치는 그의 얼굴에 장엄한 기운이 떠올랐다.

문을 열어 도둑을 맞이하는 것처럼 맹호악은 온몸에 진기를 퍼뜨려 만만의 준비를 다 하였다.

두 사람은 이제부터 본격적인 대결을 할 것이라 주위의 사람들은 생각하였다. 그리고 다수가 맹호악의 승리를 장담했다. 하지만 그들의 예상은 전혀 다른 곳에서 벗어나게 되었다.

"왜 올라가면 안 된다는 거죠?"

"공자님, 위층에 소란이 잠시 있으니 우선 삼층에서 식사를 하시는 것이……."

"저는 꼭 이곳에서 먹어야 합니다. 저에겐 소중한 곳이니까요."

작은 소동을 벌이며 올라오는 한 무리의 사람이 있었다. 점소이는 열심히 한 사람을 향해 사정하듯이 말하고 있었고 그 말을 듣는 사람은 그럴 수 없다는 듯이 올라오고 있었다. 그리고 그 뒤로 건장한 청년들이 뒤따르고 있었다.

"에휴, 보십시오. 그러니 잠시 밑층에서 식사를……."

점소이는 말을 이어가다 손님의 표정을 보고 끝까지 말할 수가 없었다. 그 손님이라는 사람의 표정에서 이미 자신의 말이 통하지 않음을 느꼈기 때문이다.

그리고 그 누구도 지금 그 손님이라는 사람에게 말을 해도 통할 리가 없었다.

이유는 그 사람이 진현이었기 때문이다.

"청……."

언무청 또한 마찬가지였다. 지금껏 찾아 헤맸던, 그토록 보고 싶던 친구가 지금 자신의 눈앞에 있었다.

언무청의 눈에는 이제 다른 아무것도 보이지 않았다. 심지어 자신과 대결 중이던 맹호악도 보이지 않았다. 오로지 한 사람만이 보일 뿐이었다.

"아니, 진현……"

두 사람은 계속해서 나직한 목소리로 상대방의 이름을 불렀다. 그리고 다가갔다, 천천히.

"무청."

"진현."

두 사람은 부둥켜안았다.

모든 사람들이 멍한 눈으로 쳐다보고 있을 때 두 사람은 그저 상대방의 체온을 느낄 뿐이었다.

"……"

아무 소리도 없었다. 조금의 시간이 지나고 나서야 좌중의 사람들은 멍한 상태에서 헤어나올 수 있었다.

"뭐야? 지금 나를 무시하는 거야, 뭐야?!"

맹호악은 감히 자신을 놀리는 듯한 언무청의 태도에서 심한 분노를 느꼈다.

그에겐 두 사람의 포옹에서 느낄 수 있는 것은 없었다. 아니, 있었다. 바로 적에 대한 심한 분노감이었다.

"감히……!"

자신의 도를 굳게 잡은 그가 천천히 자신의 분노를 내뿜으려 할 때, 아니, 하고자 했지만 그는 이루지 못했다. 바로 맹호악 자신의 목에 닿은 섬뜩한 칼날의 예기 때문이었다.

"음."

"가만히 있는 것이 좋을 거야. 그렇지 않으면 어깨 위의 머리가 거추장스럽다고 생각할 테니까."

기습적인 묘를 살리긴 했지만 사천에서 난다 긴다 하는 맹호악을 이렇게 꼼짝 못하게 할 수 있었던 것은 단순명의 무공이 상대적으로 월등히 앞섰기 때문이다.

그것은 맹호악 또한 오랜 경험으로 알 수 있었다. 그렇기에 이토록 신음만 토해낼 뿐 아무 행동도 못하는 것이다.

하지만 이런 것도 지금 언무청과 진현 두 사람의 눈에는 들어오지 않았다. 귀에도 들리지 않았다. 오직 눈앞의 상대만 보일 뿐이었고 눈앞의 상대가 하는 목소리만 들릴 뿐이었다.

"청."

"진현."

그들이 형산의 입구에서 헤어진 지 사 년이 되는 날이었고 진현의 나이 열여덟, 언무청의 나이 열아홉이었다.

그들이 한창 피어날 시기의 이야기였다.

제23장
자신의 몸을 파는 기인

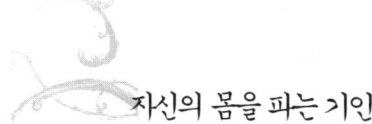
자신의 몸을 파는 기인

아미산을 내려와 청해성(青海省)으로 가기 위해 성도로 온 진현과 단순명은 뜻밖의 곳에서 반가운 사람을 만나게 되었다. 이것이 우연인지 필연인지는 모르지만 그들은 서로에 대한 반가움으로 해후를 풀기에 여념이 없었다.

하지만 그렇지 않은 이도 있었다. 염위는 실례인 줄 알지만 계속해서 진현의 얼굴만 쳐다보았다.

그로서는 정말로 진현의 얼굴이 궁금했기 때문이다. 지랄맞은 성격의 소유자이자 자신의 주인인 언무청이 그토록 극찬한 인물이 어떤지 상상만 했던 그이기에 진현의 얼굴은 그에게 색다른 감흥으로 다가온 것이다.

'별로 다르지 않아 보이는데…….'

염위의 솔직한 심정이었다.

오히려 진현의 옆 자리에 앉아 있는 중년인이 더 뛰어나 보였다. 특출난 외모나 자신을 압도할 만한 기도(氣度)를 바란 것은 아니었지만 백의서생 같은 진현의 모습은 그에게 실망감을 주었기 때문이다.

원래 기대가 크면 실망도 크다고 하지 않는가.

이런 염위의 생각과는 달리 연무청과 진현 두 사람의 대화는 끊임이 없었다.

"하하하. 그래, 생각나네. 자네의 맥반석돈육전용구이연장(麥飯石豚肉專用九移鍊匠)이라고 했나? 아무튼 그것 때문에 북궁탑주에게 정말 혼이 났었지."

"하하하. 맞네, 그랬지. 자인(子仁)도 함께 있었잖아."

"그래, 그랬지."

둘은 금세 예전의 상황을 재현했다. 물론 각자의 머리 속에서 재현했지만 재현된 광경은 다르지 않았다.

"자인이는 어떻게 된 줄 아나?"

"아니, 아직 자인의 소식을 들어본 적이 없어서."

진현은 안타까운 듯 말하며 모용자인을 떠올렸다. 그때 반가운 소식이 들려왔다. 바로 모용자인에 관한 소식이었다. 하지만 그것에 진현에게 좋을지 좋지 않을지는 모르는 일이다.

"나는 알고 있네."

"뭐라고?"

"나도 우연히 알게 되었어. 그 녀석 동생 생각나?"

"모용혜?"

"그래, 그 말썽꾸러기 말이야."

두 사람의 입가엔 미소가 그려졌다. 그도 그럴 것이 모용혜에 관한 두 사람의 추억 모두 머리 아플 정도로 골치를 썩던 이야기들이었다.

그때의 추억이 지금은 아련한 기억으로 남아 있지만 유쾌한 기억들이라 생각하였다.

"그 녀석 몰라보게 달라졌더군. 아주 참한 아가씨가 되었어."

"호오, 그런가?"

"나도 혜아가 먼저 말하지 않았다면 몰랐을 거야. 본론만 말하자면 그 녀석이 말해 주더군, 자신의 오빠가 어디에 있는지."

"그래, 어디에 있는가?"

"호천맹!"

"맹?"

진현은 언무청의 말에 놀라 되물었다.

"그래, 맹에 있네."

"맹에서 뭐 하는데?"

"원래 그 녀석이 머리가 좋았지 않나. 체질이 무공이 아니라 문(文)이었어, 그 녀석은."

"그랬지, 그 녀석은 무가의 자손이라고 여겨지지 않을 정도로 무공에 소질이 없었지. 신기할 정도로. 하지만 그 녀석만한 맷집을 가지고 있는 아이도 없었지."

"하하하!"

언무청과 진현의 처음 상황을 생각하며 박장대소하였다. 그도 그럴 것이 처음 언무청과 모용자인이 대면했을 때 모용자인은 언무청의 이름 때문에 곤욕을 치렀던 것이 생각났기 때문이다.

"그래, 그랬지. 하지만 그 녀석 머리가 좋다는 것은 인정해야겠네. 그러니 신기수사(神機秀士)의 제자가 될 수 있었지."

"신기수사?"

신기수사라면 천하십오대고수 중 오왕의 기왕(機王)인 신기수사 제갈화영(諸葛華英)을 말하는 것이었다.

오왕 중 이왕(二王)이 이패(二覇) 중 호천사정맹의 맹주인 무황(武皇) 태극성검(太極聖劍)의 곁에서 보좌하고 있었고, 독왕(毒王)과 편왕(鞭王)이 천마사천회의 회주인 사황(邪皇) 사천광마(邪天狂魔) 사도운의 수족 역할을 하고 있었다. 특히 신기수사는 호천맹의 군사(軍師)로서 그 능력을 십분 발휘하고 있었다.

호천사정맹의 방어진(防禦陣)을 이루게 하는 절진(絶陣)과 기관들은 모두 그의 작품이었다. 게다가 그의 지식은 타의 추종을 불허하는 것이라 따라갈 자가 없었다.

모용자인이 신기수사의 제자가 되었다는 말에 진현은 진정으로 놀람을 감출 수 없었다. 그 역시 신기수사가 어떤 인물인지 잘 알고 있었기 때문이다.

"정말 축하할 일이네. 그럼 호천맹의 차기 군사란 말이지."

진현은 겉과 속이 따로 놀 수밖에 없음을 한탄했다. 입으로는 축하할 일이라고 했지만 모용자인이 호천맹의 군사가 되는 그 순간 자신과 반대 편에 서서 보아야 하기 때문이다.

어차피 호천사정맹의 사정(四鼎)을 이루는 세가 중 모용세가가 있기에 결국 호천맹의 수뇌부가 될 것이라 생각은 하고 있었지만 차기 군사의 재목감인 줄은 몰랐던 그였다. 하지만 속마음을 표출하지는 않았다. 오히려 언무청과 함께 박장대소를 하며 축하하는 모습을 보여주었다.

"아! 이분은 누구신가. 보통 분이 아니신 것 같은데?"

언무청은 그제야 주위의 사람들이 눈에 들어오고 있었다.

자신의 옆에서 무엇을 생각하는지 멍한 표정을 일관하고 있는 염위와 진현의 곁에서 근엄한 표정으로 앉아 있는 중년인, 그리고 한쪽에 제압되어 있는 맹호악.

"아, 이런 내가 너무 소개가 늦었군. 이분은 나의 숙부님이시네."

"아, 인사가 늦었습니다. 현아의 숙부면 저의 숙부님이나 마찬가지입니다. 조카 언무청 인사드립니다."

언무청은 진현의 말에 얼른 자리에서 일어나 단순명에게 예를 올렸다.

"그래, 나는 단순명이라 하네. 그런데 어째서 운아를 현이라 부르는가?"

"……!"

언무청은 그제야 눈치를 채고 그야말로 놀랄 수밖에 없었다.

"그럼… 진현… 자네가……!"

"그래, 내 본명은 단지운이야. 예전에 내가 말한 적이 있는 것 같은데."

언무청은 생각이 날 듯하였다. 형산의 입구에서 헤어질 때 분명 진현은 운남에서 단지운을 찾으라고 하였었다.

"설마 자네가 천하제일가의 소가주일 줄은 몰랐네. 이런… 조금 황당하구먼. 어떻게……."

진현은 되풀이되는 현상에 적응을 하였는지 침착한 모습으로 언무청을 대했다. 하지만 언무청으로서는 당최 믿어지지 않는 모양이다.

"그럼 어째서 그 썩을 놈들에게 고분고분하였던 거지? 네 신분만 밝혔어도 그 자식들은 전부 산 목숨이 아니었을 텐데? 아니, 왜 신분을 속이고 있었던 거지? 나를 가지고 장난치고 싶었나?"

언무청은 슬슬 차 오르기 시작하는 노여움에 몸을 부르르 떨 지경이
었다.

그것은 어쩔 수 없는 사람의 마음이다. 그렇게 믿었던, 누구에게나
자랑하고 싶었던 절친한 친구가 가장 기본적인 것부터 속여왔다는 것
은 중요한 일이기 때문이었다.

"아니네. 거기에 대해선 정말 미안하게 생각하네. 하지만 그때 심정
으로는 어쩔 수가 없었네. 내가 왜 구담전을 두고 현공탑으로 갔는 줄
아나? 왜 사랑하는 사람을 두고 그곳을 떠나야만 했는지 아는가? 왜 떳
떳하게 나의 신분을 밝히지 못했는지 아는가?"

"……."

"힘이 없었기 때문이네. 그래, 힘이 없었어. 나뿐만 아니라 주위의
사람들까지 지켜줄 수 있는 힘이 없었네."

침착하게 말을 이어가려 했지만 그럴 수가 없었다. 복받쳐 오르는
감정을 억누를 수가 없었기 때문이다.

"하지만 자네에게 정말로 미안하게 생각하고 있다네. 그래, 진정한
친구라면 그것마저 초월할 우정이 있어야 하는데 나는 그렇지 못했나
보네. 하지만 변명이라고 생각하며 내 말을 들어주겠나?"

진현은 자신이 주화입마에 빠졌던 것과 그것으로 인해 겪어야 했던
시간들, 그리고 자신의 생각들을 차근차근 풀어놓았다.

물론 주위의 사람들을 고려하여 빼야 할 부분은 빼고 말할 것은 잊
지 않았다. 하지만 그것만으로도 언무청의 노여움을 풀기엔 적당했으
며 착잡한 마음을 가지게 하기에 충분하였다.

"자네에게 그런 일이 있는 줄은 몰랐네. 아니, 천하제일가의 소가주

가 주화입마라는 큰 화를 당했다는 것을 알고는 있었지. 공공연한 비밀이었으니까. 하지만 자네와 천하제일가는 연관을 못했었기에 그런 아픔이 있는 줄은 생각도 못했지. 하지만 이대로 물러설 수는 없네. 자네는 나에게 벌을 받아야 하겠어."

"그래, 그러지. 그 벌이란 뭔가?"

"두고 보면 알 일이네."

두 사람의 눈에는 변함없는 우정이 흐르고 있었다.

"그래, 벌이란 것이 고작 이런 벌주인가? 이 친구, 나의 주량을 너무 쉽게 보고 있구만."

"하하하, 이러면 어떻고 저러면 어떻겠나. 이렇게 함으로써 대작을 하면 좋지. 그러고 보니 우리가 함께 술을 마신 것이 처음인가?"

"그렇지, 처음이지."

진현은 어느새 비워진 언무청의 잔에 술을 따르며 대답을 하였다.

"아무튼 자네가 그런 신분을 가지고 있었다니. 정말 충격일세. 정말 놀랐어."

이제는 어느 정도 흥분을 가라앉힌 언무청인지라 순수하게 솔직한 심정을 말하는 것이다.

"그나저나 저 사람은 어떻게 할 것인가?"

"모르지. 그 사람 마음인데 내가 뭐라고 하겠는가?"

바로 몇 시진 전이었다. 언무청과 진현의 회포가 끝이 날 무렵이었다.

이제까지 간과하고 있었던 맹호악이 폭주하기 시작했던 것이다. 언무청으로 인해 그렇지 않아도 흉포성이 극에 달했는데 거기다 알지도 못하는 이에게 제압까지 당해 수치감이 배가되었던 것이다.

그리고 마지막으로 자신은 안중에도 없는 태도로 일관하니 그로서는 폭주하지 않으면 되려 자신이 속 터져 죽었을지도 모르는 일이었다.

"네 이놈!"

일갈의 고성과 함께 나아가려는 그의 몸은 언무청으로 인해 제지를 받았다. 언무청으로서는 오늘같이 좋은 날 피를 보기 싫었기 때문이다. 하지만 그것마저 맹호악에게는 수치감을 더해주는 것.

"오냐, 오늘 네가 죽는지 내가 죽는지 결판을 내보자! 만약 내가 지고도 살아난다면 너의 평생 종이 되어 따라다니겠다!"

호언장담을 하며 분기탱천한 맹호악은 언무청을 도발을 하였다. 이를 보는 언무청으로서는 자신의 잘못도 있기 때문에 말로는 끝나지 않겠다라고 생각하며 한숨을 쉴 수밖에 없었다.

끝내 두 사람은 승부를 가렸고 채 일각이 지나기도 전에 맹호악은 ·자리에 누워버렸다. 하지만 그것도 잠시, 자신의 패배를 인정하지 않으려는 맹호악은 다시 한 번 덤볐고 그를 묵묵히 받아들인 언무청은 다시 한 번 자리에 눕혀주었다.

칠전팔기(七顚八起).

맹호악의 몸부림은 그야말로 처참했다. 하지만 그에겐 칠전팔기가 아니라 칠전칠패(七戰七敗)가 되어버렸다.

충격에 헤어나지 못했던 맹호악은 어느 정도 정신을 수습한 후 놀랍게도 언무청의 앞에 무릎을 꿇고는 종이 되기를 자처했다.

"나 맹호악, 비록 거칠게 살아왔다 하나 약속을 모르는 사람은 아니오. 남아일언 중천금이라는 말씀은 나도 알고 있소. 비록 흥분한 상태에서 뱉은 말이긴 하나 내 말에 책임을 지려 하오."

언무청으로서는 정말로 웃지도 울지도 못하는 상황이 되고 말았다. 자신이 남의 종이 되기 위해 길을 나서는 시점에서 다른 사람이 자신의 종이 되기를 자처한다.

정말로 돌고 도는 세상이었다.

막무가내인 맹호악 앞에서는 언무청의 지랄맞은 성격도 소용이 없었다. 오직 남아일언 중천금이라는 말만 되풀이하는 그인지라 어떤 말도 통하지 않았다.

사정이 이러하기에 진현이 언무청에게 물은 것이다.

"광풍도 맹호악이라면 사천에서는 알아주는 고수이며 또한 사천제일도(四川第一刀)가 아닌가. 조금 전이야 냉정을 잃은 상태에서라 내가 그럴 수 있었던 것이지 정식으로 비무를 했다면 아마 얼마간의 손해가 있어야 그를 이길 수 있었을 것이네. 그런 그를 종으로 부리라고? 허어… 그렇게 할 만큼 나는 능력이 좋지 않네. 만약 그렇게 한다면 강호의 사람들이 나를 두고두고 욕할 걸세. 천하에 다시없을 광오한 인물이 되겠지."

"하지만 저런 사람은 자네가 거부한다면 자결이라도 할 걸세. 지금 내가 보기엔 자네의 종이 되려고 하는 모습마저 처절해 보이니까."

"음……."

"모르겠네. 어떻게 되겠지."

어느 정도 가라앉은 분위기에게 그들은 계속해서 술을 마셨다.

내가의 고수야 주기(酒氣)를 다스릴 줄 알고 있으며 더구나 진현이나 언무청 같은 고수가 술에 취한다는 것은 어불성설이겠지만 그들은 취해 있었다. 진심으로 그들의 만남을 자축하며 술에 취하려 하였다.

그렇게 밤은 지나갔다.

"자네는 어디로 가려는가?"

"나는 이미 정해진 길이 있네. 나도 자네와 더불어 천산으로 가고 싶지만 그러지 못하는 것이 안타깝기 그지없네."

이미 진현과 함께 수많은 대화를 나눈 언무청이라 그의 강호행이 천산으로 향하는 무도행이라는 것을 알고 있었다.

"나 역시 안타깝네, 이대로 헤어져야 한다니."

"우리 또 볼 수 있겠지?"

한 치 앞도 기약할 수 없는 강호이기에 두 사람은 걱정하지 않을 수 없었다. 이번의 경우도 진현이 강호로 나오지 않았다면, 그리고 두 사람 모두 망강보루에 오지 않았다면 있을 수 없는 일이었기 때문이다.

만날 사람들은 인연이 있기에 결국에는 만난다고 하지만 세상사가 그리 쉬운 것도 아니기 때문이었다.

"그럼. 앞으로도 우리의 우정은 계속될 걸세."

진현과 언무청, 그리고 단순명과 염위, 그 뒤를 따라가는 맹호악은 청해성에 다다랐을 무렵에야 길을 달리했다.

"휴우."

진현은 갈수록 빨라지는 체내의 노폐물 제거 시간을 느끼며 긴 한숨을 내쉬었다. 언제나 그렇듯 이 시간만 되면 몸 안이 청량해지면서 개운함을 느끼기 때문이다.

"이제 다시 수련을 시작해 볼까?"

자신의 수련을 지켜보는지 그렇지 않는지 언제나 먼 곳을 응시하는 단순명을 뒤로하고 진현은 수중에 검을 들었다.

"수류폭."

—물이 폭발하듯 흐르고.

진현의 검이 앞에 있는 작은 바위에 작렬했다. 이미 진현의 검이 지나고 난 자리에는 엄청난 위력을 말해 주듯 수많은 파편과 균열이 있었다. 한낱 청강검의 위력이라고는 믿기지 않을 정도였다.

"구주황."

—구주가 빛이 나니.

다시 한 번 진현의 검이 작렬한다. 하나 이번에는 한 개의 검이 아니었다. 언제 그 많은 검을 지니고 있었나 싶게 헤아릴 수 없는 검이 바위에 상처를 주었다.

수많은 잔상(殘像).

바로 그것이 실체였다.

"천지연."

—하늘과 땅이 그러하다.

이번에는 그렇게도 바위를 괴롭히던 진현의 검이 죽은 듯이 가만히 있었다. 한데 이상한 것은 누가 진현이고 어느 것이 검인지 구분이 가지 않는다는 것이다. 진현이 곧 검과 같이 보이며 검을 보고 있자니 그 속에 진현이 있었다.

이때 작은 움직임이 있었다.

앞으로 나아가려는 진현의 시도였다.

아주 천천히, 움직임이 보이지도 않을 정도로 앞으로 나아가던 진현의 검은 어느새 그 움직임마저 멈추었다.

그때였다.

"윽!"

진현의 입가에 선혈이 흐르며 땅바닥에 주저앉은 것이다. 검을 바닥에 꽂아 쓰러지지는 않았지만 이미 거동이 불편한 것 같았다. 이 모두가 갑작스런 일이었으며 진현이 바위에 상처를 낸 지 얼마 되지 않는 순간에 이 같은 일이 벌어졌다.

진현이 쓰러지자 그때서야 단순명은 진현의 곁에 다가와 말없이 그의 몸을 안았다. 그리고 바람과 같은 신법으로 곤륜산을 휘저었다.

이윽고 단순명의 시야에 작은 동굴이 들어왔다. 그러자 단순명은 지체없이 그 속으로 들어가 진현을 자리에 눕혔다.

이미 적지 않은 시간 동안 기거를 했는지 여러 가지 도구들이 존재하고 있었다.

사실 진현과 단순명이 이곳에 온 지도 이미 사 개월이 넘어가고 있었다. 청해성에서 두 달이라는 시간이 걸려 신강성(新疆省) 천산남로 서남쪽의 곤륜산맥(崑崙山脈)에 도착한 그들은 천산으로의 마지막 여행길을 떠나기 전에 이곳에서 진현의 검을 단련시키기로 하였다.

'도교 사상 사전'에는 이렇게 곤륜산을 이렇게 말하고 있다.

―곤륜산은 현재의 곤륜산계가 아니고 신화, 전설 속의 성산(聖山)이다.

대지의 중심에 위치하여 하늘의 기둥[天柱]이 되며 곤륜산에는 계층이 있어 처음의 양풍산(凉風山)에 오르면 죽지 않게 되고, 다음의 현포(懸圃)에서는 영(靈)이 되고, 상천(上天)에 다다라서는 신이 된다.

이렇게 오르는 데에 따라서 차츰 신영력(神靈力)이 높아져서 마침내 천상계의 상제와 교류할 수가 있다. 즉, 곤륜산은 우주의 축(軸)이고, 대지 생성의 기점(基点), 신물(神物) 생성의 모태이기도 하고, 불사수(不死樹)나 마시면 죽지 않는 물이 존재한다.

이처럼 곤륜산은 옛적부터 신들이 모여 사는 땅, 무수한 신선들과 영수(靈獸)들, 용과 천병(天兵)들이 수호하는 산으로 알려져 있었다. 그만큼 산 내에 영기가 가득하여 신선이 되고자 하는 이들에게 다시없을 성산이기도 한 곳이다.

그것을 알고 단순명은 이곳의 영기가 진현에게 조금이라도 도움이 될 것이라 믿으며 이곳에서 한동안 기거하기로 했다. 그러는 동안 진현은 대라천룡삼검을 수련하였고 단순명은 이것을 도와주었다.

그러나 진현의 무공으로서는 아직 대라삼검을 터득하기엔 무리가 있었고 매번 마지막 삼검에 가서 혼절하기 일쑤였다. 전신의 기가 아직 진현의 의도대로 따라주지 않기 때문이었다.

"음."

단순명의 기를 인도받아 정신을 차리게 된 진현은 단순명의 얼굴을 보지 못하고 고개를 숙였다. 단순명의 기대에 못 미치는 자신이 부끄러웠기 때문이다.

"운아, 백일창(百日槍), 천일도(千日刀), 만일검(萬日劍)이라 했다. 그만큼 검을 수련하기는 어려운 것이다. 아직 너는 검을 든 지 십 년도 되지 않았다. 그런데 뭐가 그리도 부끄러운 것이냐?"

단순명의 예기치 못한 따스한 말이 진현의 마음에 감동으로 다가왔다. 하지만 곧 이어 이어지는 말은 다시 진현의 고개를 숙이게 하였다.

"그런 네가 아직 수준에 맞지도 않는 삼검까지 펼치다니… 다시 한번 주화입마에 빠지고 싶은 것이냐?"

역시 왜 안 나오나 했어라는 표정이 진현의 얼굴에 역력했다. 이것을 보니 이런 경우가 한두 번이 아니었나 보다.

"그리고 제일초부터 넌 그 오의를 모르고 있다 해도 과언이 아니다. 이리 나오너라."

진현은 자리에서 일어나 단순명을 따라 동굴 밖으로 나갔다.

그러자 어느새 검을 든 단순명을 볼 수 있었다.

"아아……!"

자신도 모르게 감탄성을 내뱉는 진현이었다. 이제껏 제대로 검을 든 단순명을 보지 못했던 진현은 지금의 단순명이 이제까지 알고 있던 단순명으로 보이지 않았다.

검 하나로 인해 그저 중년의 무림인으로 보였던 그가 진현에게 진정한 천하제일검이 무엇인지 가르쳐 주는 듯했다.

"따라오너라."

단순명과 진현은 어느새 근처에 있는 폭포로 자리를 옮겼다.

"여기를 보겠느냐?"

단순명이 가리키고 있는 곳에는 폭포의 곁가지로 흐르는 작은 물줄기가 떨어지고 있었다. 수많은 세월을 말해 주듯 여기저기 작은 홈들이 패여 있었고 그 홈을 향해 물줄기는 끊임없이 떨어지고 있었다.

"이번에는 물을 한번 감싸 쥐어라."

진현은 단순명이 시키는 그대로 손을 뻗어 물을 잡으려 하였다. 그러나 어디 물을 잡을 수 있겠는가. 진현의 손에 물의 흔적만 남을 뿐 모두 흘러내리고 없었다.

"자, 이번에는 저 물속으로 들어가 보거라."

진현은 지체없이 단순명이 지시한 대로 물속으로 들어갔다.

폭포에서 떨어진 물은 이미 옛적부터 흐르던 대로 계곡을 따라 흘러가고 있었다. 진현이 있던 자리만큼은 어쩔 수 없지만 이내 진현의 옆을 비켜 나가 계곡으로 흘러가고 있었다.

"이제 나오너라."

진현은 아무 말 없이 계곡에서 나와 단순명 앞에 시립했다.

"이제 좀 알겠느냐?"

"예."

무엇을 알고 대답하는지는 모르지만 진현은 분명 '예'라고 대답했다.

"물이란 이런 것이다. 본래 물이란 형태가 없지. 그래서 어디든 흘러간다. 그러니 더 무서운 것이지."

단순명은 혼잣말처럼 말하고 있었으나 그것이 자신을 향하는 것이라는 것은 진현도 알고 있었다.

"저 폭포를 보아라. 그리고 그 밑에 패인 웅덩이를 보아라. 조금 전 보았던 그 작은 홈도 물이 파낸 것이다. 언뜻 보면 물이란 힘이 없어 보인다. 하지만 그 위력이 더해진다면 어느 것이든 파괴할 수 있는 것 또한 물이다. 우리는 흔히 수마(水魔)라는 표현을 한다. 알고 있느냐?"

"예."

홍수로 인해 전생에서 진현이 살고 있는 곳뿐만 아니라 중원의 여러 곳도 많은 피해를 입은 것은 널리 알려진 사실이다. 특히 장강의 범람으로 인해 근처의 많은 사람들이 인명을 잃고 모든 것을 잃는 경우는 매년 겪는 것이다.

"그처럼 물이란 알 수 없는 것이지. 잡을 수도 없으며 그 형태조차 알지 못하는 것이다. 그 물을 이 검으로 표현하고자 한다."

"음."

진현은 진실로 자신이 부끄러웠다. 대라삼검의 일초인 수류폭을 펼쳐 내면서 그저 폭 자 결을 운용하여 파괴력만 앞세우려 한 자신이 한심스러웠다.

"어떻게 한낱 검으로 물을 표현하겠느냐. 그리고 어찌 한낱 검으로 물의 힘을 가질 수 있겠느냐. 만 분지 일이라도 담아낸다면 그야말로 그는 진정으로 물의 힘을 이었다 할 수 있겠지."

단순명은 어느새 진현의 얼굴을 보며 말을 이었다.

"자신을 막는 것이 있다면 부러뜨리고, 그것조차 안 되면 비켜 나아가 그 목적을 달성하고, 상대의 방해조차 거부하는 이 모든 것이 수류폭에 존재하는 것이다."

단순명은 말을 마치고 나서 수중에 들고 있던 검을 들어 폭포를 겨누었다.

"대러삼검 제일초 수류폭."

나직한 목소리와 함께 단순명의 검이 움직였다. 복마검법의 태산압정(泰山壓頂)과 같은 움직임이었다. 하지만 그 위력은 천양지차였다.

단순명의 검에서 나온 푸른 강기는 일순간 폭포를 자르고 나아가 폭포 뒤에 숨겨진 바위까지 갈라놓았다.

아마 이 광경을 본 무림인이 있다면 놀라 자빠질 것이다. 그리고 외칠 것이다.

"거, 검강이다!"

라고 하며.

진현은 그 모습에 넋을 잃고 쳐다보며 말을 잇지 못했다. 한참이 지나고 단순명이 자신의 앞에 와서야 정신을 차릴 수 있었다.

"괭, 굉장하십니다!"

"아직 나 역시 수류폭의 진정한 의미를 모르고 있다. 나의 생각대로 물을 표현하였을 뿐이고 그것이 이렇게 결과로 나타난 것이다. 하지만 이것만은 알고 있다. 수류폭뿐만 아니라 제이초, 제삼초 역시 형태는 없다. 너도 계속해서 수련하면 알겠지만 언젠가는 너만의 초식이 나올 것이다. 알겠느냐?"

"예."

단순명의 가르침은 여기에서 끝나지 않았다.

"구주(九州)란 무엇이냐?"

구주(九州).

구주는 상고시대의 우 임금이 치수 후에 나눈 행정 구역으로 상서(尙書)에서는 구주가 익(翼), 연(兗), 청(靑), 서(徐), 양(揚), 형(荊), 예(豫), 양(梁), 옹(雍)이라고 하였다.

상서에서 말하는 익주는 지금의 하북성 남부와 산서성 동남부 일대이었으며 연주는 하남성 북부와 산동성 서남부 일대였다.

그리고 청주는 산동성 동부와 북부였다. 서주는 하남성 동남부와 안휘성 동북부, 산동성 남부와 강소성 북부를 말하는 것이었고 양주는 안휘성 남부와 강소성 중남부, 강서성 동부 절강성과 복건성의 지역이었다.

형주는 호남, 호북 양성과 하남 귀주, 광동, 광서 지역이었으며 예주는 하남성 남부 안휘성 북구 일대였다.

량주는 섬서성 남부, 사천성 동부 지역이었고 옹주는 섬서성과 감숙, 녕하의 지역이었다. 간단하게 말하자면 구주란 중원 전체를 말하는 것이다.

"구주란 곧 천하를 말하는 것이다. 그런 천하에 빛을 밝히는 것 또한 무엇을 의미하느냐?"

"……."

진현은 대답하지 못했다. 물론 그 해답을 알고 있었지만 알고 있는 것과 행하는 것은 다르기 때문에 대답하지 못하는 것이다.

"구주에서 빛이 난다 함은 곧 만등(萬燈)을 말하는 것이며 그것은 곧 그만큼 헤아릴 수 없을 정도로 많은 수(數)를 의미한다."

"예."

일반적으로 중원의 수에서 만(萬)이라 함은 극히 많은 수를 의미하는 것이지 그것이 정확히 숫자 만을 의미하는 것이 아니었다.

"나 역시 그 수많은 수를 이 검으로 표현하고자 한다. 보거라."

단순명의 검이 천천히 움직였다. 그리고 검이 지나간 자리에는 또 다른 검이 생겨나 그 자리를 메우고 있었다.

계속해서 불어나는 검들은 이내 단순명의 모습을 덮어버렸고 거대한 검탑(劍塔)을 만들었다. 하지만 멈추지 않으며 불어나던 검들은 한순간 사방으로 뻗어 나갔다.

팟!

진현은 일순간 자리에서 피해 순식간에 십 장 밖으로 물러났다. 하지만 여전히 자신을 짓누르는 검기의 여파에서 벗어나지 못했다.

단순명의 검들은 어느새 환한 빛이 되어 그 주위를 밝혔다. 그리고 그 빛이 지나가고 난 자리에는 모든 것이 사라졌다.

그렇게 계속될 것 같던 빛의 행진들은 어느새 어두워지더니 그 자취를 감추어 단순명의 모습을 그려내고 있었다.

"잘 보았느냐?"

"예."

"검의 경지에 검벽이라는 것이 있다. 수많은 검으로 벽을 만드는 것이지. 하지만 그것만으로는 부족하다. 검벽만이 아니라 검으로 태양을 만들어야 한다. 그리고 비추어야 한다."

꿈같은 말이며 상상으로 이루어진 말 같았다. 하지만 진현은 이미 그 실체를 보았기 때문에 전혀 그렇게 생각하지 못했다.

"자, 오늘은 이만하고 내일 다시 하자꾸나."

"예."

수련의 흔적들을 남기고 단순명과 진현은 그 자리를 떠나갔다.

"혁천운(赫天運), 더 이상 피해가지 못한다!"

혁천운은 자신을 향해 소리치는 금대위(金擡魏)를 보며 더 이상 도망갈 곳이 없다는 것을 알았다. 어찌 생각하면 지금까지 도망 온 것도 자신의 이름과 같이 천운이었다.

하지만 하늘의 도움도 여기까지였다. 지금까지는 일신의 기지로 이들의 마수에서 벗어났으나 이제는 막다른 골목이나 마찬가지니 죽는 수밖에 없었다.

'아, 무공을 익히지 않은 것이 후회가 되는구나. 이제 코앞인데 이렇게 무너져야만 하다니.'

"감히 금성과 작당을 하고서 살아남기를 바라느냐? 흐흐흐."

금대위는 혁가장에서 살아남은 마지막 생존자 혁천운을 보며 음흉한 웃음을 지었다.

"우리 혁가장은 절대 금성과 인연이 없는 곳이오! 어찌하여 그런 거짓 정보를 듣고서 이곳에 왔단 말이오!"

"하하하! 그런 말은 저승에서나 하거라. 감히 귀하신 이 몸을 이곳까지 오게 만든 죄만 하여도 너는 사분오시되어야 한다. 자, 이제 죽어줘야겠다!"

금대위는 자신의 애병인 마령도를 들어 혁천운의 목을 겨누었다.

"음, 아니지. 이런 녀석은 쉽게 죽으면 안 돼. 흐흐흐, 이것도 다 너의 복이니 고통마저 감수하거라. 그게 쉽지는 않겠지만 말이야. 하하하."

"윽!"

금대위는 순식간에 혁천운의 두 다리를 그어버렸다.

"아아악!"

혁천운은 전신을 맴도는 고통에 신음을 부르짖었다.

"이번에는 두 팔이다."

"그만 하시오!"

이제껏 가만히 있던 천산검객 낙일탁(落一卓)이 소리쳤다. 복마대가 결성하고 같은 조에 속해 있었던 그들은 서로의 사내다움에 반해 언제나 같이 행동하였다.

둘 다 정사지간의 인물이라 편협한 구석이 있어 손에 피가 마를 날이 없었다. 하지만 이번 경우는 낙일탁이 보기에도 심한 처사라고 생각되었다.

"왜 그러시오, 낙 형?"

"이미 죽은 목숨이외다. 그냥 곱게 보내주시오."

"흐흐흐, 이 녀석은 금성과 관계있는 놈이오. 이런 놈을 그냥 쉽게 보내주라는 거요?"

금대위는 낙일탁을 향해 소리쳤다. 자신의 생각을 굽힐 의사가 없다는 것을 의미했다.

"솔직히 말하면 혁가장은 금성과 아무런 관련이 없었지 않소. 다만 복마대의 행동에 의의를 제기하는 바람에 이렇게 멸문을 당한 것이 아니오."

"흐흐흐, 이거 왜 이러시나. 금성과 관련이 있든 없든 이제 이 녀석과 혁가장은 멸문이 된 상태요. 이제 와서 돌이킬 수도 없다는 말이오. 알겠소?"

금대위는 날카로운 눈으로 낙일탁을 쳐다보며 말했다. 그리고 다시 고개를 돌려 혁천운을 보았다.

"흐흐흐, 이제 와서 사실을 알아서 무엇 하겠느냐. 그냥 죽어줘야겠다."

"으으으……."

혁천운은 의식을 잃지 않았기에 지금까지의 대화를 모조리 들을 수 있었다. 너무나도 억울한 죽음이었다.

두 주먹은 너무 쥐어 손톱이 살 속으로 파고들었고 두 눈에서는 실핏줄이 터져 피눈물이 흐르고 있었다.

"이, 이 원수는 꼭 갚고야 말겠다! 내 혼을 팔아서라도 살려두지 않

겠다!!'

혁천운은 마지막 남은 힘을 모아 두 사람을 향해 소리쳤다. 이에 천산검객은 차마 보지 못하고 고개를 돌리고 말았다. 하지만 금대위는 혁천운의 말이 재미가 있는지 웃으며 반문했다.

"하하하! 내 혼을 팔아서라도 살려두지 않겠다고? 푸하하하! 가당치도 않는 소리를 하는구나. 네까짓 것이 무어라고 복수를 한단 말이냐? 하하하! 정말 생각 같아서는 그렇게 할 수 있는지 놓아주고 싶구나."

금대위의 말 한마디 한마디가 혁천운의 가슴속으로 파고들었다.

'아, 난 이제까지 도대체 무엇을 했다는 말인가. 그깟 진법이나 병법, 학문을 익히면 무엇 하는가. 정작 힘이 되지도 않는데. 참으로 원통하구나!'

혁천운은 하늘을 보며 울부짖었다.

"하늘이여, 어찌 혁가장에 이런 참변을 당하도록 내버려 두시나이까! 이 몸을 바치오니 부디 이들을 처단해 주십시오!"

혁천운은 절규했다. 그리고 이제껏 살아오면서 겪었던 추억들과 기억들을 하나둘씩 떠올렸다.

"흐흐흐. 그래, 그렇게 울부짖어라. 그래야 내가 너를 죽일 맛이 더나지 않겠느냐?"

그때였다.

"그 혼(魂) 내가 사면 어떻겠소?"

한쪽의 수풀이 헤쳐지며 두 사람이 서서히 모습을 드러냈다. 바로 진현과 단순명이었다.

"웬 놈들이냐?"

금대위는 소리를 치며 마령도를 치켜들었다.

"지나가던 길에 혼을 판다고 하여 이렇게 끼어들었소. 자, 얼마면 되 겠소?"

진현은 장난스럽게 혁천운에게 말을 던질 뿐 금대위와 천산검객은 안중에 두지 않았다.

금대위는 당장이라도 죽일 듯이 달려들려고 했으나 천산검객의 제 지로 인해 가만있었다.

"금 형, 제가 보기엔 저들은 만만치 않은 것 같소. 좀 더 지켜봅시 다."

"흐흐흐, 당신들은 어째서 우리들의 행사를 방해하시오? 이 녀석은 금성과 관련이 있는 놈이오. 그러니 괜히 화를 당하지 말고 가던 길이 나 가시오."

이 정도면 천산검객의 전음도 효과를 발휘했다 할 수 있다.

"하하하, 대협들의 말씀은 이미 들었소이다. 그러니 가던 길은 못 가 겠소."

진현은 호탕하게 웃으며 어깨를 펴고 대답했다. 비록 정의의 사자는 아닐지라도 불의를 보고 참는 성격은 아닌 그였다.

"자, 빨리 대답하시오. 당신의 혼 얼마에 팔겠소?"

혁천운은 점점 흐려지는 의식의 끈을 잡으며 진현을 쳐다보았다. 장 난처럼 말하는 그의 눈에 사기(邪氣)가 없는 것을 봐서 믿어도 될 것 같 은 생각도 들었다. 그리고 지금 이 상황에서는 밑져야 본전이 아닌가.

"혁가장의 복수를 해주시오. 그렇다면 내 혼이 아니라 내 몸을 팔아 서 그대의 종이 되겠소!"

혁천운은 다시 한 번 부르짖으며 금대위와 천산검객의 목숨을 원했 다.

"아니, 이 녀석이!"

혁천운의 말을 듣고 있던 금대위가 진현보다 먼저 반응하며 마령도를 내려쳤다.

깡!

하지만 그의 마령도는 진현의 검에 의해 제지되었다.

"흐흐흐, 꼭 권고를 마다하고 벌주를 마시려는 사람들이 있지. 자신이 잘난 줄 알고 말이야. 그래, 이왕 이렇게 된 것 너희들도 죽어줘야겠다."

이쯤 되자 천산검객이 가만있을 상황이 아니었다. 여차하면 진현보다 더 무서운 기를 내뿜고 있는 단순명에게 달려들 차비를 하였다.

하지만 단순명은 관심이 없는지 그저 진현의 모습을 지켜볼 뿐이었다.

'음, 저 중년인은 나로서는 감당이 안 될 고수인 것 같구나. 허어, 오늘은 어찌하여 길보다 흉이 많단 말인가.'

천산검객의 속마음과 달리 벌써 진현과 금대위는 손을 섞고 있었다.

마령도 금대위는 사실 지금의 진현으로서도 벅찬 상대였다.

그의 마령도법은 그야말로 일절(一絶)이라 불릴 만큼 강력한 도법이었으며 그는 항상 그만의 주관대로 행동하기 때문에 그의 도에 피가 마를 날이 없었다.

그런 그가 복마대에 속해 있는 것은 의외의 일이 분명한 것이다. 공동의 사회에 어울릴 만한 성격의 소유자가 아닌 그로서는 말이다.

마령도 금대위는 이렇다 할 겨를도 없이 바로 선제공격을 하고 있었다. 처음부터 끝장을 볼 듯 그의 도에서는 절초가 뿜어져 나오고 있었다. 바로 그가 자랑하는 마령팔식(魔鈴八式)이었다.

구르르르…….

악마의 방울 소리인가. 영롱한 소리를 내어야 마땅할 방울에서 괴이한 울음소리가 나왔다. 그리고 도의 속도에 가속도가 붙자 그 소리는 더욱 커져 갔다.

아마 그 괴성으로 많은 사람을 혼란에 빠뜨리게 하여 도에 피를 묻혔을 것이다.

"마환도(魔幻刀)!"

가히 마귀의 환영들이었다.

진현의 주위에 있는 마귀들은 금대위가 만들어낸 작품들이었으며 그것은 점점 진현을 향해 달려가고 있었다. 한순간도 경시하지 못하던 진현은 그 모습을 보자 더욱 긴장하여 자신도 절초를 펼쳐 냈다.

"선풍와해(旋風瓦解)!"

진현이 대라삼검을 배우기 전 익혔던 풍운십삼검(風雲十三劍) 중의 절초였다.

다수의 현천참마대원들을 맞아 수련하였던 것으로 지금 자신의 주위에서 자신을 노리는 마귀들과 싸우는 것이 같음을 안 진현이었기에 그 선택은 탁월한 것이었다.

과연 돌개바람처럼 회전력을 이용한 진현의 공격은 잠시지만 마환도의 위력을 감소시키기에 충분한 것이었다. 게다가 그 속에는 언제나 그렇듯 전사의 위력이 담겨져 있기 때문에 금대위로서도 상처를 입을 수밖에 없었다.

이에 금대위는 자신의 도를 다시 한 번 더 휘둘렀다.

하지만 처음의 공격과는 사뭇 다른 것이었다. 이상하게도 그렇게 울려 퍼지던 괴이한 방울 소리는 나지 않고 마귀들 또한 없었다.

"무영참(無影斬)."

진현의 눈에는 금대위의 도가 보이지 않았다. 분명 자신의 눈앞에서 뻗어왔는데 갑작스레 그 모습을 감춘 것이다. 이것은 오히려 마환도보다 더 무서운 것이다. 눈에 보이지 않는 적을 상대하는 것만큼 위험한 일은 없기 때문이었다.

그때 갑자기 왼쪽에서 급격하게 예기가 느껴졌다. 다급한 진현은 모양새가 이상한 것도 상관없이 바로 오른손을 짚어 몸을 돌려야만 했다.

취리릭.

방금 진현이 있던 자리에는 가느다란 선만이 있었다.

"헉!"

이것은 현천참마대원들과 하던 비무가 아니었다. 초식을 말하고 대련한다고 해서 모두 비무가 아닌 것처럼 진현과 금대위의 결전은 살벌함으로 주위의 공기가 팽팽해졌다.

하지만 진현은 이런 생각을 할 틈이 없었다. 계속해서 암중의 마령도가 손길을 뻗어왔기 때문이다.

진현은 이렇게 나가면 곤욕을 면치 못할 것이라는 것을 알고 있었다. 해서 계속 도를 아슬아슬하게 피하면서도 끊임없이 방법을 강구하였다. 하지만 정신이 흐트러지니 잘 생각날 일이 없었다.

'이런, 저 사람의 도가 어디에 있는지 어디서 오는지 알면 한결 수월한데.'

진현의 마령도의 위치를 파악하기 위해서 애를 써야만 했다. 하지만 쉽지 않았다. 오히려 잘못 추측하여 진현의 몸이 두 동강 날 뻔하였다.

'이럴 수가! 방법이 없다는 것인가? 내가 아직도 모자란다는 말인가!'

회의가 들었다. 솔직히 진현의 이번의 무도행에 많은 자부심을 가지고 출도하였다. 이미 많은 고비를 넘긴 적이 있는 진현인지라 자신의 무공에 대하여 자신감이 붙었었다. 게다가 단순명과의 수련으로 인해 하루가 다르게 일취월장한다고 생각한 진현이다.

　그런데 이게 웬일인가. 그렇게 자신하던 자신의 무공이 이곳에서 어이없게 깨지려 하고 있었다.

　게다가 금대위는 처음부터 자신이 경시하던 부류라 여기며 안중에도 두지 않았던 인물이다.

　이미 주위에 수없이 새겨진 도흔(刀痕)들이 그것을 증명하고 있었다. 하지만 진현에게도 방법이 없는 것은 아니었다.

　사실 그가 깨닫지 못하고 있었을 뿐 예전 그는 이런 일에 대하여 수없이 많은 훈련을 한 적이 있었다. 바로 관심법(觀心法)과 금강공(金剛功)의 이환결(移還訣)과 유화결(柔化訣), 탄공결(彈空訣)이었다.

　"내 안에 마음이 있고 내가 바로 나이며 빈 것에서 나를 만들어낸다. 형상은 무상(無相)과 다르지 않으며 무상은 형상과 다르지 않다. 형상이 곧 무상이며 무상이 곧 형상이다."

　"그래, 그건 나도 이해한다. 이게 보통 어려운 것이 아니지. 자신의 몸으로 하는 것인데 남의 것처럼 행동한다… 쉬운 일은 아니야. 하지만 이걸 네가 해낸다면, 조금 전에도 말했지만 넌 세상에서 가장 침착한 눈을 가지게 되는 것이다. 그리고 부가적으로 네 몸에 일어나는 고통을 그저 방관자의 입장에서 볼 수 있다면 그 고통조차 무시할 수 있겠지."

진현은 몇 번의 위협을 받고서야 헌원당의 말을 떠올릴 수 있었다. 아니, 사실 진현이 자각하지 못하고 있었을 뿐 그의 몸에서는 벌써 관심법이나 금강공이 자연스럽게 일어나고 있었다.

수없는 반복 훈련으로 통한 조건 반사나 마찬가지이기 때문이다. 진현이 헌원당의 도를 무의식적으로 피할 수 있었던 것도 이것으로 인한 직감이었던 것이다.

진현이 이렇게 된 것에는 그동안의 수련이 실전이 아닌 말 그대로 수련으로 이루어져 있다는 것에 기인했다. 그것이 단순명의 도움을 받았다고 해도 차이는 없었다.

자신만의 수련으로 인해 극도의 집중력은 발전한지 모르는 일이나 긴장감이 전보다는 감소된 것은 사실이다. 더구나 관심법 같은 경우 그 끝을 알 수 없는 수련이기 때문에 계속해서 그 감각을 유지하도록 해야 하는 것이다. 그냥 이 정도 익혔으니 이제부터 하지 않아도 된다라는 것이 아니었다.

모든 무공이 마찬가지이겠지만 관심법의 경우는 기술이나 육체적인 것보다는 감각을 최대한 살리는 것을 기본으로 하는 것이기 때문에 조금만 소홀히 해도 도로 아미타불이 되는 것이다.

어느 정도의 시험이 끝난 진현은 차분히 마음먹고 관심법을 몸으로 행하려 하였다.

전신의 오감(五感)은 일감(一感)이 되어 진현의 곁에 머무르다시피 했고 그 감각은 닫혀져 있던 진현의 모공을 열어젖혔다. 그리고 그 통로를 통해 대기의 흐름을 읽으려 하였다.

눈을 뜨든 감든 진현의 눈 속에는 자신을 중심으로 하여 일대를 모식도와 같이 그려 나갈 수가 있었다. 하지만 진현의 상태는 여전했다.

언제 어디서 자신을 공격할지 모르는 마령도의 공격으로부터 피하기만 했을 뿐이다. 그러나 진현은 그 속에서 천천히 맥을 잡아갔다.

처음에는 아주 큰 맥이었다. 그저 뭉쳐 놓은 것 같은 그 맥은 서서히 그 모습을 찾아가려 하였다. 거대한 산맥에서 능선을 따라 세세한 골짜기와 산을 이루는 것처럼 그 맥은 안개에 싸여 있는 것처럼 흐릿하던 자신의 모습을 진현에게 보여주려 하였다.

마치 새색시가 시집을 와 자신의 낭군에게 부끄러워하듯이 진현은 그 맥을 아주 천천히, 그렇지만 결국은 볼 수 있었다.

'찾았다!'

진현은 계속해서 그 맥을 주시하고 있으면서 오른손에 들린 검에 힘을 주었다. 하지만 기실 전신의 대부분의 기는 왼손에 집중된 상태였다.

진현의 검은 서서히 원을 그려갔다. 마치 아무도 없는 공간을 향하여 홀로 연습을 하듯 그의 움직임에는 거침이 없었다. 하지만 마령도는 잠시도 진현의 곁에서 떨어지려 하지 않았다.

팟!

맥이 움직이고 있었다. 그 맥은 가만히 다가와, 하지만 화살이 무색할 정도로 빠르게 다가와 진현의 왼쪽에서 빛을 발하고 있었다. 마령도가 진현의 옆구리를 스치며 지나가고 있었다. 하지만 진현의 검은 그것과는 상관없이 계속해서 원을 그리고 있었다. 마령도가 다시 움직이려 하였다. 이번에는 위에서 발견이 되었다.

'이때닷!'

진현은 원을 그리고 있던 자신의 검을 방향을 틀었다. 하지만 그것은 팔을 이용해 방향을 바꾼 것이 아니라 몸 전체를 틀어 만들어진 것이었다. 그것은 너무나도 자연스러워서 마치 마령도와 진현이 짜고 만들어내는 것 같았다.

창!

마령도가 무영도를 시전한 이후 처음으로 진현은 마령도를 막아냈고 처음으로 검과 도가 마주칠 수 있었다. 하지만 그것도 잠시 마령도는 급격히 자신의 모습을 감추기 시작했다. 다시 한 번 기회를 노리는 듯.

하지만 그럴 수가 없었다. 이미 처음부터 원을 그리며 검 속에 회전력을 준 경력은 진현이 운용한 전사에 의하여 더 큰 힘으로 마령도를 죄어들었다. 다만 원의 크기가 작아졌을 뿐이며 계속해서 진현은 원을 그려 도를 묶어두었다. 하지만 처음의 부딪침 이후 도와 검은 한 번도 부딪치지 않았다.

진현은 여기서 마령도가 풀려나면 다시는 못 찾는다는 듯 마령도를 풀어주려 하지 않았다.

이것은 마령도 금대위로서도 당황할 수밖에 없는 결과였다. 자신의 도가 피를 먹기 시작한 이후 이런 경우는 처음이기 때문이었다.

'아, 오늘의 깨달음이 이렇게 도움이 되는구나.'

그랬었다. 진현의 지금의 검법은 대라천검의 제일초인 수류폭을 응용한 것이다.

상대방의 공격은 무마시키면서 자신의 공격은 상대방에게 다가갈 수 있도록 진현은 마령도를 제압하려 했다. 하지만 언제까지 그것만으로 할 수는 없는 것이다. 그리고 그의 왼손에는 만반의 준비가 되어 있었다.

마령도는 서서히 빛을 잃어가고 있었다.

무영도로서 그 특성이 없어지고 그림자가 잡혔다는 것은 그 의미가 없다는 것이었다. 하지만 마령도의 빛이 없어지지 않았다.

바로 그만이 할 수 있는 비장의 무기가 있기 때문이다.

마령도의 방울 소리가 다시 살아나려 하고 있었다.

사실 마령도가 마령도라고 붙여진 이유는 방울이 있어서가 아니었다. 마령도의 생김새는 언뜻 보면 구환도와 비슷하였다. 하지만 구환도의 특징인 고리는 없고 대신 구멍만 있을 뿐이었다.

마령도는 그 구멍 사이를 통해 공기의 유입을 가지고 소리를 내는 것이었다. 마치 방울 소리를 낼 만큼 빠른 속도를 내기 때문에 상대방은 피할 정신도 없는 것이다. 그것이 바로 마령도가 이제껏 무사할 수 있었던 비밀이기도 했다.

그 방울 소리가 다시 살아났다는 것은 마령도의 힘이 되살아난다는 것을 의미하는 것이었다.

그것을 아는 진현은 만반의 준비를 하였다.

"폭마도(爆魔刀)."

진현의 검에 묶여 있던 마령도는 한순간 폭발하듯 터져 나왔다.

말 그대로 폭마도였다.

한순간 폭발하듯 펼쳐지는 마령도는 진현의 원을 부숴 버리는 듯했고 또한 실제로 그 틈을 이용해 빠져나올 수 있었다. 마치 우리 안의 사자가 우리를 탈출하고 조련사를 노리는 듯 진현의 목을 노리고 있었다.

이에 진현은 서서히 준비를 했다. 왼손에 집중된 기는 왼손의 검지에 모여들었다. 그리고 검지의 끝에 작은 방울이 생기듯 그 기들은 집약되기 시작했다.

그것을 알고 있다는 듯 마령도는 진현이 준비하려는 틈도 주지 않으려 빠르게 나아갔다.

하지만 진현의 준비는 끝나고 난 뒤였다.

"탄(彈)."

펑!

진현의 일양지(一陽指) 중 탄 자 결(彈字訣)이 세상에 빛을 발휘하는 순간이었다.

현철(玄鐵)은 아니지만 그 못지않은 강도를 가진 마령도도 이 순간은 할 수가 없었다. 엄청난 선천진기 앞에서는 단순한 무기의 강도는 의미가 없어지는 것이었다.

폭음이 터지고 난 뒤 두 사람은 마치 아무 일도 없었다는 듯 자리에 가만히 서 있었다. 낭패한 차림의 진현과는 달리 아무 이상이 없는 마령도는 한눈에도 그가 우세인 것 같았다.

하지만 그것이 아니었나 보다. 금대위의 입에서는 선홍색의 피가 가늘게 흘리고 있었다. 그만큼 내상이 엄중하다는 말이었다.

하지만 진현 역시 정상은 아니었다. 단순명으로부터 많은 도움을 받으며 일양지를 익혀왔지만, 세가의 신공이라 불리는 것을 익힌 지 일년도 안 된 진현이 완벽하게 터득하기엔 어불성설이었다.

하지만 진현은 자신의 약한 내색은 하지 않고 무심한 눈으로 금대위를 쳐다보았다.

털썩.

이미 승부가 나 있었던 그들의 싸움은 진현의 승리로 돌아갔다. 그 결과로 금대위는 바닥에 혼절해 있었다.

이를 본 진현은 큰 숨을 들이쉬며 내기를 다스린 후 남은 천산검객을 쳐다보았다.

"그대도 나와 겨루겠소?"

천산검객으로서는 진퇴양난이었다.

이미 결과는 난 상황에서 혁천운을 살려두고 가자니 자신의 명성에 금이 가는 소리였다.

천산검객의 경우 중원에서도 그 이름이 유명한 검객이었다.

잊혀져 가는 천산파(天山派)의 문인이었던 그는 희대의 기연을 얻는 바람에 절정의 검객이 될 수 있었고 강호의 명숙(名宿)으로 이름을 높일 수 있었다.

이런 그인지라 한낱 애송이에 불과한 진현이 무서워 도망갔다는 것이 알려지면 강호에 얼굴을 들고 다니지 못할 것이라는 것을 잘 알고 있었다.

"좋다. 나 낙일탁, 적이 두려워 물러설 사람은 아니다. 그런데 한 가지 물어볼 것이 있다."

"무엇이오?"

"그대는 천하제일가의 사람인가?"

천산검객은 그의 풍부한 식견으로 진현이 마지막에 사용한 지법이 일양지임을 간파하였다. 탄지신통(彈指神通)이 실전된 지금 저런 위력을 나타낼 지법은 일양지를 제외하고는 없었다.

"그렇소."

진현은 그의 말에 부정하지 않고 시인했다.

"어찌 천하제일가의 사람이 금성과 관련된 일을 방해한다는 말이냐?"

"하하하, 당신도 저 사람처럼 우기고 싶은 것이오?"

"음."

천산검객은 변명이 통하지 않음을 알고 검을 손에 들었다. 그렇지만 아무래도 이번 일이 끝나면 강호에서 은퇴를 해야 할 것 같다고 막연히 생각했다.

"그렇다면 할 수 없구나."

진현은 잠시 운기한 것으로 만족하며 천산검객과의 비무를 시작하였다.

과연 천산의 명숙답게 그의 검은 수시로 진현을 위협하고 있었다. 천산은 지리적 요소로 인해 중원의 검식과는 다른 점이 많았다.

그것은 공동파의 검식이 괴이한 것과 같은 이치였다. 그리고 그 독특한 검법으로 많은 외침을 막아냈고 특유의 자부심을 가지고 이어오던 문파였다. 하지만 그런 천산파는 누적되는 피해를 감당하지 못하고 문파를 봉해야만 했다. 그런 천산파의 마지막 문도가 바로 천산검객이었다.

천연으로 인해 기연을 얻을 수 있었던 천산검객은 자신이 얻은 비급에서 검법을 골라 천산검법과 결합시켰다. 그리고 부단한 노력과 많은 세월이 지나고 나서야 강호에 등장할 수 있었다.

하지만 이미 마령도와의 일전으로 피로하기보다는 서서히 감각을 되찾아가는 진현이었기에 어렵지 않게 그를 막아낼 수 있었다.

창!

검과 검이 부딪치자 많은 검명(劍鳴)이 울려 퍼졌다.

아직 본신의 절초를 펼쳐 내는 것보다는 탐색전을 하고 있었던 그들인지라 그들의 검에 내기(內氣)는 실리지 않았다. 하지만 초식만으로 본다면 단연 천산검객이 돋보였다. 그의 오랜 경륜에서 오는 임기응변

과 초식에 구애받지 않는 검식(劍式)은 오늘날의 그를 만들어준 일등공
신이었다.

두 사람의 국면은 서서히 본격적으로 흘러갔다. 서로의 대한 장단점
을 일단 생각해 둔 것 같았다.

"이번부터의 공격은 조심하셔야 할 것이다."

천산검객은 말을 마치자 검봉(劍鋒)을 바닥에 닿게 하였다. 마치 결
전을 포기하려는 사람 같았다.

하지만 곧 그것이 아니라는 것을 알게 해주었다. 천산검객은 천천히
바닥에 검으로 그으며 진현을 향해 걸어갔다. 천천히 걸어감에도 불구
하고 그의 검에선 불꽃이 튀었다. 그것은 그만큼 검에 그의 내력이 실
렸다는 말이었다.

"천지붕단(天地崩斷)."

강력한 검기(劍氣)와 함께 공기마저 찢어지는 듯했다. 진현은 감히
맞설 생각을 하지 못하고 신법을 펼쳐 피했다.

가히 무서운 일격이었다. 하지만 이에 질 수 없다는 듯 진현 역시 절
초를 펼치려 하였다.

"유하부절(流河不切)."

이것은 지난날 현천참마대주였던 마각의 풍평장을 검법으로 펼친
것이었다. 비록 그 속의 오의를 모르고 펼친 것이나 물이 흐르듯 이어
가는 진현의 검법은 천지붕단이라는 절초를 펼치고 난 그 잠시의 틈을
이용하여 펼쳐진 것이기에 아주 적절한 공격이었다. 뿐만 아니라 유하
부절이라는 초식은 끊이지 않는 물을 말하는 것과 같이 공격이 끊이지
않는 것이었다.

바로 연환(連環)을 말하는 것이었다.

완만한 원을 그리며 천산검객의 옆구리를 노리던 검은 어느새 사라지고 한 바퀴 몸을 돌리다가 왼 뒷발을 날린 공격은 천산검객의 가슴을 철렁하게 하였으며 갑자기 몸을 뒤집어 이어지는 검은 천산검객으로 하여금 그 많은 경험과 뛰어난 임기응변에도 불구하고 다급하게 만들었다.

하지만 천산검객의 노련함은 이때 빛을 발휘하였다.

진현의 연환 공격에 못 이기는 척 틈을 내주니 진현은 금세 그쪽을 향해 손을 뻗어가고 있었다.

풍평장의 특징처럼 겉으로는 부드럽다고 하나 그 속에는 이미 수류폭의 구결을 어느 정도 이해한 진현의 어마어마한 경력이 숨어 있기 때문에 천산검객은 진현의 검이 아직 닿지도 않았는데 그 풍압을 느낄 수 있었다.

아마 이대로 간다면 일부러 틈을 보인 것이 그의 패배로 이어질지 모르는 일이었다.

하지만 곧 그 역시 절초를 사용해 진현을 위협할 수 있었다.

자신의 오른쪽 어깨를 향해 날아오는 진현의 균형을 없애기 위해 검을 뻗어갔다. 그런데 그 검은 마치 요술 봉처럼 그 길이가 늘어나는 것이었다. 자세히 보니 그것은 천산검객의 검이 바로 그의 손가락으로 지탱되어 있는 것이었다.

손으로 잡은 것과 손가락으로 지탱하는 것은 별로 차이 나지 않는 것 같아도 고수의 다툼에는 한 치가 승부를 좌우하기 때문에 엄청나다 할 수 있었다. 게다가 손가락으로 무거운 검을 지탱하기 위해서는 그 지력(指力) 또한 뛰어나야 함은 말할 것도 없었다.

진현은 다시없을 기회가 아쉬웠다.

이제 조금만 검을 뻗으면 천산검객의 어깨는 그 기능을 못할 것인데 그러면 자신의 다리 또한 성치 못하기 때문이었다. 진현은 할 수 없음을 느끼고는 몸을 뒤로 빼내야 했다.

그야말로 숨 쉴 틈 없는 일진일퇴였다.

진현은 잠시 숨을 몰아쉰 뒤 다시 한 번 검을 날렸다. 한번 잡은 승기를 놓치기 싫음이었다.

"소탕군마(掃蕩群摩)!"

진현은 천군의 장수였고 천산검객은 마귀인 것처럼 진현의 검은 천산검객의 몸을 향하여 빠르게 휩쓸어갔다.

하지만 천산검객은 마귀가 아니었고 당연히 초식의 이름처럼 소탕될 리가 없었다. 털어버리듯 공격하는 진현의 검에 이미 혼쭐난 뒤에는 그의 검이 매우 신중해졌다.

"풍사망망(風沙莽莽)!"

마치 천산의 바람을 재연한 것처럼 천산검객의 검은 이리저리 검풍을 만들어냈다. 그리고 그 속에 자신의 검을 숨겨 버렸다. 아니, 다량으로 복제한 것이다.

하지만 단순명이 펼쳤던 구주황과 차이가 있었다.

그러나 차이가 있더라도 수많은 검이 진현을 노리고 있는 것은 사실이었다. 마치 마령도 금대위가 펼친 마환도(魔幻刀)처럼 비슷한 구석이 있었다.

하지만 그 속에 담긴 오의는 격이 다른 것이었다.

바로 환검(幻劍)과 산검(散劍)의 차이였다.

실제로 천산검객이 만들어낸 검들은 그 하나하나가 다 진짜였다. 한 개만 진실이고 나머지는 환영일 수밖에 없는 환검과는 다른 것이었다.

산검의 무서움은 그 빠르기에 있었다. 하나하나의 검을 모두 진실되게 하려면 엄청난 속도로 일일이 펼쳐야 하는 것이기 때문이다. 하지만 이렇게 강력한 위력을 자랑하는 산검 역시 피할 수 없는 약점이 있었다. 그리고 진현은 그것을 잘 알고 있었다.

'산검은 다수의 검이 진짜이니 모두를 피해야 하나 그 속에 담긴 힘은 약할 수밖에 없다.'

그렇다. 일일이 하나하나를 만들어내기 위하여 속도를 빠르게 하다 보니 그 안에 자신의 힘을 다 실지 못하는 것이었다.

진현은 산검이 펼쳐진 초식 사이로 빠져들며 검과 검의 결을 찾아갔다. 이미 진현의 몸에는 관심법(觀心法)으로 인하여 모든 오감이 개방되어 있기 때문에 결을 찾기란 그리 어려운 것이 아니었다. 그리고 그 결 속에서 그는 이제껏 제대로 펼쳐 보이지 않았던 검법을 선보였다.

"수류폭(水流爆)."

누가 보잘것없는 청강검에서 저런 위력이 나온다고 믿겠는가.

천산검객은 자신의 눈으로도 믿어지지 않는 현실이 펼쳐지고 있음을 느꼈다. 진현의 검에서 모습을 드러낸 거대한 검기는 주위에 펼쳐진 천산검객의 검을 차례로 부러뜨리고 급기야 천산검객을 향하여 천룡과도 같이 다가왔다.

이에 천산검객은 신법을 펼쳐 다급히 피하려 하였지만 자신의 턱 밑까지 따라온 진현의 검은 잠시도 틈을 주지 않았다.

그리고 결국 천산검객을 향하여 검은 자신의 임무를 마치려 하였다.

"헛!"

천산검객은 헛바람을 삼키며 자신의 검을 놓을 수밖에 없었다. 하지만 그렇게도 자신을 괴롭히던 진현의 검은 그 순간 없어졌다. 다만 자세를 마친 진현이 서 있을 뿐이었다.

"졌다."

천산검객은 조용히 자신이 놓은 검을 집어 들었다. 그리고 혼절해 있는 금대위를 들쳐 메고 서서히 떠나갔다.

"휴우."

진현은 긴 한숨을 내쉬었다.

"아, 저 사람은 그리 사악하게 보이지 않던 사람인데. 이것으로 해서 그의 일생에 치명적인 흠집을 내버렸구나."

진현 역시 강호의 생리를 어느 정도 알고 있었다. 여러 가지 이유로 해서 흠집이 나버린 그의 명예는 돌아오지 않으며, 그 역시 강호에서 자취를 없앨 것이라는 것은 추측할 수 있는 것이다. 그것이 강호의 생리인 것을 어찌하겠는가.

"윽!"

이때 진현의 귀로 신음 소리가 들려왔다.

"아, 이보시오. 정신이 좀 드시오?"

하지만 출혈이 심한 혁천운은 정신을 잃은 지 오래였다. 다만 무의식 중이라도 고통으로 신음을 흘리는 것은 참을 수 없나 보다.

"이런, 안 되겠군. 숙부님, 이 사람을 동굴로 데려가야겠어요."

"음, 네 마음대로 하려무나."

단순명은 진현을 묘한 눈빛으로 쳐다보더니 신형을 돌려 먼저 걸어 갔다. 진현은 그 뒤를 따라갔다.

제24장

뜻밖의 소식

 뜻밖의 소식

"음……."

혁천운은 반개한 눈을 들어오는 불투명한 사물에 집중하였지만 들려오는 목소리만이 그를 반겼다.

"이제 정신이 좀 드시오?"

"아!"

혁천운은 그제야 기억이 났다. 마지막으로 정신을 잃기 전 한 젊은 청년이 자신을 위해 금대위와 결전을 한 것까지 어렴풋이 기억났다.

"이제 정신이 드시오?"

진현은 다시 한 번 물었다. 눈이 반쯤 뜨여진 것을 보니 의식은 돌아온 것으로 여겨졌다. 하지만 신음만 낼 뿐 아무런 말이 없자 아직 제대로 사고하기엔 무리가 있는 것으로 보였다.

"아직 정신까지 돌아오진 않았군. 좀 더 있어야겠구나. 그럼 난 다

시 수련이나 할까?'

진현은 혁천운을 두고 등을 돌려 동굴 밖으로 나가 버렸다.

'아, 가버렸구나. 그나저나 여기는 어디지?'

아직 사물이 완전히 보이지 않는 그는 이곳이 어디인지 궁금해했다. 하지만 그것도 잠시, 밀려드는 수마(睡魔)를 이기지 못하고 다시 잠의 세계로 빠져들었다.

"음……."

단순명은 진현이 오는 것을 보면서도 가타부타 말을 하지 않았다. 어차피 자신은 이번 일에 방관자로 나선 몸. 이제 와서 끼어들기도 어색한 일이다.

진현은 다시 자리를 잡고 앉아 운기행공을 시작했다.

과연 곤륜산은 영기(靈氣)가 가득 차 있어 진현의 몸 곳곳에 자리를 잡으며 운공을 도와주었다.

이미 삼양천잠공은 적양(赤陽)의 단계를 넘어 청양(靑陽)의 단계에 있었기 때문에 많은 화기가 진현의 몸속으로 들어올 수 있었다.

게다가 금단태극선공으로 인해 늘어만 가는 양기로 조화를 이루기 위해 스스로 음기까지 받아들이고 있었다. 결국 그 말은 진현의 의식은 양기를 늘이고 있지만 실질적으로는 음기까지 같이 늘어나고 있다는 말이다.

특히 오화지음쌍환(午火至陰雙環) 중 지음은 그 역할을 톡톡히 했다. 그야말로 남천일주(南天一柱)의 보배다운 일이다.

진현의 몸속에 자리하고 있는 대약, 즉 내단은 그 크기를 늘여가니 이것은 곧 연기화신(練氣化神)을 의미하는 것이다. 게다가 이제 곧 양신(陽神)을 만드는 수준까지 이르렀으니 죽은 천선자가 안다면 크게 기뻐할 일이었다.

양신을 만들 수 있다 함은 양신을 단련하여 시간과 공간을 초월토록 하고 마지막에는 육신과 양신을 동일한 상태로 끌어올리는 연신환허(練神還虛)에 도달할 수 있기 때문이었다.

언제나 타인과 결전을 벌일 때 몸속에서 움직이며 금왕기(金旺氣)와 함께 조화를 이루는 선천진기들은 진현의 내단에서 뿜어져 나오는 것이다.

지금은 비록 그 크기가 크다라고 말할 수 없지만 이런 속도라면 얼마 가지 않아 엄청난 양의 선천진기를 가질 수 있을지도 몰랐다.

그야말로 만년오공이나 금구(金龜)의 내단처럼 될지도 모른다는 말이다.

이것은 대기의 흐름을 느끼는 단순명에게까지 전달해 왔으며 그 역시 이런 진현의 성과에 놀라지 않을 수 없었다.

일찍이 진현의 경우처럼 특별난 일도 없었으며 또한 빠른 시일 내에 이토록 많은 성과를 올린 이도 없었기 때문이다.

하지만 이것으로는 신검을 펼치기에 턱없이 부족했다. 그는 진현이 이루어야 할 것이 아직도 멀고 험하다는 것을 알고 있었다.

물론 진현이 아직 사용 방법을 몰라 호신강기나 검강을 활용하지 못할 뿐이지 언젠가 깨달음만 온다면 진현 역시 사용할 날이 올 것이다.

물론 그 깨달음이 쉽지는 않겠지만.

그렇기에 자신의 역할이 더욱더 중요하다라고 생각하는 단순명이었다.

이제 서서히 진현을 감싸고 있는 붉고 투명한 기운들이 거두어지고 있었다. 진현의 운공이 막바지에 이르렀다는 것이다.

그러기를 일 다경.

진현은 마지막 남은 정기를 흡수하고는 두 눈을 떴다.

"아⋯⋯."

상쾌하리만치 개운한 몸의 변화에 진현은 감탄을 하며 자리를 박차며 일어섰다. 역시 하루가 다르게 단전의 힘은 변화하고 있었다.

문득 전에 있었던 금대위와 낙일탁과의 대결이 생각났다.

어떤 이유에서인지 모르지만 그들과의 대결 한 장면 한 장면들이 생생하게 진현의 머리 속에서 떠올랐다.

그리고 그 속에서 자신의 작은 허점들이 보이기 시작했다. 마치 제삼자가 되어 두 사람의 대결을 지켜보고 있는 것 같았다.

'이런, 이런. 저 때는 검을 이렇게 휘둘렀어야지. 바보 아냐?'

진현은 손짓을 해가며 생각을 했다.

'허어⋯ 저런, 저런. 저러니 칼에 맞지.'

진현은 여기저기 지적되는 허점들을 꼬집으며 자신이 행동을 취하면서 바로잡아 갔다.

'그래, 그때는 그렇게 하는 게 옳지.'

갑자기 시작된 이 행위는 진현에게 신선한 재미를 주며 시간 가는 줄 모르게 하였다.

현재 진현이 아무렇지 않게 느끼며 즐기는 이 상황은 진현의 무공에 있어서 아주 중요한 의식이었다.

이렇게 한순간 찾아온 깨달음이 진현을 향해 어떤 도움으로 변할지 모르는 일이다.

깨달음이라는 것이 형태가 없어서 어떤 사물을 보든지, 아니면 깊은 생각 끝에 찾아오는 것은 아니었다. 그것은 어느 순간에 찾아올지 모른다는 말이다.

비록 진현은 지난 기억 속에서 자신들의 허점을 찾으며 즐기고 있지만 이것은 진현에게 커다란 공부가 되는 것이다.

자신이 모르던 허점들을 찾는다는 것만큼 어려운 일이 어디 있겠는가.

한 번의 실전으로 진현이 너무도 많은 것을 얻을 수 있는 걸 보니 이 또한 진현의 복이라 할 수 있었다.

그리고 또한 앞으로의 행로에 길잡이가 될 것이기도 했다.

단순명 역시 이것을 알고 있었다. 하지만 진현의 의미없는 손짓과 발짓들이 진현이 의식하지 못하는 상황에서 벌어진다는 것을 알곤 가만 놔두었다.

여기서 진현을 잘못 건드리기라도 한다면 자칫 주화입마라는 화를 부를 수도 있기 때문이었다.

"음… 운아가 벌써 이런 경지에 올랐단 말인가?"

깨달음이란 그 시기가 불분명하다 하나 아무에게나 오는 것이 아니다. 마치 준비된 사람에게 찾아오는 복이라 할 수 있었다.

그 말은 즉, 진현의 단계가 어느 정도 올라 한계에 도달했다는 뜻이다. 그리고 진현은 그 한계를 이번 깨달음으로 인해 넘어서 또 다른 단계로 다가가려 한다는 뜻이기도 했다.

단순명은 이제부터 진현의 수행에 보다 세밀한 계획이 필요하다 느꼈다.

이미 일양지와 대라삼검은 완벽하지는 않지만 어느 정도 숙달을 하고 있고, 삼양천잠공 역시 하루가 다르게 그 위력을 달리하고 있다라는 것을 알고 있는 단순명이다.

이제 남은 것은 그 오의를 확실하게 수련하여 신검의 자격을 만드는 일뿐이었다.

비록 수련이 끝난다 하더라도 자신의 경지에까지 오려면 많은 세월과 많은 실전을 필요로 하겠지만 성장 속도만큼은 누구보다도 빠르다고 생각했다. 이대로라면 제이의 검황이 되는 것도 꿈이 아니라 생각했다. 그러나 그것을 표현하지는 않았다.

오히려 더욱 엄하게 가르칠 거라고 다짐하는 그였다.

이런 그를 뒤로하고 진현은 계속해서 어느덧 시간이 흘러 하늘에 떠 있는 달을 벗 삼아 춤을 추고 있었다.

"그래서 어찌 되었다는 말씀이오?"

진현은 다급히 혁천운에게 물었다.

"이번 복마대로 인해 금성과 관련이 있다고 여겨지는 문파들은 대부분 멸문하였습니다. 사마세가 역시 그 범위에서 벗어나지 못했습니다."

"아……."

진현이 혁천운을 구한 본래의 목적은 바로 이것이었다. 이미 복마대의 활약을 알고 있지만 자세한 경위를 모르는 그인지라 누구보다도 사마세가의 안위가 궁금했다.

하지만 들려온 결과는 결국 멸문이었다.

"그렇다면 생존자도 없다는 말씀이오?"

진현은 다시 한 번 기대를 가지고 다급히 물었다.

"음… 모르겠습니다. 저 역시 쫓기는 몸이라 그것까지는 모르겠지만 멸문당한 문파치고 살아남은 사람이 없는 것은 일반적인 사실입니다."

털썩.

진현은 두 손을 짚으며 바닥에 주저앉고 말았다. 너무도 충격적인 소식이었다. 자신이 이토록 맹진하는 이유가 무엇 때문인데… 그 동기가 되는 사마세가가 멸문을 하다니.

있을 수 없는 일이었다. 아니, 믿고 싶지 않았다.

"하지만……."

"하지만 뭐요?"

진현은 하나라도 더 알고 싶어 혁천운을 닦달했다.

"아, 이것 좀 놓고 말하게 해주시겠습니까?"

"아… 미안하게 되었소. 자, 말해 보시오."

진현의 손이 어느새 혁천운의 옷깃을 잡고 있었다. 그리고 그것이 혁천운의 상처를 건드렸나 보다.

혁천운은 미간을 찌푸리며 말을 이어갔다.

"확실하지는 않지만 듣기로 사마화련은 암중의 인물로부터 구원을 받았다고 합니다. 하나 강호의 소식이란 워낙 와전된 것이 많아서 믿을 것은 못 되죠."

"아."

듣던 중 반가운 소리였다.

하지만 확실하지는 않기에 걱정되기는 매한가지였다.

"그 암중의 인물이 누군지 아시오?"

"제가 그걸 어떻게 알겠습니까, 제 코가 석자인데. 하지만 듣기로는 그자의 무공이 아주 뛰어났다고 합니다. 그러니 많은 고수들 틈에서 그녀를 구할 수 있지 않았겠습니까?"

진현은 당장이라도 사마세가로 향해 달려가고 싶었다. 그리고 확인하고 싶었다. 그녀의 시체가 있다면 그것을 수습하고 싶었다.

만약 그녀의 시체가 없다면 혁천운의 말대로 고인의 도움으로 빠져나갔을지 모르는 일이다. 진현은 어떤 소식이든 확실하게 알고 싶었다.

하지만 그것은 생각일 뿐 그럴 수 없기에 더욱 답답했다.

이렇게 실의에 빠진 진현을 향해 혁천운은 갑자기 성치 않은 몸을 일으켜 절을 했다.

"아니, 이게 무슨 짓이오?! 빨리 누우시오. 것 보시오, 상처에서 다시 피가 나지 않소."

진현은 호들갑을 떨며 그의 환부에 붕대를 새로 감아주려 하였다.

"주군, 노복은 이미 주군의 종이 되리라 생각하였습니다. 지금까지 무례했던 점 너그러이 용서해 주십시오."

"아니, 그게 무슨 말씀이시오?"

진현은 눈을 동그랗게 뜨며 반문했다. 갑자기 변한 혁천운의 모습에 뭐가 뭔지 정신이 없을 지경이었다.

"전 주군께 제 몸과 혼을 팔았습니다. 그때 저는 이미 주군을 모시기로 결심했습니다."

"이런, 그것은 다급한 상황이 아니었소? 나라도 그렇게 했을 것이오."

사마화련의 걱정으로 인해 머리가 아픈 진현은 혁천운의 행동으로 인해 미간을 찌푸리고 말았다. 그것을 보고 혁천운은 오해한 듯했다.

"알고 있습니다. 제가 주군께 무슨 도움이 되겠습니까. 그저 짐이 되겠지요. 하지만 저는 많은 학문은 아니지만 여러 방면으로 공부한 것이 있습니다. 아마 주군께 도움이 될 것이라 생각됩니다."

혁천운은 간절한 마음으로 말했다.

이미 상황을 들어 진현이 천하제일가의 소가주라는 것을 알고 있는 그인지라 이 기회만이 그에게 다시없을 천운이라 여겨졌다.

비록 호가호위라 하나 진현을 빌어 혁가장의 원한을 갚을 수 있을지도 모르는 일이다.

진현 역시 바보가 아니었기에 그 마음을 알고 있었다. 자신을 이용하려는 마음을.

하지만 그 마음도 마음이지만 진심으로 자신을 주군으로 모시려는 마음 또한 읽을 수 있었다.

"음……."

진현은 탄식을 하며 자리에서 일어섰다.

"우리 잠시 시간을 갖도록 합시다. 그리고 다시 생각해 보도록 합시다."

"예, 주군."

진현은 동굴에서 나와 밤하늘을 바라다보았다. 총총하게 떠 있는 별들이 진현을 반기고 있었지만 전혀 아름답게 여겨지지 않았다.

사마화련에 대한 걱정과 근심으로 인해 저 멀리 비추고 있는 달마저 그에게는 그리움의 대상으로 여겨지는 것이었다.

"어찌하면 좋단 말인가."

당장이라도 달려가고 싶은 마음을 참으며 진정하기가 여간 어려운 것이 아니었다.

"그래, 참자. 참고 견디자. 저렇게 일족을 멸문당하고도 다음을 기약하는 이가 있지 않은가."

진현은 마음을 다 잡으며 다음을 생각했다.

"그런데 저 사람은 또 어이한단 말인가."

하나의 문제가 끝나고 나니 또 다른 문제가 기다리고 있었다.

간단하게 주군과 종의 관계로 끝난다면야 그리 고민할 것도 아니지만 상황은 그리 간단하지 않았다.

사실이든 아니든 금성과 관련되어 멸문한 혁가장의 자손이었고, 그를 받아준다는 것은 어쩌면 정도무림과 반목을 하게 될지도 모르는 일이었기 때문이다.

하나 달리 생각하면 진현이 구하고자 하는 사마화련 역시 금성과 관련이 있다는 사마세가의 자손이다.

"그래, 어차피 나 역시 그리하기로 결심한 것이 아닌가."

일단 생각이 끝나자 마음이 한결 가벼워지는 진현이었다.

"그래, 곤륜파로 간다는 것인가?"

"예, 그렇습니다, 주군."

"어허, 주군이라 하지 말고 그냥 단 공자라 부르라지 않는가."

진현과 단순명, 그리고 혁천운은 한자리에 모여 대화를 나누고 있었다.

"음, 곤륜파라… 곤륜파와는 어떤 관계인가?"

"예, 곤륜파의 청성 도인과 저희 혁가장이 친분이 있어 어려운 일이 있으면 곧잘 도와주시곤 했습니다."

곤륜파라 함은 한때 구대문파라 하여 정도무림의 전성기 때 무림을 호령하던 문파였다. 특히 곤륜삼성(崑崙三聖)이라 하여 희대의 기인이 나타났을 때는 그야말로 온 천하가 곤륜천하라 불릴 만큼 성세를 누렸다.

하지만 화무십일홍이라 했던가, 수많은 문파가 그러하듯 곤륜파 역시 몰락의 길을 걸어 지금에 와서는 거의 봉문과 마찬가지인 셈이었다.

하지만 아직도 무림에서는 곤륜의 운룡대팔식(雲龍大八式)을 모르는 사람이 없을 정도로 유명한 문파였다.

언젠가 다시 한 번 곤륜의 성세가 돌아올 것을 믿는 사람들 또한 적지 않았다.

그만큼 곤륜파의 기반은 깊고 튼튼한 것이다.

그리고 청성 도인이라 함은 현 곤륜파의 장문인을 말하는 것이다. 그렇기에 진현과 단순명은 일개 혁가장의 소장주인 혁천운이 곤륜파의 장문인을 안다고 해서 놀랐던 것이다.

도가의 문파들이 그러하듯 곤륜 역시 속세의 일에 관여하는 것을 꺼리기 때문에 그 놀람이 더욱 큰 것일지도 몰랐다.

"그렇다면 곤륜파에 가야 하지 않느냐?"

어느새 자연스러워진 하대를 하며 진현은 혁천운에게 물었다.

"그것은 멸문을 당한 저의 몸을 의탁하기 위해서였으나 이제는 그럴 필요가 없습니다. 주군이 계신데 어디를 가겠습니까."

"음."

그러고 보니 이것 역시 문제였다.

현재 진현의 수련은 아주 중요한 부분에 이르렀기 때문에 누구의 방해도 있어선 안 됐다. 더구나 이제는 곤륜산의 생활을 접고 천산으로 가야 하기 때문에 누구를 데리고 간다는 것 또한 매우 부담되는 일이다.

그래서 진현은 현재 자신의 처지를 혁천운에게 설명해 주었다. 물론 빼야 할 부분은 빼고 말이다.

"아, 그렇다면 제가 기다리겠습니다."

"그러면야 나야 고맙지."

"무슨 말씀을 하십니까, 고맙다니요. 저로서 당연히 해야 할 일이지요. 주군께 방해가 된다면 물러나 있는 것이 당연한 도리. 게다가 주군께 도움이 될 학문과 지식을 더욱 닦아 주군께서 오실 날을 기다리고 있겠습니다."

그야말로 청산유수였다. 과연 언변이 뛰어난 혁천운이었다.

"알겠네. 그렇다면 어디서 기거를 하겠는가?"

"어차피 곤륜파에 몸을 의탁하러 온 참이었습니다. 곤륜파에서 기다리겠습니다."

마치 전장에 나가는 낭군을 기다리겠다는 새색시와도 같은 모습이었다. 누가 보면 오해할 만큼.

하지만 주종 사이의 정이 흐르고 있어 누구도 상관하지 못할 것이다.

이때 조용하던 단순명의 말이 튀어나왔다.

"그럼 곤륜파까지 같이 가자꾸나. 어차피 한번 가려던 참이다."

단순명의 말은 이제 곤륜에서의 생활이 끝이 났다는 것을 의미했다.

어찌 산중에 이렇게 거대한 문파가 숨어 있을 거라 상상이나 하겠는가. 진현이 보기엔 전날의 아미파와 비교도 안 될 정도의 크기였다.

하나 몰락의 길을 걷고 있다는 것을 증명하듯 '대곤륜파(大崑崙派)'라고 쓰여진 현판에는 거미줄이 보이고 있었고 현판의 글씨 역시 퇴색되어 있었다. 그리고 이 거대한 문파에 사람이 살지 않는 듯 여기저기 담도 무너져 있었다.

"음… 사람이 살고 있는지 모르겠구나."

진현의 중얼거림은 다른 두 사람의 생각을 대변하는 것일지도 몰랐다.

단순명은 천하를 주유하며 많은 곳을 보고 경험했다. 하지만 그토록 성세를 누렸던 문파가 이처럼 몰락한 것은 보지 못했었다.

사실 정문의 모습만 보고 단정 짓기엔 무리가 있을지도 모르나, 당연히 문파의 모습은 정문의 모습에서 찾을 수 있다라는 것이 그의 생각이니 그대로라면 진정으로 보기 힘든 광경이 아닐 수 없었다.

끼이익…….

진현은 정문의 대문을 열었다. 얼마나 부식되었는지 대문은 비명을 지르며 수많은 부스러기를 토해냈다.

"아무도 안 계십니까?"

진현은 내공을 모아 곤륜파 내에 소리쳤다. 비록 전설의 육합전성은 아니지만 정순한 내력이 모아진 덕분으로 널리 퍼져 나갔다.

그러나 아무 소식이 없기는 매한가지였다.

"사람이 없는 것 아닌가?"

진현은 혁천운을 보며 물었다. 그러자 혁천운은 아픈 다리를 절며 주위를 둘러보곤 횡설수설하였다.

"이럴 리가! 삼 년 전까지도 서찰이 오갔던 곳입니다. 이럴 리가 없는데… 청성 도장님!"

혁천운은 멀리서 한 사람을 보았다. 그리고 그가 어린 시절에 보았던 청성 도인임을 확인할 수 있었다.

"누구신가?"

폐허가 된 곤륜파처럼 힘없는 목소리로 청성 도인은 물었다.

"천운입니다. 혁가장의 천운입니다, 도장님. 이게 무슨 일입니까?"

혁천운은 아픈 다리를 절며 청성 도인에게 달려가 그에게 안기며 물었다.

"아, 천운이로구나. 허허허. 내가 살아서 천운이를 보게 되다니."

진현과 단순명은 어찌 된 영문인지도 모르고 혁천운과 청성 도인의 해후를 보고만 있었다. 길 것 같았던 그들의 대화도 어느새 끝나고 청성 도인은 대청으로 이들을 안내했다.

진현은 청성 도인을 따라가며 곳곳의 폐허가 된 잔해들을 보곤 혀를 찼다. 마치 혈겁을 당한 멸문지파와 다를 바 없는 모습이었다.

"이리 드시오."

청성 도인의 말에 세 사람 모두 대청 안으로 들어갔다.

"불편하시더라도 조금만 참으시오. 곧 차를 내오리다."

백발과 백미에 힘없이 축 처진 어깨까지, 완전 늙은이의 모습으로 청성 도인이 비쳐졌다. 과연 대곤륜파의 장문인인지 믿기 힘들 정도였다.

"아닙니다. 그것보다 곤륜의 사람들은 왜 한 명도 보이지 않습니까?"

단순명은 인사도 하기 전에 자신의 의문을 물었다. 주위의 상황과 모든 것이 예의를 따질 상황이 아니기 때문이었다.

"허허허, 보시는 그대로네. 보이지 않는 것이 아니라 없는 것이지."

그렇다면 곤륜파 내에 청성 도인을 제외하곤 아무도 없다는 말이다.

"음……."

"그것보다 자네들은 누구인가?"

청성 도인은 혁천운을 따라온 두 사람에게 신분을 물었다. 자신의 문파에 대한 설명을 하기 위해서는 먼저 확인할 것이 있기 때문이다.

"소인은 단씨세가의 단순명이라 하며 이 아이는 제 조카인 단지운이라 합니다."

"아, 천하제일가의 사람들인가?"

청성 도인은 단순명의 말에 탄성을 내뱉었다.

"천운이 어찌 천하제일가의 사람들을 알고 있는 것이냐?"

솔직히 진현과 단순명이 혁천운과 청성 도인과의 관계에 의문이 가듯 청성 도인 역시 혁천운과 천하제일가의 관계가 의문이 갔다.

혁천운은 솔직하게 그간의 사정을 설명하였다.

"이런, 무량수불. 어찌 그런 일이 일어난다는 말인가. 드디어 혈겁이 나타나기 시작하는구나."

청성 도인은 탄식을 하며 혁천운을 쓰다듬었다. 비록 제자는 아닐지라도 가까운 사이였던 만큼 혁가장의 멸문에 가슴이 아픈 것이다.

이제 곤륜파에 대해서 설명할 차례였다.

"이 년 전의 일이다. 당시 곤륜파의 모든 문인들은 봉문을 한 채 다음을 기약하고 있었다. 오직 무공만을 수련하며 다른 것에는 일체 신경 쓰지 않았지. 한데 어느날 한 중년인이 방문을 한 것이다."

곤륜의 혈겁은 중년인의 방문에서 시작되었다.

북천(北天)에서 왔다고 말하는 중년인은 대뜸 사대기보 중 하나인 고경참문(古鏡讖紋)을 달라고 했다. 그러나 고경참문으로 말할 것 같으면 천마사천회에서 보유하고 있다고 널리 알려진 것이 사실이었다.

한데 어떻게 곤륜파에 있겠는가.

당연히 곤륜파로서는 시비를 걸기 위해 찾아온 사람으로밖에 여겨지지 않았다.

그러나 중년인은 막무가내로 내어놓으라 윽박을 질렀고 결국 곤륜파 대 일 인의 대결전이 벌어졌다.

하나 결과는 어이없게도 청성 도인을 제외한 모든 문인들의 몰살이었다.

"참으로 무서운 무공이었어. 아니, 마공(魔功)이었지. 마치 아수라가 살아 있는 것 같았으니까."

중년인은 모든 곤륜문인을 말살하고 청성 도인을 향해 다시 한 번 요구했다. 하지만 청성 도인 역시 모르는 일을 어떻게 안다고 하겠는가.

하지만 자신조차 모른다고 대답했다가 죽임을 당한다면 여기서 곤륜의 맥을 끊고 마는 대죄를 저지르게 되는 것이었다.

자신의 목숨보다는 그 대죄가 더욱 두려워 청성 도인은 비굴하지만 목숨을 구걸했다.

중년인 역시 청성 도인을 죽일 마음은 없었는지 고경참문에 대해서 설명을 하고는 한 달 뒤에 다시 오겠다고 하며 사라졌다.

고경참문은 취옥소불상, 화룡천검, 그리고 음양쌍보환과 함께 사대기보 중 하나였다. 이 중 화룡천검은 단씨세가의 가보로 전해오는 것이었고 취옥소불상과 고경참문은 각각 호천사정맹과 천마사천회에서 보관한다고 알려진 것들이었다.

다만 음양쌍보환만이 그 존재 유무가 확인되지 않았을 뿐 세 가지 보물들은 각기 주인이 있었다.

한데 고경참문을 어떻게 곤륜파에서 보관하겠는가.

그런데 가만히 기억을 더듬어 보니 기억나는 것이 있었다.

"바로 나의 사부님이신 복마 선인께서 하신 말씀이 생각났네. 그분 말에 의하면 예전 곤륜파에 찾아온 손님이 있으셨다고 했지. 그 손님은 천산으로 가는 길에 잠시 들른 것이라 하며 본 파의 운룡대팔식을 아주 칭찬하셨다고 했네. 그리고 흥이 나셨는지 그분도 수련생들 틈에 끼어 검무를 추셨다고 했네. 비록 커다란 도를 들고 춤을 추셨지만 어떤 검무보다 더 훌륭했다고 하셨지. 그리고 그 손님은 '인연이 있으니 이것을 두고 가겠소. 어차피 세상은 속고 있기에 여기서 한세월 보내는 것도 좋겠지' 하시며 작은 상자를 두고 가셨네. 하지만 그 상자는 완벽하게 두 개의 홈이 붙어 있어 열려지지 않는 것이었네. 아니, 상자의 모양으로 깎은 돌이나 마찬가지였지."

청성 도인은 그것을 떠올리며 혹시 그것이 중년이 찾는 물건이 아닌
가 생각했다. 그리고 기억을 더듬어 그 상자가 보관되어 있는 곳으로
뛰어갔고 결국 찾을 수 있었다.

이제 이 상자를 중년인에게 주는 일만이 남아 있었다.

이윽고 한 달이 지나 그 중년인은 다시 한 번 찾아왔다. 그리고 드디
어 그는 목적을 달성할 수 있었다.

"바로 이것이다. 이것이야말로 고경참문이지. 하하하. 이제야 천하
가 내 것이로구나!"

그러나 그렇게 앙천대소하던 중년인은 갑자기 태도를 바꾸더니 자신
의 비밀을 알고 있는 자는 살려둘 수 없다며 청성 도인을 죽이려 하였다.

청성 도인으로서는 너무도 억울한 일이 아닐 수 없었다. 자신의 치
부까지 드러내며 비굴한 모습을 보인 이유가 곤륜의 맥을 잇기 위함인
데 자신이 죽어버리면 모든 것이 허사였다.

하나 결국 중년인은 청성 도인을 향해 손을 썼고 청성 도인은 심후
한 공력으로 인해 죽지는 않았지만 심한 상처를 피할 수는 없었다.

하지만 죽기 전에 곤륜의 문인이 왜 죽어야만 했는지 알고 싶었다.
이에 중년인은 어차피 죽을 것이라고 단정했는지 그 이유를 쉽게 설명
해 주었다.

"사대기보의 기원을 아느냐? 하하하. 사대기보란 바로 두 가지 열쇠
를 말하는 것이다. 바로 북천과 남천의 문을 열 수 있는 열쇠지."

그의 말에 의하면 몇백 년 전에 천선자와 혈천자가 있었다고 한다.
그들은 남천과 북천의 인물들이었다. 도가의 금단에만 관심이 있었던

남천과는 달리 북천은 그야말로 패도(覇道)에만 주력했다. 모든 것을 피로 쓸어버리는 패도.

그리고 결국 남천과 북천은 부딪쳤고 서로의 힘을 겨룰 수밖에 없었다. 하지만 결과는 누구도 예상하지 못한 상태로 남천과 북천이 하나로 합쳐지는 결과를 낳고 말았다.

북천과 남천의 힘이 합쳐지니 무림으로서는 더욱더 긴장할 수밖에 없었다. 그렇지 않아도 북천의 패도로 인해 갖은 굴욕을 당했던 무림은 모두 힘을 모아 북천과 남천을 처단하기로 마음을 먹었고 결국 뜻을 이룰 수 있었다.

하지만 정작 천선자와 혈천자는 죽이지 못했으니 이것이야말로 비극의 씨앗이었다. 비록 천선자는 무림에서 자취를 감추었지만 혈천자는 무림에 모습을 드러내어 가는 곳곳마다 혈겁을 일으켰다.

결국 혈천자의 손에 무릎을 꿇은 무림인들은 그에게 용서를 빌 수밖에 없었다. 이에 혈천자는 다음과 같은 말을 남겼다고 한다.

"천하에 사대기보를 남겼으니 각기 천하제일의 위력을 나타내리라. 하지만 이것을 악용하는 자, 북천과 남천의 힘이 처단할 것이다."

여기가 사람들이 알고 있는 사대기보의 근원이었다.

하지만 중년인은 또 다른 사실까지 말하고 있었다.

취옥소불상과 고경참문, 그리고 화룡천검과 음양쌍보환, 이렇게 두 개가 짝을 이루어 하나의 열쇠를 만든다고 했다. 그리고 각각 북천과 남천의 열쇠가 되어 북천과 남천의 힘을 이어받게 한다고 했다.

그것이야말로 진정한 사대기보의 의미이며 그 증인으로서 백오십 년 전의 도제(刀帝)가 있다고 했다.

그리고 남천의 흘러나온 무공으로 오행신공이 그 증거라고 말했다.

도제의 도법은 북천의 주인이었던 혈천자의 도법을 이어받은 것이고 자신 역시 도제의 가르침을 받은 적이 있다고 했다.

"그리하여 이런 사실까지 알고 있으며 혈천자의 진정한 무공을 얻기 위해 이곳까지 왔다고 했단다."

길고 긴 설명이 끝나자 청성 도인은 조금씩 기침을 하였다. 비록 죽음에서 벗어나기는 했지만 그 대가로 모든 무공을 잃었고 조금씩 죽음의 싹을 틔우고 있었다.

"음……."

모두가 한숨을 내쉬며 엄청난 소식에 놀라워했다. 특히 그중에서도 진현의 경우는 정도가 심했다.

바로 천선자와 혈천자의 이야기는 그와 직접 관련이 있으며 특히 오행신공 중 금의 무공을 익히고 있는 진현은 자신의 운명이 예사롭지 않게 여겨지기까지 했다.

하지만 금왕기를 익힐 당시 헌원당으로부터 이런 이야기를 한 번도 들은 적이 없기 때문에 완전하게 믿을 수는 없었다.

"그런 일이 있었군요. 자신의 이익을 위해 무고한 사람들을 죽이다니……."

혁천운은 그 심정을 아는지라 울분을 토했다.

"어쩔 수 없는 것이지. 무림은 힘이 말해 주는 곳이 아니냐."

청성 도인은 이렇게 말하고 있었지만 속마음은 혁천운과 다르지 않았다.

"한데 도제는 왜 천산으로 간다고 했는지 기억나십니까?"

단순명의 말이었다. 갑자기 튀어나온 그의 말은 분위기와 어울리지 않는 것이나 그의 성격으로 볼 때 괜히 묻는 것이 아니기에 진현과 혁천운은 가만히 있었다.

"나도 모르겠네. 다만 천산에 약속이 있다 하셨다고 했네. 아주 친한 친구와의 약속이라 하셨지 아마?"

"음."

단순명은 청성 도인의 말을 듣고는 혼자만의 세계로 빠져버렸다.

"그 뒤로 그 중년인은 오지 않았나요?"

"아마 그는 내가 죽은 것이라 생각했는지 다시는 오지 않더구나. 어차피 그의 목적을 이루었으니 올 필요도 없었겠지."

청성 도인은 한숨을 내쉬며 말했다.

"천마사천회에 있는 고경참문이 가짜라니… 그렇다면 취옥소불상 역시 가짜일 수도 있겠구나."

진현의 말이 틀리지 않을 수도 있었다.

화룡천검이야 단씨세가에서 내려오는 가보이다 보니 진위를 알 수 있지만 취옥소불상 역시 고경참문처럼 가짜가 아니라는 법은 없기 때문이다.

아무튼 진현과 단순명에게 곤륜파에서의 일은 많은 것을 알려주고 있었다.

제25장

세월은 흘러가고

 세월은 흘러가고

진현과 단순명은 혁천운과 청성 도인을 뒤로하고 천산으로의 마지막 여정에 올랐다.

두 달이라는 기간 동안 고생하여 천산에 도착한 그들을 반기는 것은 하늘을 찌를 듯한 거대한 산맥과 험준한 산세였다.

"드디어 천산이구나. 정말로 오랜 여행이었다. 여기에 조부의 유물이 있다는 것인가?"

단순명은 천산에 신검이 있을 거라 확신하는 듯했다. 운남에서 이곳 천산까지 일 년이라는 시간이 걸리는 동안 그의 마음속에는 계속해서 확신이 커져 가고 있었다.

그러나 막상 고대하던 천산에 도착은 했지만 어디서부터 무엇을 해야 할지 모든 것이 막막하기만 했다.

"우선 우리가 살 곳부터 찾아보자꾸나."

단순명의 말에 진현은 대답하곤 함께 이곳저곳을 둘러보았다. 천산의 규모답게 사람의 손길이 닿지 않은 곳이 많아 길이 없는 곳도 많았다.

하지만 무림인에게 그런 것은 하등 장애가 되지 않는 것. 두 사람은 길을 만들어가며 자신들이 기거할 만한 곳을 찾아 헤맸다.

그러기를 장장 삼 일이 지나서야 그들의 눈에 흡족할 만한 곳이 들어왔다.

"숙부님, 이곳을 보세요."

진현이 가리키고 있는 곳에는 지난날 곤륜에서 지내던 곳과 비슷하게 작은 폭포와 동굴, 그리고 작지 않은 공터까지 최적의 조건을 갖추고 있는 곳이었다.

"오호~ 이런 곳이 있었구나. 참으로 적당한 곳이군."

단순명 역시 진현이 찾아낸 곳을 마음에 들어했다. 이내 두 사람은 동굴 속을 청소하고 다듬어 사람이 살 만한 곳으로 바꾸어 버렸다. 그리고 주위의 환경까지 손을 봐 여기저기 불편한 곳이 없게 하였다.

"운아."

"예."

진현은 단순명의 부름에 대답하며 그의 말을 기다렸다.

"이제 천산에 왔으니 우리의 일차적인 목적은 달성하였다. 이제 우리의 최종 목적만이 남아 있는 셈이다."

그의 최종 목적이란 신검을 찾는 일이라는 것을 어렵지 않게 짐작할 수 있었다.

"그래서 난 우선 천산을 살펴보며 조부의 자취들을 찾아야겠다. 물론 너의 수련도 중요하지만 지금의 너는 타인의 도움보다는 너만의 수련이 필요할 때라고 생각한다."

단순명의 말은 틀린 것이 아니다. 물론 그의 도움이 진현의 수련에 길잡이가 되어줄 수 있다. 하지만 단지 길잡이일 뿐 해답을 주지는 못하는 것이다.

신검을 찾아야 하는 일과 진현의 수련이 동시에 수행되어야 하는 과정에서 진현이 홀로 수련해야 하는 것은 어쩔 수 없는 것이다.

"이렇게 하자꾸나. 내가 한번씩 찾아와 너의 수련을 지도하여 주마."

"예, 알겠습니다."

두 사람은 이렇게 합의하고 천산에서의 생활을 시작하였다.

진현은 오늘도 역시 홀로 하루를 시작하며 수련에 박차를 가하고 있었다.

항상 그래 왔듯 천양원석으로 체내의 노폐물을 제거한 그는 자리에 앉아 삼양천잠공을 운행했다.

천산에 온 지도 벌써 일 년이 넘어 그의 선천진기 역시 엄청난 내단으로 커져 있었다. 곤륜산 못지않은 천산의 정기가 진현의 수련에 막대한 도움이 되었다.

일반적으로 강호에서 말하는 내공의 수치로 계산한다면 일 갑자에 필적하는 세월을 수련해야 얻을 수 있는 양일 것이다.

게다가 후천진기가 아닌 선천진기라는 점이 더욱 위력적인 것이다.

본래 선천진기라 함은 진원(眞元)이라 하여 무한한 공능을 나타내는 것이다. 흔히 신선이 되고자 하는 이들은 이 부분을 집중적으로 수련할 만큼 얻기 힘든 것 역시 선천진기였다.

하나 진현은 금단태극선공으로 보다 쉽고 수월하게 선천진기를 모으고 있었다.

그리고 내단이 커질수록 모아지는 양 또한 커져 하루가 다르다 할 정도였다.

그래서인지 내공의 막힘이 없어 일양지나 대라삼검을 무리없이 펼쳐 낼 수 있는 경지에 올라 있었다. 진현이 무공을 익히기 시작한 햇수를 따진다면 경이적인 일이라 할 수 있었다.

특히 그토록 막대한 양의 내공을 필요로 하던 일양지의 점 자 결과 폭 자 결 또한 시전하는 데 무리가 없었다. 아니, 이제는 막대한 내공으로 인해 그 위력이 한층 배가되었다.

또한 대라삼검 역시 그 오의를 터득해 나감으로써 수류폭과 구주황 두 초식은 거의 단순명의 수준에 필적할 정도였다.

이 모든 것이 진현의 노력에 따른 결과였다.

사마화련에 대한 집념이 이런 것으로 나타난다는 걸 보면 참으로 강한 사랑이 아닐 수 없었다. 아니, 사랑의 단계를 넘어서 집착과도 같은 무서운 것이었다.

하지만 대라삼검의 마지막 초식만은 오의를 깨닫지 못해 펼쳐 내지 못하고 있었다. 이것은 단순명의 설명이 도움이 된다 하여도 소용이 없었다.

안다라는 것과 행한다라는 것이 다르니 진현의 경우가 이와 같았다.

머리 속으로는 이해가 갈지 모르나 몸은 그렇지 않은가 보았다.

"음… 하늘과 땅이 그러하다래[天地然]. 이것이 무엇을 말하는 것인가."

진현은 대라삼검의 마지막 초식을 두고 깊은 생각에 빠졌다.

예로부터 하늘과 땅은 자연을 의미하는 것이다. 그리고 모든 것을 지칭할 때도 천지(天地)라 하였다.

하늘과 땅, 그리고 그 안의 모든 것을 통합하는 의미였다. 그런데 그 모든 것이 그러하다라니.

하지만 천지를 자연(自然)이라고 해석하면 어느 정도 이해가 갔다.

천지연(天地然), 자연(自然).

무예의 근원을 따져 들어가면 자신의 삶을 방해받지 않기 위한 수신(守身)에 있었다.

그리고 그 속에는 먹을 것을 구하려 하는 사냥도 포함되어 있었고, 타인 또는 동물로부터 자신을 지키는 호신(護身)도 포함되어 있었다.

그랬다. 모든 것이 자연과 연관이 되어 있었다.

그래서일까.

자신의 몸을 지키려 하는 몸 동작들이 서서히 무술(武術)로 발전이 되고, 그것이 예로 승화되어 무예(武藝)가 되고, 다시 하나의 도를 닦는 방편으로 수도(修道)의 길을 걷게 만든 무도(武道)가 탄생한 것이다.

무도는 다름이 아닌 자연을 배우는 것이다. 다른 말로 우주의 섭리를 배운다고 하지만 그것 또한 자연이었고 자연의 일부였다.

그렇다. 자연으로부터 시작된 무(武)는 자연으로 끝을 맺는 것이다. 하지만 그것을 모두 알기에는 너무도 광대한 것이었다.

아직 지식과 자신의 경륜이 일천한 진현으로서 자연을 안다는 것은 어불성설이었다.

"음… 이건 너무 광오하잖아? 물로 시작해서 구주(九州)까지, 그리고 자연이라… 이걸 익힌다면 그야말로 신인(神人)이라 할 수 있겠군."

진현의 말대로였다.

그리고 그 구절에는 그 길로 갈 수 있는 경로가 없었다. 다만 이렇다라고 정의를 내린 것에 불과한 것이었다. 말로는 뭐라 못하겠는가.

다만 수류폭과 구주황은 그 오의를 깨달았기 때문에 마지막 초식에 대하여 깊게 매달릴 수 있는 것이다.

"참."

진현은 자신이 경험했던 괴현상을 떠올렸다.

바로 검황의 유품인 족자에서 보았던 환상을 말하는 것이다. 그때 분명 그는 그 안에서 거부할 수 없는 환상을 경험했다.

"어쩌면 그것이 해답이 될지도 모르겠구나."

진현은 서둘러 동굴로 뛰어들어 가 들고 온 족자를 살펴보았다.

별 볼일 없는, 그저 시냇물과 수양버들, 그리고 그 속에 가장 조화가 잘된 초로의 노인, 그것이 전부인 화폭이었다.

하지만 분명 화폭을 가로지르는 시냇물은 진현으로서는 한 번도 보지 못한 도도하고 끊임없는 흐름을 자랑하는 장강(長江)과도 같이 보였고, 버드나무 버들가지는 살아 있는 듯 바람에 흐느끼며 자신의 몸을 향해 다가오는 것을 느꼈었다.

무엇보다도 진현의 시선을 사로잡은 초로의 노인. 분명 그 노인의 눈에서 감당하기 힘든 위압감을 받았던 진현이었다. 또한 그 안에서 친근함 역시 보았다.

"분명 대라삼검의 세 초식과 비슷한 면이 많아. 이것은 그냥 넘어갈 일이 아니야."

진현은 다시 한 번 족자를 세밀하게 관찰했다. 어떤 비밀이 숨어 있는 것 같은데 그 속을 알 수 없으니 두 눈을 크게 뜨고 하나하나 살펴보았다.

그러다 이상한 것을 발견했다.

"응? 이런, 실이 터졌잖아."

과연 화폭의 겉 모서리 부분이 마모되어 실이 터져 있었다.

아마도 오랫동안 진현의 천심소축(天心小築)에 걸려 있다가 장시간 동안 이리저리 부딪치다 보니 그 부분에 손상이 온 것 같았다.

하지만 그것으로 인해 진현은 새로운 사실을 알게 되었다. 알고 보니 화폭이 무거웠던 이유가 화폭의 족자가 두 겹으로 되어 있었던 것이다.

실이 터진 부분은 바로 두 겹의 화폭을 묶었던 이음새였다.

그 부분이 터지고 나니 숨겨져 있던 안쪽의 화폭이 나타난 것이다.

"이럴 수가! 이게 도대체 뭐지?"

진현은 감히 할아버지의 유품을 손상시킬 수 없다라는 것을 알지만 참을 수 없는 호기심으로 인하여 두 장의 화폭을 떼어내기로 했다.

조심스레 이음새의 실타래를 풀어갔다.

화폭의 재질과는 다르게 이음새 노릇을 하는 실의 재질은 평범한지라 쉽게 그 목적을 이룰 수 있었다.

"드디어……."

진현은 마침내 이음새를 다 제거하고 화폭을 떼어낼 수 있었다.

수류폭(水流爆).

—물이 폭발할 듯 흐르고.

구주황(九州晃).

—구주가 빛이 나니.

천지연(天地然).

—하늘과 땅이 그러하다.

숨겨진 화폭의 중간에 서 있는 구절이었다. 세 자씩 세 구절을 이루는 총 아홉 자의 글은 시를 나타내는 것 같았다.

그리고 진현 또한 잘 알고 있는 시였다.

다름 아닌 대라삼검의 세 초식을 말하는 것이었다.

"이것은 대라삼검의 초식명이잖아? 이것이 왜 여기에 쓰여 있는 거지?"

글씨체를 보니 분명 단진천의 글씨였다. 그리고 그 밑에 다시 몇 글자가 있었다.

몽필생화(夢筆生花)　사자관해(獅子觀海)

"붓이 꽃을 피우는 꿈? 사자가 바다를 본다?"

처음부터 끝까지 수수께끼의 문장들이었다.

차라리 보지 않았으면 모르되 보고 난 후라 신경 쓰지 않을 수가 없었다. 더구나 문제의 화폭에서 나온 거의 유일한 단서가 아닌가.

진현은 아무리 생각해도 모를 문장들이었다. 더구나 이것이 한시 중 일부분이라면 더욱 할 말이 없는 진현이다.

무공을 수련하기에도 바빴던 진현이 언제 제대로 된 한시를 읽어나 봤겠는가.

하지만 진현은 자신이 아니더라도 이것을 해결할 한 사람을 알고 있었다. 바로 단순명이다. 자신보다 풍부한 경륜을 가지고 있는 그라면 분명 이것에 대해 아는 것이 있을 거라 확신했다.

"숙부님이 오시면 꼭 말씀드려야겠구나. 그나저나 화폭에 이러한 비밀이 있다니 참으로 놀라운걸? 그런데 대라삼검의 초식명은 왜 있는 거지?"

그것 또한 의문이었다.

물론 단씨세가의 대표적인 무공이 일양지라 하나 기실 그 위력이나 오의로 봤을 때는 대라삼검이 훨씬 뛰어난 검법이다.

특히 육맥신검의 근간을 이루기 때문에 대라천검 하나만으로도 신공이나 다름없는 것이다.

하지만 검황의 유품에서 나온 것이라 하기에는 뭔가 이상한 점이 많았다. 그것은 차라리 유품에 중요한 것을 남길 바에는 대라삼검의 초식들, 그것도 이름이나 쓰는 것보단 그의 심득이나 다른 중요한 것이 어울릴지도 모른다고 생각했기 때문이다.

"음… 역시 이상해. 숙부님이 오시면 꼭 물어봐야겠어."

진현의 머리 속을 헤집는 이 모든 문제를 풀어줄 단순명은 이틀 후나 되어야 진현에게 돌아왔다.

그는 이번에도 마찬가지로 신검을 찾아 나서는 것에 주력하고 있으나 성과가 없어 매우 실망하던 차였다.

처음 천산에 왔을 때의 확신은 어디로 갔는지 자꾸만 이건·아닌데 하는 생각까지 들 정도니 그의 실망감이 얼마나 큰지 알 수 있었다.

그때 찾아온 진현의 말은 그에게 한줄기 서광이었다.

"아니, 그게 정말이냐?"

"예, 그렇습니다."

진현은 자신이 말했던 족자를 펼쳐 보이며 다시 설명을 하였다.

"이렇게 대라삼검의 세 초식과 알 수 없는 두 구절이 있습니다. 저로서는 도통 모르겠습니다."

"음……."

단순명은 진현의 말을 들으며 생각에 빠졌다.

"혹시 이 두 구절은 조부님께서 계시는 지명을 말하는 것이 아닐까 생각되는구나."

"아."

단순명의 말을 듣고 보니 진현 역시 그렇게 생각되었다. 아니, 왜 그런 생각을 못했는지 참으로 자신의 머리가 굳어가고 있다고 생각하였다.

"그렇다면 천산에 있는 지명을 말하는 것입니까?"

"아마 그렇겠지."

단순명은 내일 다시 밖으로 나가 근방에 사는 주민들에게 물어봐야겠다고 생각했다.

"그건 그렇고 마지막 삼검은 어찌 되어가고 있느냐?"

그 역시 진현이 마지막 초식에서 막히고 있다는 것을 알고 있었다.

"아직도 제자리입니다."

"너무 서두르지 말거라. 너도 알겠지만 첫 번째 초식이 물을 표현한 것이고, 두 번째 초식이 빛을 표현한 것이라면 세 번째 초식은 자연을 표현하는 것이다. 어찌 하루이틀 만에 깨달아지는 무공이 되겠느냐."

단순명의 말이 틀린 것은 아나나 진현의 마음은 계속되는 노력에도 풀리지 않는 문제를 잡은 아이처럼 성급하게 굴려 하였다.

"조부 검황께서 육맥신검으로 이 마지막 초식을 펼치셨을 때 천하의 누구도 막지 못하였다고 하였다. 그것은 도제나 신수현녀 역시 마찬가지였다. 하지만 세 분은 서로를 아끼는 차원에서 동등의 위치에 서신 것이지 정확히 따진다면 조부님이야말로 진정한 천하제일인이셨다."

진현은 단순명의 말을 들으며 그의 말이 틀리지는 않겠지만 너무 단정적으로 말한다는 생각을 지울 수 없었다.

가재는 게 편이라고 진현 역시 세가의 선조를 위하는 단순명의 마음은 알겠으나 북천의 무예를 이어받았다는 도제의 무공 또한 검황에 못지않다라는 것을 알고 있었다.

자신이 북천과 대등한 위치에 있는 남천의 신공을 익히고 있지 않는가. 그리고 그 위력과 공능 또한 잘 알고 있던 터라 보지 않아도 도제의 무위는 짐작할 수 있었다.

하지만 단순명의 말은 진현의 의문을 풀어주기에 틀림이 없었다.

다름이 아닌 족자에 쓰여진 세 구절이었다.

검황은 그만큼 대라삼검에 대하여 말하고 싶었을 것이다. 어쩌면 그 속에서 진정한 무도를 보았을지도 모른다.

그리고 그것을 후대에 알리고 싶어 그렇게 쓴 것일지 모른다고 생각하니 진현은 이제야 검황의 심정을 조금이나마 알 수 있었다.

"자, 이리로 오거라."

단순명을 따라간 진현의 눈에 보이는 것은 엄청난 크기의 바위와 그 위에 꽃을 피운 듯한 소나무의 모습이 보였다. 그리고 그 맞은편에는 역시 엄청난 크기의 봉우리가 있는데 그 모습이 꼭 사자의 모습을 닮아 있었다.

게다가 그 주위로 구름이 흘러가니 그 경관이 가히 일품이었다.

"이곳이 바로 그곳이다."

그러니 단순명의 말에 의하면 바위의 뾰족한 꼭대기에 꽃을 피운 듯한 소나무가 몽필생화(夢筆生花)였고 사자관해(獅子觀海)란 사자의 모습을 한 봉우리 앞에 운해(雲海)가 펼쳐져 있는 것이 꼭 사자가 바다를 보는 것과 같다라는 것이다.

"정말 그렇군요."

진현은 가만히 생각해 보니 그 표현이 가히 틀리지 않음을 알 수 있었다.

그렇다면 이곳 어딘가에 검황의 유물이 있다는 것을 의미했다. 하지만 두 사람은 아무리 찾아보아도 그 흔적조차 찾을 수 없었다.

차려준 밥상을 숟가락이 없어 먹지 못하는 것과 마찬가지였다.

"숙부님, 저것을 보십시오."

진현이 가리킨 곳을 보니 소나무의 끝 자락이 있었다.

"저것이 어떻다는 말이냐?"

"이상하게도 소나무가 한쪽으로만 치우쳐 있습니다. 그리고 그 치우침의 끝이 저 사자바위와 같은 곳을 응시하고 있습니다."

과연 그랬다.

진현의 말대로 소나무의 끝 자락은 사자바위가 보이고 있는 운해 쪽으로 뻗어 있었다.

"그래서 그것이 어떻다는 것이냐? 저쪽은 동쪽이 아니냐."

사실 나무란 해가 비치는 쪽으로 뻗어가는 것이 당연한 이치.

그리고 사자바위가 보고 있는 방향 역시 동쪽이기에 그것은 이상한 것이 아니라 소나무가 자라면서 사자바위가 보고 있는 쪽으로 뻗어간 것이었다.

"음."

진현은 듣고 보니 단순명의 말에 동의할 수밖에 없음을 알았다. 하긴 전생에서 유년기에 배운 것이 아닌가.

'정말 내 머리가 굳은 것 아냐?'

진현은 당연한 것을 가지고 이상하게 여긴 자신이 민망하여 고개를 숙였다.

그때였다.

자신의 생각을 밝히기 위하여 올라갔던 바위에서 고개를 숙였던 진현의 눈에 아래쪽 상황이 확연히 들어왔다.

그냥 무심히 지나쳤던 부분에 소로(小路)가 나 있는 것이다. 진현 역시 언뜻 지난 것을 이상하게 여기고 자세하게 관찰하지 않았다면 모르고 지나칠 부분이었다.

'이번에는 확실하게 내 눈으로 확인하고 나서 말씀을 드리자.'

진현은 이렇게 생각하며 단순명에게 말하기 전에 먼저 행동으로 옮겼다.

"핫!"

진현은 기합을 넣으며 경신을 펼쳐 바위를 내려갔다. 그의 벽호장(壁虎掌) 역시 경지에 올라서인지 쉽게 내려갈 수 있었다.

과연 그가 본 대로 소로가 나 있었다. 만약 위에서 본다면 나무의 틈에 가려 소로라고 보기 힘들 것이었다. 때문에 좀 더 알아보고 단순명에게 말하기로 하였다.

진현은 갈수록 울창해지는 산림과 마치 터널을 지나는 것 같은 길에 이상함을 느끼며 계속해서 나아갔다.

비록 소로가 나 있지만 사람의 손길이 오랜 시간 동안 없었는지 허리까지 올라오는 풀들이 가득했다.

하지만 진현은 계속해서 나아갔고 저 멀리 보이는 낯익은 물체를 볼 수 있었다.

바로 집이었다.

작은 초가집은 진현으로 하여금 오랜만에 보는 사람 사는 곳이었다.

"오! 이런 곳에 집이 있다니, 그렇다면 이곳도 아니겠구나."

진현은 이런 곳에서 초가집을 발견한 것이 반갑기는 하지만 사람이 산다는 것은 자신이 찾는 것과는 거리가 멀다라고 생각했다.

"하긴 처음부터 이상했어. 이런 곳에 있을 리가 없지."

진현은 중얼거리며 다시 등을 돌려 왔던 길로 되돌아가려 했다.

"뭐가 있을 리가 없다는 것이냐?"

나직한 말이었으나 진현은 깜짝 놀라 돌아보았다. 그러자 작은 키에 지팡이를 손에 든 노인을 볼 수 있었다. 목소리의 주인공이라 생각이 되었다.

"그러니까 노인장, 아니, 영감님께서 그분의 후예라는 말씀이십니까?"

"이런, 너는 말귀를 못 알아듣는 것이냐? 난 그분의 후예가 아니라 두 분의 시중을 드는 사람이었다. 그리고 영감이라 부르지 말고 해노(海老)라고 불러라."

하지만 진현이 보기에 해노의 무공은 깊이를 알 수 없는 듯했다. 어찌 시중을 드는 이가 이런 무공을 가질 수 있다는 말인가.

이런 진현의 마음을 알고 있는 것인가. 그가 곧 그것에 대한 해답을 말해 주었다.

"난 두 분의 시중을 들면서, 그리고 두 분의 임종을 지켜보면서 그분들의 유학을 거둘 수 있었고 그분들의 뜻으로 인해 너희들을 기다리고 있었다. 하지만 그 기다림의 세월이 반백 년이다. 어찌 혼자의 몸으로 그 많은 세월 동안 지낼 수 있겠느냐. 어디에 몰두하지 않고는 견딜 수 없는 것이었다."

즉, 해노의 말은 심심해서 무공을 익혔다는 말인데, 심심해서 익힌 무공치고는 그 깊이가 너무도 높았다. 더구나 단순명과 비교한다면 몇 수는 앞서 가는 무공이었다.

단순명과 진현은 그것을 알기 때문에 더욱 경악해했다.

"아무튼 여기까지 오느라 수고가 많았다. 비로소 나는 내 역할을 끝낼 수가 있겠구나."

장난스러워 보이는 해노의 말에는 지난날의 외로움이 묻어나 있었다.

하지만 진현과 단순명은 이것으로써 확실하게 알 수 있었다. 이곳이야말로 자신들이 찾던 곳이라는 것을.

게다가 검황과 더불어 그 명성을 날렸던 도제(刀帝)의 유품까지 함께 얻을 수 있을지 몰랐다.

해노의 말에 따르면 검황과 도제는 그들의 말년을 이곳에서 계속 보냈다고 했다. 서로의 무학을 높이 평가한 그들은 바로 의기투합하여 이곳에서 더 높은 경지의 무학을 만들려고 시도했다.

이것은 모든 무림인들이 바라는 이상이니 어찌 잘못되었다 하겠는가.

그 속에서 해노는 그들의 시중을 들며 그간의 사정을 다 알고 있다고 말했다. 그리고 그 과정을 진현과 단순명에게 설명해 주었다.

진현과 단순명이 청성 도인에게 들은 바대로 도제는 북천의 후예가 확실했다. 하지만 그의 성격은 북천이 추구하고자 하는 패도와는 거리가 멀었고, 결국 이렇게 은거를 결심했다.

하지만 이렇게 자신의 무학이 사라지는 것을 안타깝게 여긴 그는 자신의 도법만은 후예를 정해 남기고야 말았다.

일찍이 뜻을 같이한 검황과 함께 이곳에서 기거하며 새로운 무공을 만들려 하였다. 이것은 그 옛날 천선자와 혈천자의 만남과도 같았고 그들이 추구하는 무공 역시 그러했다.

하지만 두 사람의 능력이 하늘에 닿았다고 하나 어찌 백 년을 살지 못하는 인간으로서 수백 년을 이어온 남천의 무리를 담아낼 수 있겠는가.

하지만 도제는 자신의 인연으로 얻을 수 있었던 오행신공 중 화(火)의 비급을 가지고 있었고 오행이 남천에서 유래했음을 알고 있었다.

게다가 자신들과 같이 삼대고수라 평을 받는 신수현녀 역시 오행신공 중 수(水)의 무공을 익혔다고 전해지니 보다 쉽게 일이 풀릴 것이라 생각했다.

그것은 남은 오행을 한자리에 모으면 해결이 날 것이라 여겼기 때문이었다. 하지만 어디 세상일이라는 것이 생각처럼 쉽게 풀리는가.

세상에 금강문(金剛門)이라 말하는 그들은 남천의 한 지류에 불과했고 그들 역시 반목하여 서로가 흩어져 있으니 찾을 길이 없는 것이었다.

사정을 안 신수현녀의 도움을 받아 간신히 수의 무공은 찾을 수 있었지만 나머지 목(木), 금(金), 토(土)는 찾을 방도가 없었다.

흔적이 묘연했기 때문이다.

그리하여 도제는 결국 오행의 두 구결과 자신이 이은 북천의 무공, 그리고 검황의 무공을 합해 새로운 무공을 창안할 수밖에 없었다.

그들 개개의 무공만 하여도 경천동지의 신공임에 틀림이 없는데 그것보다 더 뛰어난 신공을 만들기가 그리 쉽겠는가.

결국 그들이 한자리에서 기거한 지 이십 년이 지나도 제자리걸음이었다. 물론 그 속에서 그들의 무공은 더욱 발전해 갔다. 하지만 그들이 정작 원하고자 하던 목적은 달성하지 못했다.

그때 도제 자신의 생각을 내어놓았다.

자신들이 하지 못한 일, 후대에게 넘겨주기로.

자신들의 모든 것을 이은 후인이 자신들의 과제를 풀어줄 것이라 생각한 도제와 검황은 그때부터 자신들이 기거하는 곳에 후인을 위한 준비를 하였다.

그 후인이 도제의 후예에서 나올지 검황의 후예에서 나올지는 모르지만, 그 후인에게 자신들의 모든 것을 줄 수 있도록 준비하고자 했다.

하지만 결국 그들의 천수가 끝나도록 그들이 그렇게 기다리던 후인은 나타나지 않았고, 그 후임을 자신의 시중을 들던 해노에게 맡겨야 했던 것이다.

그리고 해노 역시 장장 칠십 년 동안 기다려 온 것이다.

진현은 이제야 모든 것을 알 수 있었다. 금강문에서 헌원당에게 들은 그 비화를. 그리고 청성 도인에게 들은 그 내용 역시 톱니바퀴가 맞물려 가듯 연결이 되었다.

'아, 정말 이것이 하늘이 내려준 운명일까?

진현은 커져 가는 부담감을 감당할 수가 없었다. 자신이 바라는 것은 오직 사마화련과의 결합인데 생각지도 않게 일이 커져 버린 것 같았다.

이것은 진현을 바라보는 단순명 역시 마찬가지였다. 그 역시 진현의 속마음과 같이 진현이 부담스러워하면 어쩌나 하고 걱정했다.

하지만 진현을 굳게 믿는 그인지라 단숨에 그런 걱정들은 날려 버렸다.

등천무동(騰天武洞).

동혈(洞穴)의 앞에는 용사비등(龍蛇飛騰)의 글체로 파여진 이 네 글자가 새겨 있었다.

일견하기엔 평범한 동굴 같아 보였지만 비동(秘洞)이라는 뜻이 의미하는 바대로 그 안에는 위험천만한 기관들과 절진(絶陣)들이 숨어 있을 것이다.

아마도 현대로 본다면 '관계자 외 출입 금지'라는 현판인 것이다.

그러나 관계자(?)인 진현으로 본다면 그 안에는 엄청난 무공들이 기다리고 있을 것이다.

이제 진현은 그곳으로 한 발짝 앞서갔다.

그를 지켜보는 단순명과 해노는 수많은 상념으로 지켜보고 있었다.

드디어 찾은 선조의 무공이다. 그리고 그것도 모자라 선조와 이름을 같이하던 도제의 무학까지 같이 있는 곳이다.

'이것으로 단씨세가의 명성은 새로운 이름을 다할 것이다.'

단순명은 그렇게 기도하며 진현을 들여보냈다.

어떤 기보(奇寶)가 진현을 기다리고 있는지, 어떤 위험이 진현을 맞이하고 있는지 모르지만 모든 것은 진현의 운명이며 진현의 숙명일 것이다.

　그리고 진현이 다시 모습을 드러내는 것이 언제인지는 모르지만 진현의 등장과 함께 단씨세가는 진정한 천하제일가로 바뀔 것이라 단순명은 믿어 의심치 않았다.

제26장

서서히 다가오는 먹구름

서서히 다가오는 먹구름

소위 화북(華北)이라고 명하는 곳이란 하남성(河南省)과 하북성, 산서성(山西省), 그리고 산동성(山東省), 마지막으로 산해관(山海關)을 넘어 관외를 포함하고 있는 곳이다.

그중 하남성은 이런저런 이유로 유명한 곳이다.

우선 육대고도(六代古都)인 개봉과 낙양이 존재하고 있었고 그 유명한 숭산의 소림사가 있기 때문이다.

하지만 이것은 일반인이 느끼는 것이고 무림에 몸담고 있는 자라면 다른 이유에서 하남성에 가길 원하고 있었다.

그것은 바로 소림사가 위치한 소실산(少室山)과는 반대의 태실산(太室山)의 한자락에 위치한 작은 분지 때문이다. 일명 대석평(大石坪)이라고 불리는 이곳은 사람 키를 가뿐히 넘는 돌이 주위를 둘러싸고 있어 장관을 이루는 곳이다.

하지만 그것만으로는 유명할 수 없었다. 바로 호천사정맹의 총단이 위치한 곳이기에 가능한 일이었다.

언뜻 보면 고관대작의 별장이라고 여겨질 만큼 큰 장원이었지만 그렇다고 그 유명한 호천맹의 총단이라고 하기에 부족한 것도 아니었다.

호천사정맹은 맹주 휘하 일사(一師) 삼총관(三總管) 육각(六閣) 일부로 나누어져 있었다. 저마다 하는 일은 다르지만 각 특성에 따라 상하관계를 유지하고 있었다.

먼저 잘 알려진 대로 기왕(機王) 신기수사 제갈화영이 맡고 있는 일사, 즉 군사는 가히 그 힘이 일인지하 만인지상이었다.

그리고 그 휘하에 있는 육각 중 비영각(飛影閣)은 호천맹에 들어오는 모든 정보를 관리하고 있어 항시 대륙안(大陸眼)을 발동하고 있는 상태였다. 천하에서 일어나는 모든 정보가 대륙안을 속일 수 없다는 말은 소문을 넘어 이제는 진실로 여겨지는 실정이다.

삼총관은 대총관, 내총관, 외총관으로 나누어져 있지만 실질적으로 대총관은 내총관과 외총관 위에 있었다. 대총관은 혹자로 총순찰이라고도 불렸다.

그리고 내총관과 외총관 역시 힘의 차이에 있어서는 엄연한 구별이 있었다. 비록 같은 총관이라고 하지만 외총관으로서는 내총관의 맹 내의 힘과 비교될 수 없기 때문이었다.

그것은 내총관으로 있는 철협(鐵俠) 단목자성(端木子星)의 밑에 조직된 사각(四閣)을 보면 알 수 있다.

맹 내의 집형(執刑)을 담당하는 일월각(日月閣)과 맹의 인사 관리와 물자를 관리하는 성신각(星辰閣), 그리고 맹의 주요 회의나 전략이 뿜어져 나오는 천지각(天地閣), 마지막으로 대외적으로 더 유명한 호천각(護

天閣)의 호천맹룡대(護天猛龍隊)와 호천맹호대(護天猛虎隊)는 내총관의 지시에 따라 움직이는 것이었다.

외총관은 수문부(守門部)라는 조직이 있어 맹 내의 순찰과 경비를 책임지고 있는 것이었다.

마지막으로 같은 육각에 속하면서도 그 힘의 차원을 달리하는 사정각(四鼎閣)은 그 하나만으로도 거대한 집단이었다.

속가사대세가의 힘이 뭉쳐져 있는 것과 같아 각 세가의 수뇌부가 모여 맹주의 독선을 감시하는 역할을 하고 있었다.

이미 여러 번 그 힘이 증명된 바 있어서 맹주라 하여도 무시 못할 세력이었다. 언제나 맹의 존폐가 걸린 사안이라면 맹주보다 이곳으로 먼저 연락을 취하라는 말까지 있을 정도였다.

맹주의 거처로도 유명한 창천전에서 두 사람이 대화를 나누고 있었다. 두 사람 다 문인으로 보여질 정도로 흐르는 물처럼 담담한 기색이었다.

하지만 그중 백의문사는 담담한 기색 속에서도 태산과도 같은 위엄이 존재하고 있었다.

바로 태극성검(太極聖劍)이다.

천하를 양분하는 호천사정맹의 주인이자 전설의 칠대무서 중 무당파의 비전절학인 태극(太極), 태극혜검(太極慧劍)을 대성하였다던 무황(武皇) 태극성검 구양 상인(歐陽常隣)이었다.

이미 일신의 무공이 노화순청(爐火純青)에 달하여 천인합일(天人合一)의 경지를 보고 있는 실정이다.

그의 검에서 빛이 뿜어져 나오면 누구도 감당하지 못한다는 것은 이미 강호의 오래된 상식이었다.

원래 정석대로 하자면 호천맹의 주인은 속가사대세가에서 나와야 하는 것이 당연한 일이었으나 그 누구도 자신이 아닌 다른 세가에서 맹주가 나오기를 원하지 않았을 뿐더러 게다가 무당의 속가제자이긴 하지만 현 무당의 장문인인 현학(玄鶴) 도장의 사제임을 감안한다면 누구도 반대할 명분이 없었던 것이다.

게다가 일신의 무공으로도 천하십오대고수 중 상위 서열을 가지고 있음에야 더 말하여 무엇 하겠는가.

그리고 그야말로 이렇게 늙고 싶다라고 말할 정도의 외모를 가지고 공손하게 대답하는 이가 바로 호천사정맹의 군사이자 천하십오대고수 중 한 명인 기왕 신기수사 제갈화영이다.

흰 수염이 멋들어지게 나 있었고 그 위로 이목구비가 단정하게 있어 보는 사람으로 하여금 편안하게 만들어주었으며 백발을 감싸고 있는 흰 문사건(文士巾)은 그야말로 어울리는 것이었다.

그뿐 아니라 맹주와 같은 백의를 입고 있어 모르는 사람이 보았다면 오히려 기왕 제갈 군사가 맹주인 것으로 착각할 만한 것이었다.

"보고드릴 것이 있습니다."

"그것이 무엇이오?"

"태풍이 올 것 같습니다. 곧 말입니다."

"으음……."

구양 상인은 제갈화영의 말에 신음을 하였다. 드디어 그렇게 예견하고 있던 것들이 현실로 오게 되었다고 생각했다.

"그곳이 운남이오?"

구양 상인은 침착하게 제갈화영에게 물었다. 이미 예상하고 있던 것이라 쉽게 말이 뱉어지는 듯했다.

"예, 그렇습니다. 태풍의 눈이 있는 곳을 제외한 이미 모든 곳은 소리없이 제거되었고 단씨세가의 귀와 눈을 막고 있는 실정입니다."

태풍의 눈이란 천하제일가를 말함이었다.

"어떻게 그리 쉽게 천하제일가가 무너질 수 있단 말이오?"

"그러니 그들의 힘이 무섭다는 게 아니겠습니까. 게다가 근래에는 세가의 이렇다 할 활동도 없었으니 더욱 그리할 것입니다."

제갈화영은 품속에서 가져온 서류와 서신을 꺼내어 구양 상인에게 주었다.

"이것을 보십시오. 이것은 세작(細爵)들에게서 온 밀서(密書)이옵니다. 그들의 말을 빌리자면 이미 그들의 눈뿐만 아니라 우리의 눈까지 속이려 하고 있습니다. 이미 끈녕의 원통사의 정보는 거짓으로 일관하고 있습니다."

"음."

구양 상인은 제갈화영이 말하는 세작들이 바로 그의 직속 부대인 대류안을 말하는 것임을 알고 있었다.

이미 전국적으로 뻗어 있는 그들의 손길은 가히 무서울 정도로 집요했다. 그리고 결국 그들은 이루고자 하는 것들을 얻을 수 있었다.

그렇기에 대류안은 정도의 성격에는 맞지 않을지 몰라도 호천맹에서의 위치는 확고부동한 것이었다.

"군사, 운남의 정확한 상황을 말씀해 주실 수 있겠소?"

"예. 현재 운남의 문파 분포를 보시면 대리의 천하제일가를 제외하고는 이렇다 할 문파가 없습니다. 다만 천마사천회의 독왕의 본 토인 독문(毒門)만이 있습니다. 하지만 독문 역시 천하제일가와 비길 힘이 아닙니다. 그리하여 이미 운남과 귀주, 그리고 사천의 일부까지 천하제일가의 세력 안에 들어가고 있습니다."

"그렇지. 하지만 지금은 그 범위가 많이 줄어들었지 않소?"

"예, 그렇습니다. 세가의 힘이 작아지는 반면 맹과 회의 두 축이 이루는 힘이 커지는 바람에 그 범위가 운남으로까지 축소되었습니다."

"한데?"

"하지만 실상은 그렇지 않습니다. 맹주께서도 아시겠지만 개인이 아닌 집단이 운영되기 위해서는 무엇보다도 자금이, 그리고 힘이 필요합니다. 그것을 보면 천하제일가의 표면적 힘은 줄어들었다고 하나 사실상 실질적인 이익은 늘어났다고 봐도 무방합니다."

"아니, 그게 무슨 말씀이시오? 알아듣기 쉽게 풀어주시겠소?"

구양 상인의 말에 제갈화영은 대전 안에 마련되어 있는 커다란 지도를 보며 설명해 주었다.

"여기를 보십시오. 이곳이 천하제일가의 위치입니다. 바로 이곳 대리를 시작으로 곤명, 그리고 귀양까지, 사천으로 보자면 대리(大理), 도구(渡口), 서창(西昌), 악산(樂山), 성도(成都), 중경(重慶)까지 이렇게 두 개의 선이 그려집니다."

"그렇지."

구양 상인은 이미 자신도 알고 있던 것이라 제갈화영의 말에 고개를 끄덕였다.

"그리고 다시 중경에서 귀양으로 선을 긋는다면 이렇게 삼각형이 이루어집니다."

"음… 그러니까 삼각형이 지나가는 공간인 운남과 귀주, 그리고 사천이 천하제일가의 손안에 있다는 말인가? 하지만 그것으로는……."

구양 상인은 이미 구주를 통틀어 삼 개 성(省)을 가지고 있다 하더라도 힘이 없는 이상 헛일이라는 것을 경험상 잘 알고 있었다.

다행히 제갈화영 역시 그것을 알고 있었으며 구양 상인의 의도를 이해하고 있었다.

"그것이 불가사의입니다."

제갈화영이 말하고자 하는 바는 바로 이것이었다.

어째서 천하제일가라는 무인 집단이 무림이라는 패권에 관심을 두지 않고 무인이라면 경시할 수도 있는 상권(商權)에 더 비중을 두는가 이것이었다.

어차피 무림이라는 특이한 공간은 그들 자신들만으로 살아가지는 못한다.

말이 안 되는 소리인지 몰라도 그들이 경시하는 상권, 즉 금전을 통하여 그들의 의식주를 해결해야 하기 때문이었다.

그렇기에 언제나 무림과 상권은 필수불가결한 사이가 되어야 했다. 상인의 힘은 무인이 주는 것이었고 무인의 금전적인 문제를 상인이 해결해 주는 공생의 관계였다.

"하지만 천하제일가의 경우는 그 정도가 너무 한쪽으로 치우쳐 있습니다. 비정상적이라고 여겨질 정도로 말입니다. 반정지란이 있은 후 천하제일가의 행로와 맹의 관계를 보자면 대략 이렇습니다. 검황에서 이어져 오던 그 힘이 최고조에 이르렀을 때 반정지란이 일어났고 타 문파가 그러하듯 천하제일가 역시 반 이상의 세력을 잃어버려야 했습니다. 그렇다면 무릇 잃어버린 힘의 복원에 대하여 힘을 써야만 합니다. 하지만 하나라는 개념보다 다수라는 개념을 가진 맹이기에 서로 간의 절충된 도움으로 빠른 회복과 그것을 바탕으로 한 확장으로 오늘날의 맹의 토대를 이루었습니다."

"그렇소. 사대세가와 사파의 결합체이기 때문에 그들의 힘이 모아져 천하제일세가를 누를 수 있지 않았소. 그리고 군사께서 하신 말은 당연한 것이오. 무릇 세가와 같은 큰 단체를 운영함에 있어서 자금이란 정말로 소중하고 절실한 힘이오. 그러니 천하제일가 역시 몇 년을 두고 자금을 모으는 것이 아니겠소."

지난날 천하제일가의 거취와 향방에 대하여 한 사람은 당연하다 하고 또 한 사람은 비정상이라고 하고 있었다.

"그렇습니다. 맹주께서 말씀하신 대로 세가의 복원을 위해서 자금을 바탕으로 해야 하기 때문이라면 아무런 걸림돌이 없습니다. 하지만 그것이 후일을 대비함이라 한다면 그것은 너무도 치밀한 계획입니다."

"그게 무슨 소리요?!"

구양 상인은 제갈화영의 말에 고성을 지르며 물었다.

그가 생각하는 후일이라고 함은 현재의 처지가 자신의 힘으로는 역부족이라고 여겨질 때 다음을 기약하여 힘을 모아두는 것을 의미하는 것이었다.

"이미 반정지란이나 갖은 사건을 통하여 단씨세가의 정보력 또한 본맹에 못지않은 것이라 사료되었습니다. 그런 세가의 정보력으로 이번 운남의 비밀스러운 움직임을 간파하지 못한다는 것은 믿지 못할 일입니다. 게다가 아무리 정보의 움직임을 막는다고 해도 자신의 안방이나 마찬가지인 운남에서 그리 쉽게 당할 단씨세가가 아닙니다."

한데 이상한 것은 제갈화영의 입에선 계속해서 천하제일가라는 말보다 단씨세가라는 말이 나오고 있었다.

"음……."

구양 상인은 듣고 보니 맞는 말인지라 신음을 토해냈다.

"하지만 천하제일가로서는 후일을 기약해야 할 일이 없지 않소? 그들이 무엇이 두려워, 그리고 무엇이 아쉬워 그런다는 말이오?"

그것이 구양 상인으로서는 이해가 가지 않는 것이었다. 이미 단일세력으로는 타의 추종을 불허하는 힘을 가진 단씨세가, 즉 천하제일가가 후일을 대비한다는 것은 너무나 억측이었다. 구양 상인은 제갈화영의 말에서 오류를 찾는 것이나 이해를 못한다는 것은 아니지만 상식적으로 생각했을 때 그의 말은 도저히 말이 안 되었다.

"한데 사천회에서는 어떤 반응을 보이고 있소?"

호천맹이 알 정도라면 사천회 또한 아는 것은 불문가지였다. 게다가 그곳에는 그들의 토대를 이루는 기둥 중 하나인 독문이 자리 잡고 있었다.

"예, 이상할 정도로 사천회에서는 이렇다 할 반응을 보이고 있지 않습니다. 이것은 그들이 이번 일에 개입했다는 것을 암시할 수도 있는 문제입니다."

"음……."

구양 상인은 제갈화영의 말에 신음성을 토했다. 그의 말대로 사천회의 보이지 않은 힘이 개입되었다고 한다면 문제는 더욱 커지기 때문이었다.

"그렇다면 군사의 말은 사천회와 금성(禁城)이 암중에 손을 잡았다는 것이오?"

구양 상인은 혹시나 하는 마음으로 일어나서는 안 되는 일을 예상하여 보았다. 그러나 구양 상인은 자신이 원하는 답을 얻을 수 없었다. 그것은 제갈화영의 입이 엉뚱하게도 이십 년 전의 일을 말하고 있었기 때문이다.

"맹주님, 이십 년 전 금성이 반정지란을 일으켜 천하를 혼란에 잠기게 하였을 당시가 생각나십니까?"

"그거야 당연하지 않소. 그때의 기억이야 아직도 생생하게 떠오르는구려. 천지각과 일월각을 필두로 서문세가(西門世家)와 그 당시 개방과 함께 이름을 드높이던 와선방(臥仙幇), 서장 황교(黃敎)의 후신인 포달랍궁, 그 밖에도 참으로 많았소. 정말 어떻게 그 많은 사람들이 거사를 꾸미는데도 그것을 몰랐나 할 정도로 말이오. 한데 그 얘기는 왜?"

구양 상인은 제갈화영의 의도를 알지 못해 그의 대답을 기다렸다.

"맹주님의 말씀처럼 많은 세력들이 그 일에 동참을 하거나 암중에 도움을 주었습니다. 그리하여 맹의 힘으로는 그들의 힘을 막기 부족했고 급기야 천하제일가와 사천회의 도움을 받아야만 했습니다."

반정지란은 그야말로 그 당시 무림을 이끌어 나가던 중추 세력에게는 안일한 자만에 대한 경고였다.

무림의 두 기둥 중 하나인 호천사정맹의 중심부인 일월각과 천지각이 동참했다는 것은 그만큼 윗선에서부터 썩어가고 있다는 것을 반증하고 있는 것이었다. 그리고 반정지란의 총세력을 뜻하는 금성의 중추 세력인 서문세가는 반정지란이 일어나기 전까지는 그야말로 다시없을 정도의 명문세가였다.

하지만 더욱 중요한 사실은 그들의 뜻에 동참한 방파의 수였다. 다시 말해서 많은 세력이 난을 일으킬 때까지 기미를 알아채지 못했다는 사실이 그때까지의 자만을 입증하는 것이었다. 그로 인해 호천사정맹은 자신들만의 힘으로는 감당하지 못하였다.

날이 갈수록 자신의 손길을 뻗어가는 금성의 무리들은 그야말로 파

죽지세로 강호를 유린하였고 한때는 호천사정맹의 본거지라고 할 수 있는 하남(河南), 안휘(安徽), 호북(湖北), 산서(山西) 등을 장악하여 무림을 장악하는 듯 보였다.

하지만 이상하게도 그들의 출발에서 볼 수 있었던 치밀함과 강력한 힘은 천하제일가와 천마사천회의 등장과 함께 모래성같이 무너졌다. 호천사정맹, 천하제일가, 천마사천회라면 곧 강호 전체를 의미하는 것이기도 했지만 금성의 기세를 생각하면 허무한 결말이었다.

그래서일까?

강호의 생각있는 명사들은 언제나 금성의 재발을 우려했다. 스스로의 귀와 눈을 열어 언제나 경계했으며 반정지란 당시 일월각과 천지각이 동참한 것을 인지해 항상 자신의 문파를 단속하며 내부의 결속을 다졌다.

이 모든 것은 두 사람 모두 잘 알고 있는 사실이며 지난 그들의 세월이었다. 그러나 구양 상인의 물음에 대한 답은 아니었다. 구양 상인은 자신이 원하는 대답 대신 왜 이런 말을 꺼냈는지에 대한 의문을 표하였다.

제갈화영은 서서히 입을 열어갔다.

"맹주, 지난 이십 년이라는 적지 않은 세월 동안 우리 맹은 제이의 반정지란을 우려하여 항상 만반의 준비와 경계를 소홀히 하지 않았습니다. 그리고 드디어 그들의 꼬리를 잡았습니다. 그것은 사천회 역시 마찬가지일 것입니다. 그렇다면 그들이 나갈 방향은 단 두 가지입니다. 전처럼 맹과 합동하여 그들을 제거하느냐, 아니면 반대의 편에 서서 무림을 장악하느냐."

"음."

구양 상인은 이제야 제갈화영이 말하고자 하는 의도를 알 수 있었다. 그리고 그가 아는 천마사천회라면 충분히 그럴 수도 있겠다고 생각되었다.

하지만 이것은 단정일 뿐 확인된 사실은 아니었다. 다만 가능성이 농후하다는 것이었다.

그러나 두 사람 모두 간과하고 넘어가는 것이 있었다.

바로 현재 그들이 금성의 무리라고 생각하는 암중의 세력이었다. 그들이 과연 지난날 반정지란을 주도하였던 금성의 무리인지 검증도 되지 않은 상태에서 너무 섣불리 단정 짓고 있었다.

더욱 이상한 것은 모든 것을 용의주도하게 살피며 대륙의 모든 정보를 담당하는 천하의 기왕 신기수사 제갈화영이 이것을 모를 리가 없다는 것이다.

하지만 그는 이미 금성의 잔여 세력이라고 단정 짓듯 구양 상인과 대화하고 있었다.

과연 어느 것이 진실인지는 두고 봐야 알 일이었다.

화창한 날씨를 말해 주는 듯 구름 한 점 없는 창천(蒼天)에 무언가를 알리기 위해 열심히 날아오르는 전서구가 있었다.

그리고 목적지를 향해 날아가는 전서구를 보며 한 사람은 슬며시 미소를 지었다. 지그시 힘을 준 그의 왼쪽 팔목에는 희미하게 오(五)라는 숫자가 보였다. 그는 한 시진 전 구양 상인과 무림의 정세에 대해 토론을 하던 신기수사 제갈화영이었다.

온 세상을 태워 버릴 듯 넘실거리는 불꽃이 주위를 밝히는 가운데 호천사정맹의 밤은 그렇게 깊어가고 있었다.

그 주위로 작은 벌레들이 자신의 몸을 태우기 위해서 날아들고 또한 불길 역시 그것을 놓치지 않으려는 듯이 순식간에 삼켜 버렸다.

하지만 몇몇의 날벌레들은 위험한 유혹을 뿜어내는 불길보다는 다른 쪽을 책하려 하였다. 작은 몸을 비집고 들러가려 노력하는 그들은 수월하게 불빛이 비치는 방 안으로 들어갈 수 있었다.

역시 작은 등잔 속의 촛불이 자신들을 맞이하고 있었다.

그러나 그 벌레들은 자신들의 목적을 달성할 수 없었다. 바로 주위에 퍼져 있는 무형의 압력 때문이었다. 마치 보이지 않는 벽을 만든 것 같은 기운은 그들에게 조금의 틈도 주지 않았다.

그 무형의 기운들은 방 안의 중앙에 위치한 노인에게서 나온 것이었다.

가부좌를 틀고 앉은 그의 코에선 쉴 틈 없이 새하얀 기운들이 뿜어져 나왔다. 그리고 어느 순간 다시 장시간을 통하여 그들이 나왔던 곳으로 다시 들어가려 하였다.

그러기를 수차례. 이제 노인의 운공이 거의 끝나려 하는지 몸 전체에서 작은 빛들이 새어 나오려 하고 있었다.

이제는 몸 전체를 가릴 듯한 새하얀 기운들이 노인을 중심으로 소용돌이를 만들어가고 있었고 속도에 가속이 붙어 빠르게 돌아가고 있었다.

그리고 다시 그 속도가 줄어들면서 서서히 그의 콧속으로 들어가기 시작했다. 하지만 그곳을 통해 갈무리되는 것은 일부분이었고 대부분이 그의 모공을 통하여 피부 속으로 스며들었다.

이제 거의 막바지에 이르러 새하얀 기운이 얼마 남지 않은 상태였다. 그때 문 틈 사이로 미세한 흰색의 기류가 흘러 들어왔다.

미약한 양이라 스며든지도 자세히 관찰하지 않는다면 모를 일이었다. 하지만 무엇보다도 운공을 하고 있던 노인이 기척을 알아차리지 못했다는 것이 더욱 놀랄 일이었다.

지금 방 안에서 운공을 하고 있는 사람은 호천사정맹의 내총관이라는 직함을 가지고 있는 철혈 단목자성이었다.

높은 내력으로 인해 사방 삼십 장 내의 조그마한 기척도 속이지 못하는 그였다.

그런 그를 속이고 방 안으로 하독을 할 수 있다는 것은 그만큼 암습자의 무공이 뛰어나다는 것이었다.

방 안으로 스며든 흰색의 기류는 흔적도 없이 흩어지며 단목자성이 만든 흰 기류 속으로 숨어버렸다. 그리고 혼합된 기류들은 예의 그랬던 것처럼 그의 모공과 콧속으로 스며들었다.

그때 단목자성의 눈이 부릅떠지며 신음 소리를 내었다.

"윽!"

아직 채 마무리되지 못한 운공을 억지로 마친 그는 가슴을 부여잡으며 자신의 몸속에 있는 이물질을 운공을 통하여 몰아내려 하였다.

현재 그에게 중요한 것은 암습자가 누구인지, 무엇 때문에 암습을 한 것인지가 아니라 속히 체내의 독을 배출하는 것이었다.

모공을 통해 침입한 독은 여느 독과 달라 심후한 내력을 가진 그로서도 달리 방도가 없을 정도로 위험한 것이었다.

"윽……."

단목자성은 신음과 함께 선혈을 토해냈다.

피의 색이 검붉은 것으로 보아 이미 체내의 독은 순환되고 있는 것 같았다. 단목세가 비전의 요상법과 혼합하여 운공을 하였지만 체내의 독은 신속히 온몸으로 퍼져 가고 있었다.

삐거덕.

그때 갑자기 누군가가 방으로 문을 열며 들어왔다.

세 명으로 이루어진 그들은 방문객이라고 하기엔 복면을 쓴 것이 부조화를 이루고 있었다. 차라리 조금 전 하독을 한 장본인이라고 하는 것이 더 어울릴 것이었다.

"어떻소? 천하의 철협이라 하더라도 앙천(殃天)의 힘을 막을 수는 없는 것이오."

"하하하, 정말 령주(令主)의 말처럼 그렇구려. 천하의 철협이 한낱 독으로 인해 일생을 마감하다니, 정말 안타까운 일이오."

중간의 복면인의 말투는 말의 의미와는 달리 그리 아쉬워하는 기색이 아니었다. 오히려 앙천이라는 독에 대한 경외심이 들어 있다고 할 수 있었다.

그때였다.

점차 양이 많아지는 선혈을 흘리며 죽은 듯 운공을 하고 있던 단목자성이 두 눈을 뜨며 자리를 박차고 일어났다.

그리고는 전광석화의 움직임으로 자신의 곁에 있는 애검을 집어 들며 소리를 질렀다.

"그대들은 누구인가?"

그의 목소리는 암습을 당한 사람이라고 믿어지지 못할 정도로 담담하였다. 하지만 자세히 관찰한다면 그의 몸에 미비한 미동이 끊임없음을 감지할 수 있을 것이었다.

"하하하, 아직도 그런 힘이 남아 있다니 정말 대단하구려. 과연 천하의 철협답소. 하지만 이제 그만 죽어주셔야 하겠소."

중앙의 복면인은 진심으로 단목자성의 높은 무공에 감탄을 하였다. 앙천의 힘이 어떤지를 너무도 잘 알고 있는 그이기 때문이다.

"방금 전 앙천의 힘이라고 한 것이 바로 그대들이 하독(下毒)한 독의 이름인가?"

"그렇소. 당신을 중독시킨 독이 바로 앙천지독(殃天之毒)이오. 그렇지 않다면 어떻게 당신을 이토록 손쉽게 중독시킬 수 있다는 말이오."

"앙… 천지독!"

복면인의 말에 단목자성은 경악하지 않을 수 없었다. 그것은 앙천지독의 무서움도 문제지만 그게 의미하는 것이 너무도 큰 문제이기 때문이었다.

"하하하, 아직도 기억을 하시는구려. 그렇소. 바로 본 성(本城)의 힘이자 이대절독(二大絶毒)인 앙천지독이오. 이십 년이나 지났는데도 아직 기억을 하시는 걸 보니 그때 된통 당하신 모양이구려. 하하하."

그의 말은 틀리지 않았다.

철협 역시 세인들에게 알려지지 않았지만 반정지란 당시 앙천지독에 중독이 되었었다. 하지만 그 양이 아주 미세하여 죽지 않았던 것이다. 하지만 그 미세한 양을 해독하기 위해서 많은 세월을 허비해야만 했다.

그러니 어찌 그 힘을 모르겠는가.

어쩌면 그로서는 처음 하독을 당할 때부터 앙천지독이라고 의심하였는지도 몰랐다.

"윽! 과연 앙천지독이군. 아니, 과거보다 훨씬 더 대단해진 것 같으이. 금성의 재발을 알고는 있었지만 이토록 무모하게 나설 줄은 몰랐군. 이제 세상 밖으로 나오려 하는가? 아직은 그 힘이 부족할 터인데……."

"흐흐흐, 늙은 생강이 맵다더니 과연 명불허전이군. 그렇소, 아직 전면전을 하기에는 또다시 이십 년 전의 전철을 밟을 뿐이오. 하나 아무리 강하다고 해도 보이지 않는 화살을 방비하기란 어려운 법이오. 그렇지 않소?"

중앙의 복면인이 말을 마치자마자 그의 왼편에 서 있던 복면인이 서서히 자신의 복면을 벗었다.

"아니!"

단목자성은 경악하지 않을 수 없었다.

아무래도 오늘은 그의 일생에 있어 가장 많이 놀란 날이 될 것이었다. 그는 오늘의 일이 길보다 흉이 많을 뿐 아니라 자신의 마지막 날이 될지도 모른다는 생각을 하게 되었다.

왼쪽의 복면인이 자신의 복면을 벗음으로 해서 방 안에는 두 명의 복면인과 두 명의 단목자성이 존재하게 되었다.

"어떻소? 이만하면 정말 훌륭하지 않소?"

단목자성의 특징이라고도 할 수 있는 백발과 흰 눈썹, 그리고 살짝 구부러진 매부리코까지 모든 것이 완벽할 정도로 똑같은 모습이었다.

만약 둘이 길을 지나다닌다면 아마도 모두가 일란성 쌍둥이라고 할 것이었다. 그뿐 아니었다. 그 키와 체격까지 부족함이 없었다.

과연 이런 일이 존재할 수 있는지가 의문이었다.

"전가위진(轉假爲眞)!"

"흐흐흐, 잘 아시는구려. 그렇소. 보이지 않는 화살이란 바로 이것을 말하는 것이오. 이만하면 제아무리 태극의 힘을 이어받은 태극성검 구양 상인이라고 할지라도 다시 생각해야 할 것이오."

"흥! 가짜 나를 내세워 봤자 아무 소용 없을 것이다. 맹주님과 나와는 격이 다른 인물이다. 어찌 너희들이 그의 안목을 속일 수 있겠는가? 그분은 나를 잘 알고 있다. 오늘 내가 이 자리에서 죽을지는 몰라도 너희들의 목적을 이룰 수는 없을 것이다."

단목자성은 양천지독으로 인해 중독되어 가는 자신의 몸을 간신히 버티며 말을 했다.

"과연 그렇겠소? 그것은 두고 보면 알 일이 아니오. 그런데 너무 말이 많은 것 아니오? 이제는 죽어주어야겠소. 본좌가 친히 보내 드리리다."

중앙의 복면인의 오른팔이 서서히 단목자성을 향해 올려지더니 금세 붉게 타올랐다. 무서운 열양수(熱陽手)를 전개하려는 것이었다.

그의 팔이 전광석화의 속도로 곧게 뻗어갔다.

"윽⋯⋯!"

단목자성은 자신의 가슴에 박혀 있는 복면인의 손을 보면서 선혈을 주르륵 흘려야만 했다. 가슴을 통째로 불로 지지는 것 같은 고통을 느끼며 단목자성은 아득해지는 정신의 끈을 희미하게 놓치려 하고 있었다.

그때 또다시 복면인의 말이 그의 귀로 들려왔다.

"내 그대를 위해 선물을 주려고 하오. 아마 나의 정체를 안다면 그대도 저승에서나마 그대의 사제가 빨리 오기를 바랄지도 모를 것이오."

복면인은 서서히 자신의 복면을 벗어주었다. 그러자 칠흑같이 검은 흑발 사이로 불혹의 나이를 가진 듯한 중년 사나이의 얼굴이 나타났다.

"그대는… 사도(司徒)……."

단목자성은 마지막 남은 힘을 몇 마디 말을 하는 것으로 소비하고는 고개를 떨구며 그만 돌아오지 못할 곳으로 가버리고 말았다.

"후후후, 이만하면 이번 일의 절반은 성공했다고 봐야 합니다. 그렇지 않습니까, 소공자?"

단목자성의 가슴에 박힌 자신의 손을 빼며 복면인은 품속에서 자색의 약병을 꺼내어 단목자성의 시신 위에 뿌리곤 오른쪽의 복면인에게 말을 했다.

치지직.

매캐한 연기를 내며 단목자성의 시신이 녹아버렸다.

"과연 독왕의 화골산(化骨散)은 변함이 없구려. 아마 이번 일을 시작으로 천하에 본 가뿐 아니라 금성의 존재를 다시 한 번 떨치게 될 것이오. 천하제일세(天下第一勢)는 본 성이며 천하제일가(天下第一家)는 본 가라는 것을 똑똑히 알게 될 것이오."

소공자라고 불리는 복면인의 두 눈은 활활 타오르고 있었다. 그 속에는 그의 야망과 욕망이 녹아 있었다.

독왕 사득천(査得天).

독문이 배출한 희대의 고수로서 이미 그 능력은 이름처럼 하늘을 얻었다 할 수 있는 인물이었다.

그의 독공은 이미 독문에서 배웠던 절학을 뛰어넘어 남만의 희귀하고 괴이한 독술까지 겸비한, 명실상부 독에 있어선 일인자의 위치였다.

특히 그의 패천만독공(覇天萬毒功)은 독문에서는 유래없는 경지에 있어서 그의 손짓 한 번에도 경천동지의 위력이 숨겨져 있다 전해졌다.

그런 그가 천마사천회에 매여 있다는 것이 의문이기도 했지만 삼대

봉공(三大奉公)이라는 회주와 부주 다음 가는 위치에 있기 때문에 그리 어울리지 않는 자리도 아니었다. 특히 기왕 제갈화영이 호천사정맹의 군사로 있는 현실이라 더욱 그리했다.

그때 방문이 열리며 나이가 어려 보이는 소동(小童)과 또 다른 복면인이 들어왔다. 소동은 바로 단목자성의 시중을 들고 있는 백소(白沼)였다.

"아! 오셨습니까? 자하경혼도(紫霞驚魂刀) 혁리운(赫理雲)은 어떻게 되었습니까?"

이상한 일이었다.

자신의 상관인 단목자성의 방에 수상한 복면인들이 있음에도 불구하고 자연스레 그들과 어울리는 백소의 태도도 문제였고, 소공자의 예를 차리는 행동 또한 이해가 가지 않는 것이었다.

"크크크, 천하의 백발마동(白髮魔童)이 그깟 철협의 소동이 되다니. 벽력마(霹靂魔)가 알면 웃을 일이야."

백말마동.

이미 반 갑자 전부터 강호에서 활동하여 그 살명(殺名)을 온 천하에 떨친 바 있는 몸이었다. 그로부터 어린 아이와도 같은 몸에 홍안(紅顏), 그리고 눈같이 흰 백발을 가진 사람은 건들지도, 다가가지도 말라는 당부가 강호 초출하는 제자에게 들려주는 필수적 당부 요소가 되어버릴 정도였다.

고사리같이 작은 두 손에서 나오는 극강의 마마천겁수(魔魔千劫手)야말로 그가 지금의 자리로 오게끔 만든 부동의 일등공신이었다.

하지만 십 년 전부터 강호에서 자취를 끊은 그가 이곳에 나타났고, 그뿐 아니라 금성과 관계가 있다는 것은 놀라운 일이었다.

한데 백발마동이 말한 벽력마는 강호에서 오직 천마사천회의 사대신마(四大神魔) 중 하나인 벽력마밖에 없었다.

그의 말은 여러 가지 함축성을 띠고 있는 것이었다.

그와는 달리 그와 같이 방으로 들어온 또 다른 복면인은 예를 갖추어 소공자를 대하였다. 그리고 그는 백발마동 대신 소공자의 의문을 풀어주었다.

"소공자, 무사히 일을 치르고 왔습니다. 이미 본 성에서 좌만(左慢)이 앙천지독을 풀어놓아 덕분에 손쉽게 그를 처치할 수 있었습니다."

좌만은 백소와 마찬가지로 호천사정맹에서 혁리운을 시중드는 소동이었다. 한데 복면인의 말을 빌리자면 그가 자하경혼도 혁리운을 중독시켰다는 것이었다. 그렇다면 혁리운 역시 단목자성과 마찬가지로 진짜와 가짜가 바뀌었을 것이다.

"이제 제일계(第一計)는 마쳤고 제이계를 준비하고 있다. 그리고 번천계(翻天計) 역시 모든 준비가 끝이 났으니 호천사정맹의 기둥이 무너지는 일만 남았구나."

제27장

비무대회

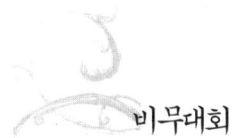 비무대회

강호는 하나의 소식으로 인해 술렁이고 있었다.

그 근원지는 바로 남경이었다. 남경에서도 정확하게 말하자면 태흥왕부였다.

태흥왕부.

정난(靖難)의 변을 계기로 황실에 두각을 나타낸 그는 당금에는 천자인 영락제 다음 가는 일인지하 만인지상(一人之下萬人之上)의 권력을 가지고 있었다.

그러나 많은 역사서와 강의를 통해 많은 왕조들이 탄생할 때 일등공신들이 더 빨리 제거되는 모습들을 알 수 있었다.

교토사양구팽(狡兎死良狗烹)이라는 말이 있다.

뜻을 풀이하자면 교활한 토끼가 잡히면 사냥개는 잡아먹힌다는 말이다. 즉, 쓸모가 없어지면 없애 버린다는 뜻이다.

물론 해석이 다를 수도 있겠지만 토끼가 없어지고 난 뒤 배가 고픈 사냥꾼은 사냥개라도 먹을 수 있다는 뜻이고, 달리 해석하자면 더 이상 먹이가 없어 배가 고픈 사냥개가 자신들을 물 수도 있기 때문에 미연에 방비하고자 사냥개를 처리한다는 것일 수도 있다.

중국의 많은 왕조들이 탄생할 때 언제나 태조가 될 수 있었던 자들은 그 주위에 항상 그를 도와 열심히 일하는 자들이 있었고, 그들은 대업을 이루고 나면 온갖 명예와 부귀를 손에 쥐었다.

당연한 결과였다.

그리고 그들은 그 성원에 보답하기 위해 더욱 충성을 다하였을 것이다.

하지만 그것은 그들의 주인이었던 태조가 살아 있을 때의 말이었고 태조가 죽고 나면 그들의 충성의 대상은 바뀌어질 것이다.

그들이 계속해서 충성을 다할 것인지는 아무도 모르는 일이다. 그렇기 때문에 더욱 태조 자리에 앉은 황제들은 일등공신을 더 빨리 제거하려 하였던 것이다.

바로 자신의 다음 세대를 위하여.

영락제 역시 마찬가지였다.

그 역시 자연스러운 황권 교체가 아니라 정변을 통해 얻어진 자리였기에 그를 도운 태홍왕의 도움을 잊을 수 없는 것이었다.

그래서 그에게 엄청난 부귀와 명예를 주었고 자신의 그 다음 가는 권력을 줄 수 있었던 것이다.

하지만 그 역시 태조와 같지 않으리란 법은 없었다.

차마 마지막 남은 친형제이기에 손을 미룰 수밖에 없는지도 모를 일이었다. 하지만 자신이 염려하는 그 일이 벌어질 가능성이 농후해진다면 그로서도 어쩔 수 없을 것이다.

아니, 자신의 다음 대를 걱정하기보다 오히려 자신의 안위를 걱정할지도 모를 일이다.

사실 태홍왕의 힘은 무림에도 영향을 끼치어 태홍왕이 기거하는 태홍왕부가 천하십일세(天下十一勢)의 일부(一府)라는 영예까지 얻고 있었다 하더라도 황실에 존재하는 실팔만 어림군(御臨軍)을 감당할 수는 없는 법.

그리고 태홍왕의 권력이 아무리 세다 하여도 영락제의 힘을 당해낼 수는 없는 것이었다.

북경으로 천도함에 따라 영락제는 당시 강북보다 더 부유하고 활기찬 강남 지방의 귀족 사회로부터 다소 멀어지게 될 수 있었다.

그것은 남경을 중심으로 이루어지던 사회가 갑작스레 북경으로 그 힘의 중심이 옮겨져 갔기 때문이다. 그리고 그 덕분에 영락제의 독재적이고 은밀한 정치 체제가 한층 더 강화될 수 있었던 것이다.

하지만 조그만 틈 때문에 거대한 방파제가 무너질 수도 있는 법이다.

그것을 너무도 잘 알고 있는 영락제이기에 조카까지 죽인 마당에 형제 또한 죽이지 않으리란 보장이 없는 것이었다.

이 태홍왕부에서 비무대회를 개최한다.

그리고 이것은 천하제일가의 소가주와 태홍왕부의 문인 군주가 맺는 백년가약을 기념하기 위해 열려지는 비무대회라고 알려졌다.

이에 천하는 놀라워했다.

이미 단일세력으로서는 천하에서 으뜸인 두 세력이 힘을 합치니 타 세력으로서는 견제할 수밖에 없는 일이기 때문이다.

하나 이것은 한 가지만을 말하는 것이다.

만약 태홍왕부의 이번 의도가 자신의 안위를 생각하여 무림으로 신경을 돌리는 것이라면 이제껏 유명무실하던 태홍왕부의 입지는 그야말로 변수가 되는 것이다.

관부에서 막강한 행사력을 뻗어 나가던 태홍왕부라면 수월히 강호를 장악할지도 모를 일이다.

그렇기에 이번의 비무대회는 무림의 상황으로 봤을 때 그 의미가 크다 할 수 있었다.

이미 금성의 존재로 인해 경계하며 신경을 뺏기는 터에 막강한 두 세력이 힘을 합친다면 그야말로 두통거리가 또 하나 느는 것이다.

최근 천하제일가의 행로에 신경 쓰며 주의를 기울이고 있던 타 세력들은 그야말로 뒤통수를 맞은 꼴이었다.

하나 무림인들이 더 열광하는 이유가 있었으니, 바로 비무대회의 우승자에게 주어지는 비급과 검 한 자루 때문이었다.

바로 용천검(龍泉劍)과 무명기서(無名奇書)였다.

무림에 전해오는 수만 가지 전설 속에 실제로 전해오면서 유독 풀리지 않는 신비가 있었다.

불가해(不可解)라 하여 뛰어난 머리를 가진 학자들도 고개를 젓던 기서였다.

전설은 말하고 있었다.

오래전 이름을 버렸다는 무명자(無名子)가 있어 각 문파를 찾아다니면서 비무행을 펼쳤다고 했다.

하지만 그것은 비무행이 아니라 살인행이었고, 비무가 끝난 자리엔

시체 한 구가 있었다고 했다. 그렇게 이어진 무명자의 비무행은 강호의 공론을 일으키기에 충분한 것이었고 각 파의 명예를 실추당한 복수를 하고자 문파에서 뽑힌 정예들이 모여 무명자를 제거하기로 했다.

하지만 강호에 알려진 것보다 훨씬 뛰어난 무공을 가지고 있었던 무명자는 자신을 제거하기 위해 찾아온 추살단(追殺團)을 전멸시켜 버렸다.

이에 깜짝 놀란 강호의 대문파들은 대대적으로 추살단을 결성해 이차 추살령(二次追殺令)을 내렸다. 무명자의 무공이 아무리 강하다고 할지라도 차륜전(車輪戰)으로 다가오는 추살단을 막기엔 중과부적(衆寡不敵)이었고, 결국 태산의 절벽에서 죽음을 맞이하게 되었다.

하지만 그 죽음이 확인되지는 않았다.

그리고 그 사건이 강호에서 거의 잊혀질 때쯤 강호에 무명기서라는 비급이 돌아다녔고, 어디선가 그것이 무명자의 유급이라는 소문이 전해졌다.

그리하여 무림은 비급쟁탈전으로 다시 한 번 피바람이 불었고, 마침내 그것은 당시 천하제일인이었던 소림의 방장 혜천 대사에게 넘어갔다.

그리고 마침내 무명비급은 세상에 공개가 되었는데 과연 그 속에는 상승의 무공 구결이 적혀 있었다.

하지만 이것이 불가해라고 불리는 까닭은 구결 중 한자와 한자 사이의 글자가 없기 때문이었다.

다시 말해서 징검다리 형식의 글자가 쓰여 있어 불완전한 글자였다.

이것에 무명기서를 구경하러 온 구경꾼들은 실망하며 돌아갔고, 그 비급은 소림의 장경각 안에서 보관하기로 되었다.

그렇게 세월이 흘러갔다.

그 후 무림에는 한차례 재앙이 일었다.

서장의 문파들이 하나로 뭉쳐 서에서 동으로 침입을 한 것이었다.

그리고 그 서장의 문파들은 그 당시 서하(西夏)의 비호 아래 그야말로 욱일승천(旭日昇天)의 기세로 달려들었고, 그 손길은 어느덧 소림에까지 오고야 말았다.

그리고 소림 역시 서장의 거센 물결을 감당하지 못하고 봉문의 위기에 닥치고 말았다.

그때 소림의 장경각에서 늙은 중이 나왔고, 그 중은 다름 아닌 팔십 평생 장경각을 소제하며 지내던 일개 중이었다.

평소 말을 더듬으며 모자라는 듯 행동하던 그인지라 그리 주목을 받지 못하는 중이었는데 그날은 여느 날과 다르게 행동하는 것이었다.

서장의 무림고수들 앞에서 거침없이 말하였고, 또한 그는 행동으로도 보여주었다.

처음에는 별 볼일 없는 늙은 중이 나와 코웃음을 치던 그들이었으나 시간이 갈수록 경악을 했고 급기야 한 사람을 상대로 다수가 상대해야 하는 수모까지 겪어야 했다.

결국 서장의 그 거센 물결은 소림의 늙은 중에게 막혀 버렸고 이에 자존심이 처참하게 망가진 서장의 수괴는 다음을 기약하며 발길을 돌려야 했다.

물론 그 속에는 늙은 중뿐만 아니라 중원의 마지막 남은 자존심이 그들을 지켜주었기 때문에 가능한 일이었다.

그리고 모든 것이 끝이 났을 때 중원의 구성(求星)이나 다름없는 노스님을 찾기 위해 모두들 동분서주하였으나 노스님은 마지막 말만 남기고 그 자취를 감춰 버렸다.

무림은 그 마지막 말로 인해 발칵 뒤집어졌으며 다시 한 번 무명기
서로 인해 혼란을 가져왔다.

─모든 것은 무명기서에 있다.

이 한마디로 인해 그야말로 무림은 각축장이 되었으며 제이의 보물
쟁탈전이 일어나고야 말았다. 하지만 정작 무명기서는 강호에서 사라
지고 말았다.

그런데 지금 태홍왕부에 그것이 있다는 것이다. 그러니 당연히 무림
인들은 흥분할 수밖에 없는 것이다.

바로 무명기서로 인하여.

여느 때와 마찬가지로 싱그러운 아침을 맞이하는 태홍왕부의 정문
앞에는 그야말로 문전성시를 이루었다.

언제부터 왔는지 모르지만 장사치들은 줄을 지어 자리를 잡아 장사
를 시작하고 있었고 그 속에는 따사로운 아침 햇살을 피하고자 하는
사람들로 붐비고 있었다.

정문의 왼쪽 편에 위치한 비무장 주위에는 이미 좋은 자리를 맡으려
는 사람들로 꽉 차 있었고 그 사이로 틈새 시장을 노리려는 장사꾼 역
시 바쁘게 움직이고 있었다.

아직 본격적인 대회가 시작하기에는 여러 날이나 남았지만 벌써부
터 태홍왕부의 앞은 이미 대회가 시작된 것이나 마찬가지였다.

주위에는 천막이 줄을 잇고 있어 수많은 무림인들이 그 속에서 대화

를 나누고 있었다. 그들 대화의 주제는 비무대회의 우승자였고 각기 자신의 생각을 펴며 이러쿵저러쿵 말이 많았다.

"자넨 누가 이번 대회의 우승자가 될 것 같나?"

"음… 그거야 확실하게 장담을 못하지. 하지만 오룡 중에서 나오지 않을까 하고 생각하네. 오룡의 수좌인 금룡이 지난 용봉쟁투지회에서 우승한 이후로 칠대무서 중 오행결을 챙겼다는 것은 변함없는 사실이니 칠대무서의 힘까지 겸비한 그를 무시하지 못하는 것은 당연할 걸세."

"어허! 아, 이 사람 보게. 언제 적 소리를 하고 있나. 이제는 금룡이 아니라 신주제일룡(神州第一龍)일세. 이제는 그를 아무도 오룡의 한 사람이라고 보는 사람이 없네. 자네, 강호에 떠도는 노래를 모르는가?"

"응? 무슨 노래 말인가?"

"아이고, 이 사람 정말 소식이 늦구먼."

그들은 정육(程陸)과 장보삭(張寶數)이었다.

그들 역시 다른 사람들처럼 이곳에 구경을 하러 온 것이었다. 정육은 장보삭의 무지를 핑계로 놀리고 있었다.

이번 대회를 계기로 남경에서 만나 며칠밖에 같이 지내지 못했지만 여러 가지로 통하는 점이 많았던 그들이었기에 몇 년을 만난 친구 같은 모습이었다.

신주(神州) 저 멀리 구름 뒤에서 활보하는 용은 언제나 고고하고
촉산(蜀山)의 붉은 피는 홀로 유랑하며
묵룡(墨龍)을 한 손에 쥔 천왕이 굽어살피니 천하가 조용한데
광마(狂魔)의 손에 도가 잡히면 세상의 온갖 빛은 사그라져

화산의 매화와 숭산의 철화만이 외로이 피어나네.
태극의 구름이 묵묵히 다가오면
검은 구름 역시 다가오고
검은 꽃 역시 외로이 피어나네.

"음……."

"바로 요즘 강호에 떠오르는 신성(新星)을 말하는 것일세."

"그럼 신주 저 멀리 구름 뒤에서 활보한다는 용이 바로 신주제일룡 상관영을 말하는 것인가?"

장보삭의 말에 고개를 끄덕이는 정욱의 모습을 보며 장보삭은 다시 한 번 물어야 했다.

"그렇다면 그 다음은 무엇인지 아시오?"

"그거야 당연한 것이오? 촉산의 붉은 피란 바로 촉산혈성(蜀山血星)을 말하는 것이고 검은 구름이란 천마사천회의 총순찰이자 금검령주(金劍令主)인 묵운편(墨雲鞭) 사도천세(司徒天世)를 말하는 것이오. 그리고 태극의 구름이란 무당의 새로운 신성인 청운 도장을 말하는 것이고, 묵룡을 한 손에 쥔 천왕이란 묵룡천왕(墨龍天王) 언무청을 말하는 것이외다. 그리고 화산의 매화란 일찍이 화산오수라 하여 촉망을 받았던 매화신검 한서린을 말하는 것이오."

"아… 그럼 예전의 오룡삼봉은 어떻게 되었소?"

"강호라는 곳이 그렇지 않소. 새로운 사람이 나오면 예전의 사람들은 물러가야 하는 것이 당연하지 않소? 그리고 솔직히 말해서 그때의 오룡삼봉이란 그저 그들의 세가를 말하는 것이었고, 그들의 진정한 실력으로는 부족함이 없지 않았소?"

과연 그랬다.

지난날 오룡삼봉이라 불리며 후기지수 중 제일이라고 하던 그들은 그중 몇몇을 제외하고는 그들의 시험 무대나 마찬가지인 용봉쟁투지회에서 너무도 어이없는 결과를 보여주었다.

그로 인해 후기지수의 선두 자리를 내어줄 수밖에 없었고 그들보다 훨씬 뛰어난 능력을 가진 이들이 그 자리를 차지하게 된 것이었다.

하지만 몇몇의 식견 높은 이들은 오룡삼봉이 자만심을 버리고 그들 세가의 절학을 완성하게 된다면 자리는 다시 되찾을 수 있을 것이라 말하였다.

"아! 그런데 한 가지 물어볼 것이 있소. 지금 언급한 여덟 구절 중에서 광마는 말하지 않았소. 그는 누구요?"

"이런, 정말 당신 무림인 맞소? 어떻게 강호의 소식에 이렇게 늦단 말이오?"

"사실 내가 남경 토박이이긴 하지만 근래에 들어서 관외로 나가는 바람에 중원의 소식에 정통할 수가 없었소."

그제야 정육은 이해를 하며 장보삭이 왜 몰랐는지에 대하여 알 수 있었다.

관외라고 하면 가깝게 생각할지 몰라도 만리장성의 관문인 산해관(山海關)의 동쪽에 자리 잡고 있는 곳을 말하는 것으로 요녕(遼寧), 길림(吉林), 흑룡강(黑龍江)을 통틀어 말하는 것이었다. 중원에서는 관외를 만주라 하여 '흰 산과 검은 물[白山黑水](백두산과 흑룡강을 일컬음)'이라고 일컬었다. 그뿐 아니라 역대로 그들 입장에서는 오랑캐라고 할 수 있는 이민족이 터를 잡고 있었기 때문에 중국 역사와 문화를 볼 때에 하나의 공백인 공간이었다.

그렇기에 장보삭이 관외에서 지냈다는 것은 그의 지금까지 행동을 이해시켜 줄 수 있을 뿐 아니라 정육에게는 상당히 고무적인 사실이었다.

"오호~ 관외에 가셨소? 그러니 이 소식들을 모를 수밖에. 내가 실수했구려. 하하하."

"실수라니요, 그럴 수도 있는 것이지. 하하하."

두 사람은 호탕하게 웃으며 계속해서 다음 이야기를 이어 나갔다.

"이런, 어디까지 말하다… 아! 광마에 대해서 물었소? 음… 기실 앞의 여덟 사람과 달리 이 사람은 그야말로 별호를 제외하고는 알려진 것이 아무것도 없소. 광마라는 호칭은 최근에 일어난 몇 가지 사건을 토대로 재담가들이 만들어준 별호라 더욱 그러하오."

"아니, 그럴 수도 있단 말이오?"

정육의 말은 광마가 가상의 인물이나 마찬가지라고 말하고 있었다.

"광마는 이 년 전부터 나타난 인물인데 그 무공이 대단하다 들었소. 특히 산서(山西)의 태형문(太形門)을 단신으로 격파시킨 것은 아직도 강호에 떠도는 그의 전설 중 하나요. 사실 이 외에도 몇몇의 문파가 그와 비슷한 경우를 당했지만 그의 소행이라고 확증된 것은 없소. 다만 그 수법이 동일하고 목격자가 없다는 것을 미루어 동일인의 소행이 아닐까 하여 그렇게 불려지는 것이오."

"음."

"내가 처음부터 말해 주리다."

정육은 관외에서 지내 무림의 소식에 어둡다는 장보삭을 위해 오늘 입이 좀 아프더라도 그의 식견을 넓혀주리라 마음을 먹었다.

"최근 무림은 금성과 관련이 되어 엄청난 변화를 겪었소. 특히 천하십일세에 변화가 왔으니 말 다 한 것이 아니겠소?"

이렇게 운을 띄운 정육은 무림의 변화에 대해서 말하기 시작했다.

우선 십일세 중 천하제일가의 몰락을 들 수 있었다. 그렇지 않아도 호천사정맹과 천마사천회의 욱일승천하는 기세에 상대적으로 움츠려 지내던 단씨세가는 근래 거의 활동이 없다고 봐도 무방할 정도로 조용했다.

특히 상관세가의 성세로 인해 천하제일가라는 현판까지 뺏길 판이니 문제가 더욱 심각한 것이다.

하나 이번 천하제일가와 태홍왕부의 결합으로 인해 또다시 무림의 판도가 어떻게 달라질지는 아무도 모르는 일이다.

무림이라는 개념보다는 관부라는 개념이 더욱 들어맞는 태홍왕부이기에 천하제일가의 결합과 동시에 왕부의 힘이 단씨세가로 몰린다면 그야말로 호랑이에게 날개를 달아주는 셈이었다.

그러나 무엇보다도 몇 년간 일어났던 사건 중 가장 충격적인 사실은 사마세가의 멸문과 이장(二莊) 중 하나인 삼보장(三寶莊)의 어이없는 혈겁이었다.

사마세가야 무림에 알려진 그대로 금성과 관계가 있다 하여 복마대에 의해 멸문을 당했다.

이번 사건으로 인해 호천사정맹은 호천삼정맹이 되어야만 했지만 그 자리를 상관세가가 메우는 바람에 그 균형을 다시 유지할 수 있었다.

하나 삼보장의 혈겁은 아직까지도 범인과 원인이 밝혀지지 않은 불가사의였다. 다행히 사군 중 하나인 곤군의 활약으로 몇몇의 생존자가 남을 수 있었지만 수많은 삼보장의 인물들이 하루아침에 몰살을 당한 것이다.

특히 곤군의 함구로 인해 그 사건 경위까지 무림에 알려지지 않아 더욱 궁금증을 자아내고 있었다.

이리하여 무림은 천하제일가와 태흥왕부, 사가(四家)와 사파로 이루어진 호천사정맹, 그리고 이제 일장(一莊)이 되어버린 마장(魔莊)과 천마사천회, 유일하게 단일세력으로 남아 있는 개방으로 오 등분이 되었다.

그러나 아직까지도 무림은 호천사정맹과 천마사천회의 각축장이었고 개방이나 천하제일가는 이제 못미치는 것이었다.

"그리고 예전의 천하십오대고수를 구성(舊星)이라 하며 앞서 말한 구대신성(九大新星)이라 하니 고수들 간에도 세대 교체가 있는 것 같소."

신주제일룡 상관영.

태극운검(太極雲劍) 청운 도장.

매화신검 한서린.

묵룡천왕 언무청.

철화(鐵花) 소정정(蘇晶晶).

촉산혈성 독고자인.

묵운편 사도천세.

광마.

흑화(黑花).

"이중 무당의 새로운 영웅인 청운 도장이 이제껏 알려지지 않은 이유는 그동안 순전히 폐관 위주의 수련을 하여 그렇다고 하오. 현 무당의 장문인인 현학 도장의 수발을 이었을 뿐 아니라 무당의 모든 힘이 쏟아져 그야말로 제이의 태극성검이 아니냐라는 말이 나돌 정도요. 그리고 철화와 흑화는 당신도 알다시피 무림사화 중 이 인이니 별다른 말을 안 해도 될 것이오."

"음… 정말 대단한 인물들이군. 그래, 그 사람들은 혹시 이번 대회에 참가하지 않소? 이번 기회에 오대신성을 봤으면 좋겠구먼."

장보삭은 진실로 그들의 얼굴이라도 봤으면 하는 심정으로 말했다. 그런 그에게 정육은 기쁜 소식을 전해주었다.

"그렇지 않아도 이 근처에서 그들의 모습을 봤다는 사람들이 있었소. 아마 그들도 이번 대회에 나오지 않을까 예상되는 바이오."

"정말이오? 그들이 이곳에 왔단 말이오?"

"그렇소. 하지만 그들이 대회에 참가할지는 미지수요. 그렇지만 무명기서의 유혹은 너무나도 크니……."

정육은 비록 보잘것없는 어중이떠중이에 불과하겠지만 자신 역시 피바람이 잠시도 쉴 틈 없는 강호의 사람이라 이번 대회가 어떤 결과를 낳을지 걱정스러워했다.

그런 그를 보며 장보삭은 묘한 웃음을 지었지만 정육은 보지 못했다.

어느덧 사람들의 기다림 속에 비무대회의 개최일이 다가왔다.

그때였다. 사람들의 귀를 울리는 종소리가 세 번 울리더니 비무장 중앙에는 누군가가 서 있었다.

"아! 시작했나 보오. 우리도 가봅시다."

이제껏 비무대회를 기다리며 이곳에서 기거하던 정육과 장보삭은 신형을 움직여 비무장 근처로 갔다.

하지만 비무장은 먼저 온 사람들로 꽉 차 있었다.

그래서 정육과 장보삭은 그저 뒤쪽 한편에 서서 볼 수밖에 없었다. 그때 비무장의 중앙에 있는 사람이 드디어 말을 하기 시작했다.

"안녕하시오. 본인은 이번 대회를 주관하게 된 오풍도(五豊道)라 하오."

그의 말이 끝나자마자 주위에서는 우레와 같은 박수와 환호성이 들려왔다.

"우와아! 일장개천지(一掌開天地) 오 대협이다!"

"우와!"

"설마 오 대협이 진행을 맡을 줄이야. 과연 태홍왕부의 저력은 무섭구려."

"그러게 말이오. 일장개천지 오 대협이라고 하면 현 소림이나 무당의 장문인과 반 배분 차이의 기인인데 이런 곳에서 저렇게 서 있을 줄은 전혀 몰랐소."

사람들은 저마다 오풍도의 출현을 보고 느끼는 점들이 많았다.

그를 보게 되었다는 반가움도 있었고, 그를 개입시킬 수 있는 태홍왕부의 힘을 느낄 수 있었으며 한때 천하를 우롱하던 기인의 신세에 탄식을 하는 사람도 있었다.

하지만 대부분의 사람들은 대회의 시작부터 타 대회와는 격이 다른 이번 대회에 기대감을 가질 수 있었다.

"자, 조용들하시오. 먼저 대회를 시작하기 전에 본 대회를 아무 실수 없이 하기 위해 몇 가지 규칙을 말하고자 하오. 그러니 부디 강호의 동도들께서는 지켜주시길 바라오."

오풍도가 말하는 대회의 몇 가지 규칙이란 비무대회를 위해 참가한 인원들에 대한 규정들이었다. 그리고 또한 구경인들에 대한 몇 가지 제한 사항이었는데 다들 수긍하는 분위기였기 때문에 아무 무리 없이 본 대회를 진행할 수 있었다.

"자, 우선 이 대회를 공증하기 위해 먼 곳에서 달려오신 소림의 무원상인(無圓上人)과 무당의 현무자께 인사를 드리고자 하오."

오풍도는 비무장 한편에 마련된 귀빈석에 앉아 있는 두 늙은이에게 포권을 하며 인사를 하였다.

아무리 그가 현 소림과 무당의 장문인과 반 배분밖에 차이나지 않는다 하더라도 그들 앞에서 자존심을 내보이기엔 두 사람의 신분이 너무나도 큰 것이다.

그도 그럴 것이 소림의 무원 상인은 소림의 몇몇 되지 않는 기둥이자 살아 있는 활불(活佛)로 너무나도 유명한 전대의 고승 무허 상인(無虛上人)의 사제이며 그 또한 살아 있는 활불로 추앙받고 있는 고승이었다.

그리고 무당의 현무자는 그의 도호(道號)에서 알 수 있듯 무에 관한한 무당제일검이라는 소리를 듣는 도장이었다.

현재 현학자의 사형이라는 신분을 가지고 있지만 세상에 그리 알려지지 않은지라 세인들은 그를 모르지만 전대의 기인들 중에서 그의 검을 무시하는 자는 아무도 없다고 할 만큼 검이 날카로웠다.

"그리고 그 옆에는 천하제일가의 소가주인 단 소협께서 자리해 주셨소."

그렇지 않아도 무원 상인과 현무자 옆에 있는 젊은 청년이 궁금했던 좌중은 오풍도의 말을 듣자 그야말로 소란스러워지기 시작했다.

그들의 입장에서는 이번 대회의 주인공이나 마찬가지인 천하제일가의 소가주를 본 것이 처음이기 때문이다.

게다가 강호에 천하제일가의 위치는 거의 유명무실한 것이어서 소가주가 이 자리에 있다는 것 자체가 그들에게는 호기심을 가지게 할 수 있는 것이었다.

그것은 정육과 장보삭 또한 마찬가지였다.

그들 역시 눈으로 천하제일가의 소가주를 보기는 처음이기 때문이다. 그러니 자연 그들의 관심사도 자신들의 눈에 보이는 청년에게 돌아갔다.

"아, 저 소협이 천하제일가의 소가주란 말이오?"

탄성을 하는 정육의 곁에서 장보삭은 청년을 보며 알 수 없는 눈빛을 빛내고 있었다.

"아, 잠시만 조용히 해주겠소? 지금 이 자리를 만들어주신 태흥왕야께서 나오신다고 하오."

과연 그의 말대로 우렁찬 고성과 함께 북소리가 들리며 왕부의 정문이 열리더니 두 줄로 이루어진 금색의 위사(衛士)들이 비무장까지 길을 만들기 시작했다.

그리고 잠시 후 금의를 입은 중년의 사나이가 모습을 드러내며 천천히 비무장까지 용거(龍車)를 타고 왔다.

이윽고 용거에서 내린 태흥왕은 비무장에 올라 좌중을 둘러보았다.

"태흥왕야를 뵈옵니다."

비무대에 서 있는 오풍도나 귀빈석에 앉아 있었던 무원 상인, 현무자 할 것 없이 모두가 자리에서 일어나 예를 올리며 태흥왕을 맞이했다.

비무대의 꽉 찬 관중인들은 자리가 협소하여 그저 예를 올리는 시늉만 할 수 있었다. 하지만 왕야를 향하는 환호성이야말로 지금까지 그들이 질렀던 소리보다 제일 큰 것이었다.

그리고 태흥왕의 몇 마디 말을 시작으로 본격적인 비무대회를 시작할 수 있었다.

그러자 다시 한 번 태흥왕을 향해 환호성을 질렀고, 그중에는 만세를 부르는 이도 있었다. 이윽고 태흥왕은 다시 왔던 길을 되짚어 왕부로 돌아갔다.

비무대회의 규칙은 이랬다.

우선 참가자의 자격 조건은 없었고 다만 본선에 출전하기 위해서는 비무대에서 다른 세 명의 참가인을 연속으로 물리쳐야 하는 것이다.

본래 타 비무대회에서는 출전하기 전에 여러 가지 시험을 통하여 자격을 시험하곤 하지만 이번의 경우는 조금 다르다 할 수 있었다.

그것은 바로 참가인의 수를 더 늘릴 수 있는 방법이었다.

처음부터 자격 조건에 맞추기 위해 시험을 치르면 그 수는 한정되어 있지만 이 방법의 경우 계속해서 참가할 수 있어 누구라도 참가할 수 있다는 이점이 있었다.

하지만 그만큼 위험 부담은 배가되었다.

우선 누구라도 출전할 수 있기 때문에 어중이떠중이 다 나설 수가 있다. 그리고 실력의 수준을 나누지 않았기 때문에 삼류와 일류가 맞붙을 수도 있는 것이다.

게다가 본선의 출전 공정성이 불투명하다는 것이다.

만약 예를 들어 갑이라는 사람이 나와 비무대에서 상대를 기다린다고 했을 때 만약 갑이라는 사람과 짜고 나온 상대들이 내리 세 번을 다

져준다면 그 갑이라는 사람은 자연스럽게 본선으로 출전할 수 있을 것이다.

이것을 고려한 대회 측에서 소림과 무당의 이름 높은 노기인들을 초빙했지만 그들을 속이려고 한다면 속일 수도 있는 것이 인간이었다.

하지만 무원 상인과 현무자의 무공을 봤을 때 그들의 눈을 피해 속임수를 쓸 수 있는 자가 극히 드물며 그런 실력이라면 처음부터 당당하게 나설 것이라는 것이 대회 측의 주장이었다.

현재 비무대 위에는 두 장한이 열심히 서로의 실력을 맛보고 있었다. 그리고 그들 주위의 관중인들은 열심히 소리를 지르며 응원을 하였다.

"이것 봐! 손을 쓰라고, 손을! 아니, 멍청하게 여기는 왜 보는 거야?"

"이런… 그것 봐, 결국 그렇게 되잖아."

과연 비무대 위의 두 사람 중 한 사람은 자리에 누워 있었고 다른 사람은 숨을 고르고 있었다.

그들의 실력이 그리 높은 편이 아니었기에 관중객들은 그저 다음 차례를 기다릴 수밖에 없었다.

하지만 소위 난다 긴다 하는 고수들은 처음부터 몸을 내보이려 하지 않기 때문에 그것을 알고 있는 관중은 시간이 빨리 갔으면 하고 생각했다.

바야흐로 대회는 갈수록 열을 더하고 있었다. 이제 어느 정도 비무대에 출전한 참가자들의 수준이 올라 관중인의 열이 비무대의 온도를 높였기 때문이다.

"하하, 관 공자께서 어쩐 일이시오?"

"하하하, 그대가 나온 자리인데 어찌 본공자가 오지 못하겠소? 그렇지 않소?"

가히 타의 추종을 불허할 정도로 비대한 몸을 가진 청년이 비무대에 올라와 연신 땀을 흘리며 말을 했다. 땀이 줄줄 물 흐르듯이 흘러 손수건으로 감당조차 되지 않았다.

"푸하하하, 가히 만근정(萬斤程)이군."

통상적으로 그 수가 아주 많을 시에는 만(萬)이라는 수로 대신했다.

그보다 더 높은 숫자의 개념이 있지만 일반적으로 만이라고 하면 가장 많은 수를 의미한 것이었다. 그런 만 근이라는 뜻을 가진 관대망(關大茫)은 별호가 뜻하는 그 자체였다. 그렇기에 자신의 상대로 나온 관대망을 보는 섬전도(閃電刀)는 비웃음을 날릴 수 있었다.

공동파 출신인 섬전도의 특기가 추명도(追命刀)라는 극쾌(極快)의 도법이기 때문에 관대망쯤은 시간문제라 여기는 그였다.

"관 공자, 본인에게 나서는 것이 좋을 것이라고 나왔는데 이거 안타까워서 어떡하오?"

"흐흐흐, 그것은 당신이 상관할 바가 아니오. 그리고 당신은 입으로 싸우는 버릇이 있나 본데 본공자는 손으로 싸우지 입으로 싸우지 않소."

"푸하하하! 과연 광오하군 그래. 나의 추명도 앞에서도 그런 말이 나오는가 보자."

말을 마치자마자 섬전도는 그의 장기인 추명도를 펼치기 시작했다.

가히 그의 별호대로 섬전과 같은 빠르기를 가진 도법이었다. 관대망의 좌우를 연신 훑어대는 그의 도는 관대망의 살인적인 비곗살을 그어버릴 것 같았다.

하지만 관대망 역시 한수가 있는 몸이라 그리 쉽게 당할 리가 만무했다.

그는 두꺼운 손가락을 섬전도를 향해 치켜들었다. 그리고 치켜들기가 무섭게 그의 손가락에서 자그마한 은색 선이 뻗어 나왔다.

"헉! 은선지(銀線指)!"

관대망을 우습게 보며 덤벼들었던 섬전도는 급히 신형을 돌려 은선지를 피해야만 했다.

말 그대로 은색의 독특한 지력(指力)을 내뿜는 은선지는 그로서도 상상하지 못한 절학이었다.

하지만 그 역시 강호에서 잔뼈가 굵은 몸이기 때문에 그에 대한 방책을 마련할 수 있었다.

"추명사살(追命四殺)!"

갑자기 섬전도의 도가 네 개로 분리되며 관대망의 사방을 점했다.

아무리 은선지가 빠르다고 해도 사방으로 날아들며, 그것도 빠르기가 섬전과 같다는 추명도를 맞아 대비하지 못할 것이라 여긴 섬전도의 승부수였다.

하지만 사방에서 나가오는 추명도를 맞아 한가로이 산보를 나온 양으로 관대망은 가볍게 몸을 움직였다. 그런데 이게 웬일일까? 그의 가벼운 몇 걸음이 단번에 섬전도의 도에서 벗어난 것이었다.

"아니……."

이에 놀란 섬전도는 다시 한 번 도법을 날렸다.

"추명필살(追命必殺)!"

이 초식으로 인해 공동파에서 한때는 금기시된 적이 있을 만큼 이 도법은 괴이하고 잔혹했다.

천산의 오랑캐를 맞아 탄생한 도법인지라 그 속에는 필살의 의지가 담겨 있는 것이었다.

그리고 그 의지의 종합체라고 할 수 있는 것이 바로 이 초식이었다. 그만큼 잔인한 무공이었다.

이번에는 섬전도의 도가 네 개로 분리되는 그런 일은 없었다.

오직 관대망을 향해 날아갈 뿐이었다. 하지만 그 속에 담긴 빠르기는 상상을 초월했다. 이번만큼은 관대망으로서도 피하지 못할 것이라 관중은 생각했다.

오히려 관대망이 죽는 것은 아닐까 하며 비위가 약한 자들은 먼저 눈을 감는 이도 있었다.

그만큼 섬전도는 이번 일격에 자신의 모든 힘을 쏟고 있었다. 어차피 관대망이 자신의 세 번째이기 때문에 그와의 일전에서 힘을 모두 쏟더라도 부담이 없기 때문이다.

그렇게 두 사람은 부딪쳤고 과연 한 사람은 쓰러질 수 있었다.

하지만 그 결과는 모든 사람들이 생각하던 대로가 아니라 오히려 정반대의 결과를 나타냈다.

바로 쓰러진 이는 관대망이 아니라 섬전도였다.

관대망은 쓰러져 있는 섬전도를 향해 다정스럽게 말을 했다.

"이보시오, 자고로 호랑이는 토끼를 잡을 때에도 자신의 모든 힘을 쏟는다고 했소. 한데 당신은 어째서 나의 첫 모습만 보고 그리 방심을 하는 것이오? 정말 이해하기 어렵구려."

마치 사랑하는 제자에게 말하는 것처럼 타이르는 그는 부릅떠 있는 섬전도의 눈을 감겨주었다.

그것은 섬전도의 죽음을 의미하는 것이었다.

사실 섬전도의 마지막 초식은 관대망의 목을 찌를 수 있는 것이었다.

　그러나 관대망은 믿을 수 없게도 육중한 몸을 섬전보다 빠르게 움직여 살짝 피했고, 그의 장기인 수공(手功)을 펼쳐 섬전도의 가슴뼈를 한 번에 모두 부러뜨려 부러진 가슴뼈가 섬전도의 폐를 찔러 사망한 것이었다.

　어쩔 수 없는 사고이긴 하지만 무림인이라면 남과의 대결에서 죽는 것이 다반사였기 때문에 관대망 역시 그리 애통하게 생각지 않았다.

　오히려 관중들은 관대망의 믿을 수 없는 승리에 대하여 열광하는 형편이었다.

　그 뒤로 관대망은 두 명을 더 물리치며 본선에 오를 수 있었다.

　비무대회의 첫날은 이렇게 막을 올렸다.

〈3권 끝〉

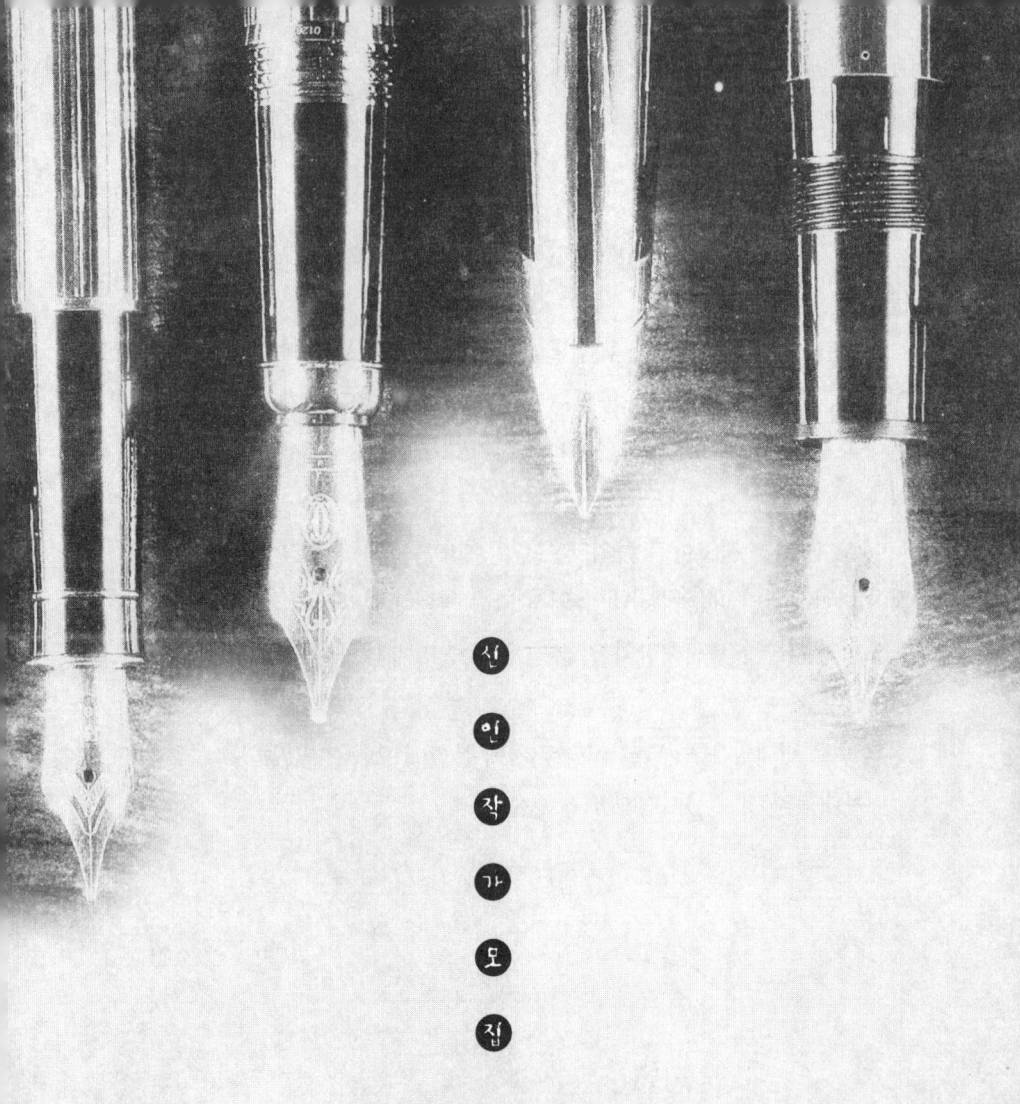